古典文獻研究輯刊

十八編

曾永義 主編

第 11 冊

天理與人欲的流動：
理學在南戲中的呈現

周麗楨 著

國家圖書館出版品預行編目資料

天理與人欲的流動：理學在南戲中的呈現／周麗楨 著 — 初版
— 新北市：花木蘭文化事業有限公司，2018〔民107〕
序 2+ 目 4+206 面；19×26 公分
（古典文學研究輯刊 十八編；第 11 冊）
ISBN 978-986-485-512-4（精裝）
1. 理學 2. 南戲 3. 文本分析
820.8　　　　　　　　　　　　　　　　　107011631

ISBN-978-986-485-512-4

9 789864 855124

古典文學研究輯刊
十八編　第十一冊　　　　　ISBN：978-986-485-512-4

天理與人欲的流動：理學在南戲中的呈現

作　　　者　周麗楨
主　　　編　曾永義
總 編 輯　杜潔祥
副總編輯　楊嘉樂
編　　　輯　許郁翎、王筑　美術編輯　陳逸婷
出　　　版　花木蘭文化事業有限公司
發 行 人　高小娟
聯絡地址　235 新北市中和區中安街七二號十三樓
　　　　　　電話：02-2923-1455 ／傳眞：02-2923-1452
網　　　址　http://www.huamulan.tw 信箱 hml810518@gmail.com
印　　　刷　普羅文化出版廣告事業
初　　　版　2018 年 9 月
全書字數　180036 字
定　　　價　十八編 15 冊（精裝）新台幣 29,000 元

天理與人欲的流動：
理學在南戲中的呈現

周麗楨 著

作者簡介

　　周麗楨，台灣省嘉義縣人。國立高雄師範大學國文研究所碩士。東海大學中國文學系博士。南開科技大學通識教育中心副教授。

　　碩士論文：《陳乾初思想之研究》。博士論文：《天理與人欲的流動：理學在南戲中的呈現》。學術專長以明清思想及宋元南戲爲主軸。

　　著作：《學思集》（高雄復文）、《天理與人欲的流動：理學在南戲中的呈現》（花木蘭）。合編《五專國文》（文史哲）、《大專國文選》（廣懋）

提　　要

　　本篇論文共分七章，第一章緒論，陳述中心議題及研究方法。理學思想之主要修身議題是「存天理去人欲」，但天理與人欲並不是絕然對立，而是呈現流動的狀態。本文以五大南戲爲討論文本，以天理與人欲之流動作爲切入點，分析理學如何在南戲中展現戲劇張力。

　　第二章探討南戲發展的脈絡，並確認南戲與理學交會的關鍵性。第三章討論理學之發展及其與戲曲之交互影響。第四章到第六章分別從生與死、貧與富，情與欲三個面向檢視天理與人欲的糾結拉扯。第四章分析五娘、蔡婆、蔡公在面對生死困境時的反應與行動。第五章主要檢視貧困書生一舉成爲狀元，如何安住在貧與富的處境中。第六章研討五齣南戲中情與欲的流動，合於禮的即是合於天理的情；反之，則界定爲欲。最後一章總結，確定理學在南戲中呈現的是活潑的生命力。

自　序

　　自攻讀碩士走進學術研究之路起，潛身義理之學至今倏忽已過了二十餘年，儒家身心安頓之學一直是我的摯愛。無論教學、研究或是與學生的生活和對話，它活潑潑的就在我生命的每個當下呈現。我所謂的儒家義理實涵涉佛、道在內。在現代化的今天，人們看待儒家義理多以為只是《論語》、《孟子》中孔、孟的陳言舊說，或是學術研究中曲高和寡的言論，而我是親切而深刻地在生活與之同在的。博二時，選修「中國古典戲曲」，這是門我連大學、碩士班都未曾涉入的領域。在魏師淑珠的帶領下，逐漸對之產生濃烈興趣，最後竟然成為博論探究的領域。走入新的研究領域，是一大挑戰，然而我之研究戲劇其實亦與義理之學相關。在中年歷經人世的淘洗後，對生命有不同的體認，看著自己的人生劇本，再看著南戲劇本，內心有新的省思。基於自己對理學和對戲劇的熱愛，選擇這兩者的討論乃成為順理成章之舉。

　　戲劇史上諸多學者大聲批判理學的迂腐阻礙戲劇發展，我卻更看重雅俗文化碰撞時彼此相融涵攝的過程，我認為理學與戲劇之間有相輔相成的緊密關連。一般誤解理學扼殺戲劇，是因為不上道的劇作家將理學當作教條生硬地套在劇作上。本文要探討理學在南戲中的呈現，理學思想之主要修身議題是「存天理去人欲」，但天理與人欲並不是絕然對立，而是呈現流動的狀態。

　　本文以五大南戲為討論文本，以天理與人欲之流動作為切入點，分析理學如何在南戲中展現戲劇張力。文本的分析充滿挑戰，時而趣味詭譎，時而陷入苦思阻塞不前；有了新發現又擔心淪為個人的主觀推斷。劇場演出的滋養，適時減輕我的焦慮和不安；舞台上演員鮮活大膽地詮釋文本，而我也走上文本分析的冒險之旅。曾經為了追逐演員的身影，課後四點搭乘高鐵北上，

節目結束即刻返回台中，然後踏著夜色而歸。與魏師淑珠北上觀劇的情景猶在腦海，卻倏忽已過了數年。

本篇論文得以順利完成，首先要感謝魏師淑珠的指導。她不棄駑鈍，從題目的確立、篇章架構的建立到論文細部的論述，無不耐心指導。每一次的面談，對我來說，都是一場挑戰，也是一個跨越。除了論文寫作能力的精進，從老師身上我看到她對學術的熱情、一改再改的耐心與堅持。論文完成至今已二年餘，畢業後一頭栽進繁忙的教學與行政工作中，幾乎忘記這篇嘔心瀝血的成果。老師適時捎來關懷，提醒論文出版；重讀舊作，百感交集，提筆寫序，心中滿是感謝。

感謝口試委員們：曾永義老師百忙間抽空前來；劉榮賢老師在理學領域的熱心指導；孫玫老師在跨領域研究的提點；李佳蓮老師全面的細心指導與建議。

就讀博士班期間，如果不是家人的全力支持實在無法照顧身上背負的各種角色。感謝親愛的父母時時送來美食，滋養我疲憊的身軀；感謝外子對家庭的照顧，讓我無後顧之憂；感謝三個孩子的體諒，放任我讀書寫作的時間多過親子間的談話交心。

感謝瑞玲助教協助處理行政事務，當我遇到時間的無情壓迫時，總是出手相救。感謝孟昌、苑平等博士班同學的精神支持，讓我一路走來始終感受東海人情的美好。

二零一八年四月周麗楨自序

目
次

第一章 緒 論

　　戲劇史上諸多學者大聲批判理學的迂腐阻礙戲劇發展〔註1〕，雅俗文化的碰撞，當然免不了對抗和衝突；然而更可貴的是彼此相融涵攝的過程，我認為理學與戲劇之間有相輔相成的緊密關連。從戲劇文本中，我們可以讀出理學對南戲的影響，如《琵琶記》中多涉及天理與人欲的衝突，作者高明自覺地以戲劇來宣導儒家的生活倫常，這部承載高度理學思想的劇作，感動了幾百年的觀眾。一般誤解理學扼殺戲劇，是因為不上道的劇作家將理學當作教條生硬地套在劇作上。徐復觀說：

　　　一位作者的心靈與道德規範，事實上是隔斷而為二，寫作的動機並
　　　非出於道德心靈的感發，而只從文字上把道德規範套用下去，甚至
　　　是偽裝上去，此時的道德便成為生硬的教條。〔註2〕

他明確指出，真正束縛文學發展的是「長期的專制政治」〔註3〕。因理學成為

〔註1〕　（元）鍾嗣成、（明）湯顯祖、李贄等都有反理學之傾向。現代學者馬積高認
　　　　為：「理學對文學的影響則幾乎難以找出什麼積極的東西。……理學雖漸漸侵
　　　　入到文學的領域，但文學對理學的抵制、反抗，始終沒有停止，只是在不同
　　　　的時期有不同的表現。」（馬積高，《宋明理學與文學》，（湖南：湖南師範大
　　　　學出版社，1989 年），頁 7。）張璞指出：「理學的官學地位尚未確立，正是
　　　　元雜劇繁榮的重要原因之一。……程朱理學派的政治倫理道德觀念、道德修
　　　　養的學說以及文學觀念，是不利於文學創作的，特別是雜劇這種『難登大雅』
　　　　的俗文學。」直接將雜劇的衰亡，歸因於理學。（張璞，〈元雜劇的興衰與理
　　　　學〉，《柳州師專學報》第 11 卷第四期（1996 年 12 月），頁 24。）
〔註2〕　徐復觀，〈儒道兩家思想在文學中的人格修養問題〉本文原載《海外學人》第
　　　　103 期（1981 年 2 月）。後收入《徐復觀文集》（湖北人文出版社，2002 年），
　　　　再選入《儒家文藝思想研究》（北京：中華書局），頁 178。
〔註3〕　徐復觀，〈儒道兩家思想在文學中的人格修養問題〉，頁 198。

官學，被專制政治引以為教化工具而走向僵化，最終淪為刻板的教條，理學之遭汙名，肇因於此，然而這實非理學的原貌。理學思想強調道德實踐，是內化的主動修持，並非是外加的教條。理學對戲劇不但不造成束縛，反而能「加深擴大感發的對象與動機，能見人之所不及見，感人之所不能感，言人之所不能言。」〔註4〕如此只會提高文學作品之素質，怎會造成束縛？徐復觀認為「古今中外真正古典地、偉大地作品，不掛道德規範的招牌，但其中必然有某種深刻地道德意味以作其鼓動地生命力。」〔註5〕本文正是要探討理學在南戲中的呈現，理學的「深刻地道德意味」如何作為南戲的「鼓動地生命力」。

以下將略述（一）南戲和理學交融的歷史背景，（二）文獻回顧，（三）本文之中心議題與研究方法。

第一節　南戲和理學交融的歷史背景

南戲從萌芽到成熟是在宋元明三朝，與理學在宋元明的發展同時並進。南戲劇本以家庭婚姻倫理劇居多，內容多是忠孝節義故事；理學家則講學不輟，並且躬身實踐。二者對儒學的傳播助益甚深。

南戲的形成約在南北宋之際，到元又吸收了北雜劇的精華，此後隨著體制的進步而發展。元末，北雜劇融入南戲，形成北雜劇衰退，南戲越來越興盛的局面。此期代表作是有著強烈禮教意涵的《琵琶記》。明初，科考再度舉行，文人栽進場屋，雜劇、南戲皆近乎停頓〔註6〕。這期間理學家丘濬（1420～1495）以閣員大臣的高貴身分完成《五倫全備記》，使號稱小道的戲劇，地位翻轉，無形中成了當時南戲復興的重大推進力量。以戲劇載道的思想，提高了戲劇在文學中的地位，戲劇也因而加入了文道關係的討論場域。

南戲發生的地點約略在南方的溫州，正當新儒學在南方漸趨成熟，並持續發展的階段。新興義理的建構，經義的重新詮釋與發明，造成活潑的學術

〔註4〕　徐復觀，〈儒道兩家思想在文學中的人格修養問題〉，頁 198。
〔註5〕　徐復觀，〈儒道兩家思想在文學中的人格修養問題〉，頁 198。
〔註6〕　「明初劇壇相當沉寂，十六子都是由元入明的北雜劇作家，宣德間，雜劇作者只有周憲二王，英宗正統四年（1439）周憲王去世後，直到憲宗成化末年（1487），五十年間，北劇沒有一個有名氏的作家，就是南戲也只有一位作《五倫全備記》的丘濬。」見曾永義，《戲曲源流新論》，（北京：中華書局，2008年），頁 301。

氛圍；書院快速成長，更助長自由的講學風氣。同時因為格物、致知、修、齊、治、平的講求，產生了一批端正清明的儒者，對道德的提倡更是不遺餘力。

儒家思想在明朝的地位又盛於元，與政治結合更加密切，也因此而逐漸僵化，弊端叢生。這又刺激新的思想的產生。陽明心學以嶄新的姿態，快速流衍，風靡了文人、雅士、農夫、百工。這強調簡易直截的學問，以心的自覺為修養主軸，強調「天理自在人心」。這自由無限心一開啟，影響及於文學，文學也吹起自由風尚，李贄、袁宏道、湯顯祖等各有新說，開出一波燦爛的文學花朵。

由宋至明，理學與文學間有微妙的連動影響。宋代藉由科舉大量起用文人，文人得到功名機會大增，社會上知識份子驟增，形成龐大的士紳集團，瓦解貴族勢力，無論在朝或在野，都起著快速擴張文化版圖的積極作用。然而此時負心文人也大增，原是平民百姓的書生，一朝考取功名，即棄糟糠不顧，話本、小說、戲劇以此為題材，對負心書生進行撻伐，反映社會現實的作品因而大增。

元滅南宋時對南方的殺戮不太嚴重，思想文化經濟得以持續發展。〔註7〕南方理學興盛，尤其是朱熹閩學，集理學之大成，獨領風騷，後來又由南方再流播於北方，影響及於宋、元、明、清四朝。文學與思想的交鋒，激發出更豐富的文化型態與內涵，如宋詩的哲理化，詞的詩化，小說、話本與戲劇的勃興等。南戲在此優渥的土壤滋生成長，其本身就具備開放兼納的精神，再加上為數眾多的優秀思想家，文學與思想交互作用，形成了南戲特殊的風貌。

本文綜合研究各家之說，認為南戲起源於南北宋之際，正是理學大致建構完成之時，而其流播之區溫州、江浙、閩南等，恰是南方理學薈萃之地。南戲的發展與壯大與理學完成建構並逐漸產生廣泛影響的時間密切相關。戲曲的民間娛樂取向與高級知識分了架構起的修身法則，就在同一個時空滋長壯大。

南戲來自民間，素樸風貌的文本直接反映民間儒學教化的成效。書會才人是民間高級知識份子，接受著傳統道德教育，以平易通俗之文筆創作戲劇，自覺或不自覺將教化思想植入，和文人劇作家一樣表達對社會教化高度

─────────────────────

〔註7〕蒙元經濟、社會與文化在本文第三章第二節，有更詳細之介紹。

的參與興趣。這和理學家熱中於制定家規、家禮、族規、鄉約，來傳播禮教思想、教化民眾，有異曲同工之妙〔註8〕；南戲與理學因而同時承擔起道德教化的責任。

第二節　文獻回顧

一、南戲研究概述

　　南戲產生在南北宋之際，由於受到文人學士的鄙視，有關南戲的記載，在明代幾乎都消失了。在明人的論著中，大抵認為南方戲曲來自於北雜劇，是北雜劇南傳後產生的新劇種〔註9〕。因此，除了徐渭的《南詞敘錄》，首發新論外，竟看不到有關南戲的正確論述。連盛演不衰的《荊》、《劉》、《拜》、《殺》也被誤認為明代作品，稱做四大傳奇，雜列在明代傳奇戲曲的創作目錄行列中。〔註10〕

　　現代有關南戲的研究，起自於 1915 年王國維的《宋元戲曲考》。1920 年葉恭綽在英國倫敦小古玩鋪發現《永樂大典》卷一三九一的戲文三種，於 1931 年影印出版，後人才得以見到宋元戲文的全本。1932 年鄭振鐸的《插圖本中國文學史》出版，提醒我們宋元戲文的殘文保留在各種曲譜和曲選裏。1934 年趙景深出版《宋元戲文本事》、錢南揚出版《宋元南戲百一錄》。1936 年陸侃如、馮沅君的《南戲拾遺》，接續了南戲的研究。之後，錢南揚的《宋元戲文輯軼》（1956 年），在前言稱戲文是「一個失去的環節」，趙景深有《元明南戲考略》（1956 年）。前述五書的研究都著重在輯軼工作。

〔註8〕　葛兆光指出，司馬光的《居家雜儀》，呂大鈞所著、朱熹修訂的《增損呂氏鄉約》，朱熹的《家禮》，袁采的《袁氏家範》等等的規定和一般童蒙讀物，甚至是娛樂性的戲曲、說唱，都可以把上層人士的知識、思想與信仰，廣泛的傳達到民眾之中。見葛兆光，《中國思想史》第二卷（上海：復旦大學出版社，2001 年），頁 276。

〔註9〕　如王世貞《曲藻》認為曲源於詞，他說：「詞不快北耳而後有北曲，北曲不諧南耳而後有南曲。」見中國戲曲研究院編，《中國古典戲曲論著集成》（四）（北京：中國戲劇出版社，1959 年），頁 27。王驥德《曲律·論曲源》也認為北曲「未免滯於弦索，且多染胡語，其聲近嘂以殺，南人不習也，殆季世入我明，又變而為南曲。」《中國古典戲曲論著集成》（四），頁 55。

〔註10〕　吳梅在討論戲曲發展時未及南戲，將《琵琶記》等置於明傳奇討論，見《顧曲塵談、中國戲曲概論》（上海：上海古籍出版社，2001 年）目錄，頁 2。

　　八十年代初，浙江藝術研究所陸續出版《南戲探討集》，浙江藝術研究所的《藝術研究》亦刊載南戲相關研究。1981 年錢南揚著《戲文概論》，1982年莊一拂編著《古典戲曲存目彙考》，1986 年劉念茲著《南戲新證》，南戲研究開始擴展領域。文物的出土和新文獻的發現使得此時的南戲研究有了更大的突破〔註11〕。1888 年 4 月，中國藝術研究院戲曲研究所與福建省文化廳在泉州、莆田舉辦「南戲學術研討會」，發表論文二十九篇，輯爲《南戲論集》。之後，南戲研究開始成爲熱門議題，研究成果豐碩〔註12〕。1991 年泉州召開「中國南戲暨目連戲國際學術研討會」又輯有《南戲遺響》一書。2001 年五月溫州召開「南戲國際學術研討會暨溫州南戲新編系列劇目展演」，編有《南戲國際學術研討會論文集》。歷史上南戲研究的空缺，迅速得到填補。

　　最近，學者的論著尙有金寧芬的《南戲研究變遷》（1992 年）、彭飛和朱建明編輯的《戲文敘錄》（1993 年）、俞爲民《宋元南戲考論》（1994 年）和《宋元南戲考論續編》（2004 年）、胡雪岡《溫州南戲考述》（1998 年）和《溫州南戲論稿》（2006 年）、曾永義《戲曲源流新論》（2000 年）和《戲曲本質和腔調新探》（2007 年）、孫崇濤《南戲論叢》（2001 年）、俞爲民、劉水雲《宋元南戲史》（2009 年）等。

二、五大南戲研究概述

　　以「五大南戲」爲研究主軸的唯有楊淑娟的《南管與明初五大南戲文本之比較》，她從現存梨園戲劇目、南管指套、散曲中爬梳五大南戲資料，並與宋元戲文、明初五大南戲文本作比對，從中發現南戲流播到泉州的歷史現象。此外她透過文本的比對分析，得出五大南戲在形成的過程中如何承繼、壯大、結合地方音樂和腔調成爲新的腔調劇種。楊淑娟在五大南戲版本的比較上用

〔註11〕如，1958 年廣東揭陽出土的明嘉靖抄本《蔡伯喈》，1967 年上海嘉定出土的明成化刊本《白兔記》，1975 年廣東潮安出土的明宣德抄本《劉希必金釵記》，另有回歸的，如日本天理學院藏明嘉靖重刊本《荔鏡記》、還有陸續從海外回傳的，如明嘉靖重刊《風月（全家）錦囊》（藏西班牙埃斯科里亞爾皇家圖書館）、韓國奎章閣藏本《五倫全備記》、奧地利維也納國家圖書館藏《大明天下春》、英國劍橋圖書館藏《滿天春》等等。本注參考孫崇濤，《南戲論叢》（北京：中華書局，2001 年），頁 100。

〔註12〕見曾永義，〈南戲的名稱、淵源、形成與流播〉，收錄在《戲曲源流新論》增訂本（北京：中華書局，2008 年），頁 140～141。大陸學者亦多有介紹南戲研究變遷者，如俞爲民、劉水雲，《宋元南戲史》（南京：鳳凰出版社，2009年）等。

力甚多，累積豐富的成果，可做爲研究者的參考資料，本論文在版本之檢索上即得力於該論文。

有關五大南戲的個別研究甚多，其中又以《琵琶記》的研究居多，專書及學位論文更是多如繁星。分別介紹如下：

（一）《琵琶記》

專書：

1. 侯百朋〈高則誠和《琵琶記》〉（1989 年）
2. 藍凡〈高則誠和《琵琶記》〉（萬卷樓，1993 年）。

   前二本書名相同，同樣研究高則誠，前者以爲《琵琶記》的主題在批判科舉制度和仕宦道路；後者主張《琵琶記》在批判現實與解決社會矛盾。

3. 侯百朋〈《琵琶記》資料彙編〉（1989 年）

   在作者及相關文獻用力甚深，爲《琵琶記》研究做更廣泛的文獻整理。該書輯錄有關蔡、趙故事的記載和《琵琶記》及其作者的主要資料。全書分作者詩文編、作者生平編、寫作編（故事流變、寫作情況、傳聞）、品介編（評論、介紹、演出記載、影響）和評點編（收錄李卓吾、陳眉公、毛聲山三家評點）。

4. 黃仕忠〈《琵琶記》研究〉（1996 年）

   從版本、文學、社會文化等作全面性的研究。

5. 蔡孟珍《琵琶記的表演藝術》（1995 年）

   探討舞台表演的形制。

6. 金英淑〈《琵琶記》版本流變研究〉（2003 年）

   考辨《琵琶記》版本流變與明清戲曲史的發展關係。

相關的學位論文：

1. 王永炳〈《琵琶記》研究〉（台大中文研究所碩士，1973 年）

   著重音律和排場的研究。

2. 李春燁《毛聲山評點琵琶記研究》（中山中文研究所碩士，1995 年）

   將毛氏的評點分情節結構、主題思想、人物性格、語言文字四方面加以討論。

3. 王書珮〈明代戲曲理論的對峙與合流：以《西廂記》、《拜月亭》、《琵

琶記》的高下之爭爲線索〉（中興中文研究所碩士，1996 年）

主要就《西廂記》、《拜月亭》、《琵琶記》的爭論內涵：本色與文采、教化與言情、聲律與文詞等加以探討。

4. 余丹〈《琵琶記》接受史研究〉（安徽師範大學中國古代文學碩士，2002年）

通過對《琵琶記》接受史的研究，呈現不同時期戲曲觀念的遞嬗。

5. 楊寶春〈《琵琶記》的場上演變研究〉（上海戲劇學院戲劇戲曲學博士，2006 年）

從《琵琶記》的演出、文本批評、接受等方面研究它的歷史承傳和接受過程。

6. 毛小曼〈《琵琶記》戲劇範式研究〉（華東師範大學文藝學博士，2007年）

通過「範式」這一研究視角，整合《琵琶記》文本及其在明清時期批評、創作、表演等領域之間的文獻資料，梳理《琵琶記》與古代戲劇發展史之間的內在邏輯關係，揭示《琵琶記》的戲劇範式地位和意義。

7. 姜麗華〈「古爲今用」與《琵琶記》的經典意義——以 1956 年的《琵琶記》大討論爲個案〉（黑龍江大學中國古代文學碩士，2007 年）

探討《琵琶記》的經典魅力以及其作爲「古爲今用」的範例在當代文化境遇中的價值，她指出在《琵琶記》討論會中雖有反封建之聲浪，多數人仍肯定《琵琶記》的倫理價值。

8. 李艷麗〈明清《琵琶記》研究述評〉（蘭州大學中國古代文學碩士，2007年）

以《琵琶記資料匯編》爲主要依據，對明清時期《琵琶記》的研究狀況作一番述評。

9. 劉敘武〈論毛批《琵琶記》的戲劇思想〉（南京師範大學戲劇戲曲學碩士，2007 年）

研究毛氏父子的戲劇思想。

10. 劉南南〈《琵琶記》批評史〉（蘇州大學中國古代文學博士，2008 年）

將《琵琶記》批評史分爲四個階段，通過解析批評文獻，描述各個階段批評的主要內容，總結出各時期的批評特點。

11. 高禎臨《清初戲曲評點閱讀方法與批評策略研究》（東海中文研究所

博士，2009 年）

論及毛聲山《第七才子書琵琶記》。

12. 向延勝〈《琵琶記》接受研究〉（西北師範大學中國古代文學碩士，2009 年）

主要從改編本、選本和評議三方面入手探究《琵琶記》於明清之接受。

13. 張延兆〈《琵琶記》與明代社會〉（中央中文碩士，2010 年）

試圖從明代的制度、戲曲批評、出版文化等建構出《琵琶記》流傳的文化場域。

14. 張衛衛〈明清時期《琵琶記》傳播研究〉（河南大學中國古代文學碩士，2010 年）

以「傳播」為視角，從文本、演出、批評三個方面入手，結合明清社會文化的背景和戲曲發展的歷史，對其成書後的傳播情況，做考察和梳理，并對古代戲曲傳播的規律予以探索和歸納。

15. 吳淑慧〈李卓吾批評容與堂本《琵琶記》研究〉（輔大中文研究所博士，2010 年）

認為這位身為思潮反動者大家的李卓吾，挑選子孝妻賢的戲曲作品，實是令人玩味。他嘗試在評點文學中所具歷史意義與批評史中所具有之縱軸，為李卓吾評點《琵琶記》描畫出其獨立座標。

（二）《白兔記》相關的學位論文：

1. 王金生〈《白兔記》故事研究〉（文化大學藝術研究所碩士，1986 年）。

從流傳演化的角度，探討此一故事各種作品的傳承關係，進而分析白兔記故事的情節結構，主題發展、類型與內容。

2. 趙雅玲〈《白兔記》析論〉（逢甲大學中國文學研究所碩士，1994 年）。

討論《白兔記》之情節、人物及主題。

3. 張玲瑜〈古典劇作在當代舞臺上搬演的處境——以《拜月亭》與《白兔記》之全本改編為例〉（師範大學國文研究所碩士，2003 年）

就《拜月亭》與《白兔記》當代改編的側重點——情節結構、人物重塑、風格意趣等分別加以探討。

4. 劉琬茜〈《白兔記》版本三種之探討〉（臺北藝術大學傳統藝術研究所碩士，2007 年）以成化本、富春堂本、汲古閣本的主題呈現、人物塑造與情節發展做比較，並從明代社會風尚、理學盛行以及劇作家身分

之轉換等方向分析其成因。

（三）《拜月亭》相關的學位論文：

1. 朱自力〈《拜月亭》考述〉（政治大學中國文學研究所碩士，1967 年）
   研究拜月亭之內容（齣目、本事、人物、曲辭考異、曲牌考源、所用成語、方言、掌故考釋）及寫作技巧（結構、文采、音律）。

2. 王湘瓊〈《拜月亭》戲文研究〉（政治大學國文教學碩士學位班碩士，2001 年）
   就情節、主題、人物分析、語言與形式、戲曲流傳與流變作全面性的研究。

3. 楊帆〈《拜月亭》與《幽閨記》比較研究〉（信陽師範學院中國古代文學碩士，2011 年）
   南北《拜月亭》的比較。

4. 朱思如〈《拜月亭》傳播研究〉（山西師範大學戲曲文物研究所文學碩士，2012 年）
   從全本和單齣兩個角度考察《拜月亭》文本傳播方面的基本情況。

5. 劉文淵〈閨怨與風情〉（北京大學中國古代文學碩士，2012 年）
   南北《拜月亭》的比較
   〈《拜月亭》考述〉、〈《拜月亭》戲文研究〉兩部論文皆對《拜月亭記》作全面性研究。近年來《拜月亭記》的研究仍集中在《拜月亭記》作者和版本的考證，南北《拜月亭》的比較，《拜月亭》與其它戲劇小說的比較以及其藝術審美價值等方面。

（四）《荊釵記》相關的學位論文：

1. 林逢源〈荊釵記研究〉（政治大學中國文學研究所碩士，1975 年）
   探討荊釵記作者、本事、結構（情節發展、各齣內容、聯套、音律、文章）、傳本等。

2. 宋敏菁〈《荊釵記》在崑劇及梨園戲中的演出研究〉（成功大學中國文學系碩士，2002 年）
   整理該劇在崑劇以及梨園戲的相關文獻記載，兼論職業劇團的表演情況，以〈見母〉為例，論述並分析崑劇以及梨園戲的表演。

3. 余一霞〈上路梨園戲十八棚頭文本研究〉（東吳大學中國文學系碩士，

2011 年）

　　將上路十八棚頭與其他接近古本的戲曲作品進行比較，並分爲四類主
題：婚姻愛情劇、歷史點染劇、民間傳說劇、倫理孝道劇。內容以家
庭關係爲主要描寫，強調倫理孝道，並以詼諧逗趣的風格演出，亦能
看出南戲「泉化」的痕跡。與五大南戲相關之劇目有《王十朋》、《蔡
伯喈》、《孫榮》。

（五）《殺狗記》相關的學位論文：

1. 蔡如婷〈《殺狗記》戲文論述〉（中山大學中國文學系研究所碩士，2006
年）

　　討論《殺狗記》本身的藝術成就，並涉及與它有關的問題與外在的社
會文化現象。藝術成就，討論情節、主題、人物、文字。外在的社會
文化現象，討論《殺狗記》所呈現的社會文化意義：家庭倫理。該文
就作者與版本、情節主題（結構、思想）、人物分析（人物的人格特質）、
語言藝術等全面討論。

2. 朱挈儂畢業劇本：新編崑劇《變羊記》、改編崑劇《殺狗記》（臺灣大
學戲劇學研究所碩士，2009 年）

　　共兩齣：一爲原創劇本《變羊記》、一爲改編作品《殺狗記》。劇本說
明除創作源起與結語外，亦討論作品與原作的改變與承繼，以及闡述
創作思想，試圖爲這一段寫作過程做一鳥瞰式的環顧。

　　縱觀五大南戲之研究，前人著墨較多的首推本事、作者及版本之文獻蒐
羅，次則是從音律、排場、情節、主題、結構、人物、社會文化、文學、演
出、評點、接受各方面作全面性或個別性的研究。

三、涉及本論文議題之研究

　　五大南戲蘊含之儒家倫理思想既深且廣，理學在南戲之呈現已爲學者肯
定，在明代引發風教與風情之辯，後人的研究亦偶有涉及，然皆未能針對理
學與五劇之關係做全面深入的論述。部分涉及本文議題的專書或論文，剔除
早期大陸學者政治意識形態的刻版詮釋，可爲參據的，數量並不多。這些文
獻將列入本論文所附之參考文獻項內，不再一一詳細介紹。以下僅擇取與本
研究密切相關之論文或專書加以介紹：

（一）黃仕忠〈《琵琶記》研究〉

　　分為作者篇、詮釋篇、人物篇、版本篇、比較篇及雜說篇。在詮釋篇多有倫理思想的詮釋分析，能跳脫刻板的政治意識形態，令人一新耳目。其他人物或版本的研究，也都能顧及人物塑造背後之社會、思想和情感，對本文之研究有極大之啓發。

（二）王璦玲〈曲盡真情，由乎自然——論李贄《琵琶記》評點之哲學視野與批評意識〉〔註13〕及〈「為孝子、義夫、貞婦、淑女別開生面」——論毛聲山父子《琵琶記》評點之倫理意識與批評視域〉〔註14〕

　　兩篇文章皆觸及儒家倫理哲學的內涵。李贄是明末王學流派的思想家，他的評點雜揉傳統儒學意識並擁有開放創新精神，因此從其視角進入可以開啓不同的視域。毛聲山則是清貧自守的儒生，他將《琵琶記》稱為第七才子書，肯定《琵琶記》的教化功能，幾近於將之經典化。他的評點詳盡細膩，對於人物的批評多著眼於倫理的角度。

（三）孫玟、熊賢關〈解讀《琵琶記》和《白兔記》中「妻」的呈現〉〔註15〕

　　以女性主義和性別研究的視野來觀照趙五娘和李三娘，從趙五娘克己行孝、李三娘拒絕改嫁和兩劇中「一夫二妻」團圓結局等問題，探討《琵琶記》和《白兔記》中妻子的呈現。此外，考慮到戲曲文本非凝固的性質特徵，本文也選取《琵琶記》和《白兔記》代表性的版本進行對照，以觀察其對趙、李呈現的某些影響。

（四）王菊艷〈女性自我意識的缺失與儒家文化——從高明的《琵琶記》與南戲「四大傳奇」談起〉〔註16〕。

　　從女性主義的角度來觀察劇中女性腳色反映的儒家倫常精神。作者認為作品塑造了女性的依附人格，缺乏自我抗爭精神，面對磨難選擇了逆來順受的人生態度；還表現為恪守封建婦德與女性「話語權」的失語。這種現象的

〔註13〕《中國文哲研究集刊》27期（2005年9月），頁1～49。
〔註14〕《中國文哲研究集刊》28期（2005年9月），頁45～89。
〔註15〕《藝術百家》第5期（2004年），頁40～69。
〔註16〕《大連大學學報》第25卷第五期（2004年10月），頁55～57。。

形成，與儒家文化的影響有極大關聯，倫理道德觀念壓抑了女性自我意識的覺醒。

（五）馬積高《宋明理學與文學》

馬積高是較早關注此問題的學者，該書對理學對文學的負面影響，進行了全面評論。

（六）韓經太《理學文化與文學思潮》

在學理層面對理學與文學的關係進行探討，他以理學家與文學家之作品仔細比勘，剖析元明之際思想與文學的細部變化，對於理學與文學之交融相應處，著墨甚多。

（七）許總《宋明理學與中國文學》

以理學爲主展開理學與各類文體關聯性的探討。

（八）季國平《宋明理學與戲劇》

從代表市井文化的戲曲與代表上層主流文化的理學兩者間的對立性探討。主張理學興則戲曲衰；理學產生危機，戲曲卻走向繁榮。但是，他也承認理學「在文藝創作中」的正面作用，是中華「脊梁」的精神支柱。

（九）劉小梅《宋元戲劇之雅俗源流》

該書第五章之第二節、第三節探討《琵琶記》的「劇以載道」與雅俗轉換及琵琶記的思想與藝術各方面對戲曲的影響。

本文以理學爲依據，分析五大南戲中天理與人欲的流動，以此檢視理學在南戲中的呈現，論證五大南戲是理學思想的載體，但是理學並沒有扼殺南戲。考察前人相關研究，都沒有在這個跨領域的研究議題上深入探討，希望本文可以在這方面有一點貢獻。

第三節　中心議題與研究方法

理學思想之主要修身議題是「天理與人欲」，以天理克制人欲。天理多了，人欲就少；人欲多了，天理就少，天理與人欲呈現流動的狀態。人們在面對諸多道德人欲的繁複紛雜時，又非簡單之善惡二分可以立判，此中必然呈現出緊張衝突與拉扯。本文以五大南戲爲討論文本，以天理與人欲之流動作爲切入點，分析天理如何在南戲中呈現，南戲如何透過人欲與天理的衝突展現

戲劇張力。

　　以五大南戲爲主要討論文本，乃因考量其在戲劇思想上受到理學的浸潤較深。南戲作品中，早期南戲《王魁》、《趙貞女》、《張協狀元》等在宋光宗朝前已出現，此時理學尚未造成廣大的影響，三劇集中在對負心漢的揭露與控訴，充滿著現實批判精神，對於負心之人是直揭其惡，毫不保留。負心漢腳色陷溺人欲之中，缺乏天理與人欲的流動，與後來《琵琶記》中蔡伯喈的翻攪不安，有極大的不同。《王魁》、《趙貞女》皆已佚失，惟有《張協狀元》尚存。《錯立身》是十四齣的短戲，雖說具備生、旦二角，但王金榜的戲份單薄。主要腳色完顏壽馬放下一切，一意追尋愛情，沒有猶疑衝突；整齣戲強調的是不懼艱辛勇於打破貴賤藩籬的眞愛追尋。《小孫屠》中之生、旦二角，皆縱於人欲，德行有虧，惟小孫屠聰慧孝順，後遭誣陷，慘遭毒手，死而復甦，才得眞相大白。張協是個負心漢，《錯立身》的完顏壽馬則是個痴心漢，小孫屠在劇中的分量又不足，三劇都沒有充分展現天理與人欲的折衝，故僅作爲參考對照。

　　在明初劇壇蕭條了近半個世紀之後，出現的一部備受爭議的作品，就是宣揚「萬世綱常之理」〔註17〕的《五倫全備記》，劇作家丘濬在〈副末開場〉說道：「書會誰將雜曲編，南腔北曲兩皆全，若與倫理無關緊，縱是新奇不足傳。風月好，物華鮮，萬方人樂太平年。今宵搬演新編記，要使人心忽惕然。」〔註18〕此劇主要腳色人物皆具有德行上的非凡成就，形象塑造單一而完美〔註19〕，實際上是弱化了戲劇衝突，雖說此劇號稱「發乎性情，生乎義理，蓋因人所易曉者以感動之。」〔註20〕但是「此劇仍未免把『藝術價值』與『道德功能』兩種議題不當地加以混合。他的劇作不是通過藝術形象涵蘊某種道德

〔註17〕丘濬，《五倫全備忠孝記》〈副末開場〉，收入林侑蒔主編，《全明傳奇》，（臺北：天一出版社），頁2。

〔註18〕丘濬，《五倫全備忠孝記》〈副末開場〉，頁1a。

〔註19〕王璦玲在〈晚明清初戲曲審美意識中情理觀之轉化及其意義〉一文中曾批評《五倫全備記》的人物塑造，她說：「丘濬筆下的主人翁五倫全，對君臣、父子、長幼、夫婦、朋友這些倫常關係的處理，完全符合禮教的規範。他與其弟五倫備，其義弟安克和、其師施善教等人一樣，都成爲一種道德觀念的畫樣。顯然，丘氏是依循著理學觀念來創作戲曲，又透過作品把這種理學觀念灌輸給讀者或觀眾，首開了依理學而作戲的道學風。」收錄於王璦玲，《晚明清初戲曲之審美構思與其藝術呈現》（台北市：中研院文哲所，2005年），頁38。

〔註20〕丘濬，《五倫全備記》〈副末開場〉，頁2a。

品質，而是從道德概念出發構思劇本，人物是道德概念的賦形，故事是道德原理的演化，遂使他整部劇本流為說教〔註21〕。它之失敗實來自劇作家在情節、結構、布局諸方面的矯作，不能怪罪於思想本身。邵璨的《香囊記》緊追其後，繼承《五倫全備記》的教化精神，在《五倫香囊記》的第一齣裏自稱「因續取五倫新傳，標記紫香囊」〔註22〕，企圖以「孝友忠貞節義」之事「感起座間人」〔註23〕，卻變本加厲地以堆砌的詞藻搬弄典故。這兩部一面倒的教化劇，缺少天理與人欲的流動，也不列入本文主要討論的範疇。

王國維在《宋元戲曲史》云：「今日所存最古之南戲，僅《荊》、《劉》、《拜》、《殺》與《琵琶記》五種耳！」〔註24〕（第十四章〈南戲之淵源及時代〉，時王氏未及見1920年發現的《永樂大典》戲文三種。）《荊》、《劉》、《拜》、《殺》並稱四大家〔註25〕，是「中國戲曲自明清以來，最為人所熟知的劇本」〔註26〕，皆有舊本和改本的分別，而改本之時代已進入明代中後期，足以做為前後思想變化比勘之依據，諸劇都反映理學興盛後的禮樂教化成效。《琵琶記》則充滿天理與人欲的拉扯，因而劇中人物得以深化豐富，是部承載高度理學思想的劇作。

就時代而言，以上五部作品均大約完成於元末至明初，此時理學思想已成官學，南戲作品已趨成熟；文人改本的產生多出於明代中葉之後，經過文人之手的改造，往往更加深了禮教的影響力道。本文以《荊釵記》、《白兔記》、《拜月亭》、《殺狗記》及《琵琶記》五齣南戲為主要討論文本，主張這五齣南戲的代表作是倫理思想的載體，在內容上無論是劇作家自覺的植入或是不自覺的反映，理學思想已滲入文本並充分展現天理與人欲的折衝進退。

由於南戲研究較多爭議，本文第二章探討南戲發展的脈絡。必須釐清其

〔註21〕 王璦玲，《晚明清初戲曲之審美構思與其藝術呈現》，頁38。
〔註22〕 邵璨，《香囊記》〈家門第一〉。收入毛晉（1598～1695），《六十種曲》（北京市：中華書局，1958年），頁1。
〔註23〕 邵璨，《香囊記》〈家門第一〉，頁1。
〔註24〕 王國維，《宋元戲曲史》（北京：團結出版社，2005年），頁140。
〔註25〕 （明）凌濛初（1580～1644）《譚曲雜箚》：「《荊》、《劉》、《拜》、《殺》為四大家。」（（明）凌濛初，《談曲雜箚》收入《中國古典戲曲論著集成》（四），頁253。）（清）焦循（1763～1820）《劇說》：「《荊》、《劉》、《拜》、《殺》為劇中四大家。」《中國古典戲曲論著集成》（八），頁109。）
〔註26〕 李恕基編，《周貽白戲劇論文選》（長沙：湖南人民出版社出版，1982年），頁391。

中的紛歧或混淆，並確認南戲與理學在發展時空交會的關鍵性。第三章討論
理學之發展及其與戲曲之交互影響。宋代之社會文化異於唐代，儒學在宋代
再度飛揚提升。雖然在這高張的思想發達之際遭遇亡於異族的命運，然而在
歷經元蒙統治的衝擊後，儒學依然不斷發展。此時通俗文學勃興，倫理道德
的傳播有了新的載體；從幾度的禁戲風波中，也可觀察理學思想與戲劇內容
之拉鋸衝突。

　　第四章起進入本文核心，以天理與人欲的流動爲切入點，來分析戲劇文
本，從南戲人物、情節等之建構，探討南戲如何呈現天理與人欲的流動。第
四章到第六章分別從生與死、貧與富，情與欲三個議題來檢視「天理」與「人
欲」的糾結拉扯。最後一章總結，確定理學在南戲中呈現的是活潑的生命力。

第二章　南戲的發展及其與理學的交會

　　南戲與元雜劇有極大的差異，與後來的傳奇也有顯著的不同。南戲本身，早期作品與後期作品也存在著差異。現存最早的南戲完整劇本是創作於南宋中期的《張協狀元》，它比元雜劇劇本的出現早了許多年〔註1〕。尤其是它兼收各種民間技藝，說唱藝術、宋雜劇、民間歌謠舞樂、詩詞的食而未化雜湊方式，反而成了研究南戲起源的重要資料。因此欲窺早期南戲的樣貌，《張協狀元》是不可錯過的。另外根據有關劇目紀錄，可以確認是南宋作品的還有《趙貞女蔡二郎》、《王魁》、《王煥》和《樂昌分鏡》〔註2〕，可惜都沒有完整劇本留存，僅能藉著幾支殘曲或其他相關記述推演故事梗概，做為研究早期南戲思想題材的憑證。〔註3〕

〔註1〕　有關《張協狀元》創作的年代，學者如錢南揚《戲文概論》、劉念茲《南戲新證》、廖奔《中國戲曲發展史》等，一致認為發生在南宋初期或中期，大約在西元1165年至1189年之間。而北曲形成的時間未有定論，大約在金末元初之間。北曲若再往前推溯，可推至南宋與金對峙時，當時金已有諸宮調劇本，是北雜劇的雛型。宋室南遷在1127年，蒙古滅金在1234年。

〔註2〕　徐渭（1521～1593），《南詞敘錄》曰：「南戲始於宋光宗朝，永嘉人所作《趙貞女》、《王魁》二種實首之。」《中國古典戲曲論著集成》（四），頁239。（元）周德清《中原音韻・正語作詞起例》指出南宋首都杭州盛演戲文如《樂昌分鏡》等類。元人劉一清《錢塘遺事》卷六「戲文誨淫」條曰：「《王煥戲文》盛行於都下。」以上二例參見王國維，《宋元戲曲史》〈南戲之淵源及時代〉，頁142。

〔註3〕　錢南揚，《宋元戲文輯佚》（北京：中華書局，2009年版）根據曲譜、曲選找出許多宋元南戲的資料。

蒙古滅宋（1276），北方成熟的雜劇隨著蒙古政權南下，南戲雖然受到衝擊，暫為北方雜劇的繁興所掩。〔註4〕然而因為南戲具有強烈的本土色彩，受到南方百姓的熱愛，在民間依然保有強健的生命力，「南戲在元劇的全盛時代，未嘗全被抑落」〔註5〕。當元代政權出現疲態，雜劇漸走下坡，南戲又再度興盛。此時它吸取北曲的精華，以嶄新的姿態，再現風華，一時之間作品雜出，蔚為大觀，甚至流傳至今盛演不衰。《荊》、《劉》、《拜》、《殺》和《琵琶記》等名作大約都完成於此時。五大南戲除「陸抄本」《琵琶記》外，元本已不存；明代改本雖非元本，與元本仍有承繼關係，不能斷然分割。本章探討南戲起源發展之同時，亦照應理學發展的時空，發現兩者交疊甚深，兩者之相融相涉乃不可避免，對應於元末南戲之再度興盛，理學發展至元末，其官學地位亦日趨鞏固。加之南曲與北曲之交流日深，文人參與南戲創作的現象增加，使得「詩教」傳統，也在南戲中突出地呈現，教化意味日濃。「五大南戲」皆以家庭婚姻為題材，適足以呈現儒家家庭倫理之大要。以下先討論南戲之起源與發展，再論版本之差異。五大南戲原本多已遺失，現存眾多的改本，在情節、曲辭、賓白方面有些差異，足以影響其思想價值。

第一節　南戲的起源與發展

南戲起源民間，較少得到文人的關注，近代學者的研究又多集中在北雜劇，所以有關其起源與發展仍舊有各種不同說法。考察南戲之名稱就有九種之多，其產生的時間、地點學者也有異說，至於其壯大流播所產生的廣大影響，文獻雖有保存，但歷代學者文人多只當作一時的社會現象，並未給予廣大的關注。直到近年，南戲的研究增多，南戲才有了系統而廣泛的研究成果。

一、南戲的名稱與淵源

南戲一名的出現最早見於元、明間夏庭芝（約1300～1357）《青樓集》（成書於至正十五年，西元1335年）：「龍樓景、丹墀秀皆金門高之女也，俱有姿色，專攻南戲。」〔註6〕之後「南戲」一詞大量出現在明代的文獻，如元末明

〔註4〕　周貽白，《中國戲劇史長編》（上海：上海書店，2004年），頁236。

〔註5〕　周貽白，《中國戲劇史長編》，頁236。

〔註6〕　（元）夏庭芝，《青樓集》收入於《中國古典戲曲論著集成》（二），頁32。錢南揚，《戲文概論》、劉念茲，《南戲新證》皆認為此為「南戲」名稱之最早紀錄。

初學者葉子奇（約 1327～1390 年前後）《草木子》（成書於洪武十一年，西元 1378 年）：「俳優戲文始於《王魁》，永嘉人作之。……其後元朝南戲尚盛行。及當亂，北院本特盛，南戲遂絕。」〔註7〕；祝允明（1460～1526）《猥談》：「南戲出於宣和之後，南渡之際，謂之溫州雜劇。」〔註8〕；徐渭（1521～1593）《南詞敘錄》：「南戲始於宋光宗朝」〔註9〕；何良俊（1506～1573）《四友齋叢說》：「金元人呼北戲爲雜劇，南戲爲戲文。」〔註10〕等，因此「南戲」應是北雜劇興起後，與之相對才有的稱呼。其他見於古今文獻的尚有許多異名，筆者依據曾永義先生在〈南戲的名稱、淵源、形成與流播〉〔註11〕一文的文獻蒐羅結果，羅列各個異名如下：（一）鶻伶聲嗽（二）溫州雜劇、永嘉雜劇（三）戲文、永嘉戲曲、戲曲（四）南戲文、南曲戲文、南戲。

　　第一組「鶻伶聲嗽」，只見於徐渭的紀錄，意義難明，曾永義認爲可能來自早期市井口語。當是南戲發展初期以當地里巷歌謠爲基礎，尚是小戲階段的一個稱呼。〔註12〕

　　第二組「溫州雜劇、永嘉雜劇」當是官本雜劇流播到永嘉後〔註13〕，和當地小戲「鶻伶聲嗽」結合後的新型小戲。因生命力強大，後來流播到外地，被外人稱作「永嘉雜劇」或「溫州雜劇」。（永嘉和溫州同指一地，在歷史上曾交替使用，所以永嘉雜劇即是溫州雜劇）。這種在雜劇前加上地名予以限定的用法，在宋代僅見於此，可能是汴京雜劇南來後，爲了與之區隔才有的稱呼〔註14〕。

〔註7〕　（明）葉子奇，《草木子》，收入俞爲民、孫蓉蓉主編，《歷代曲話彙編・明代編》第一集（合肥市：黃山書社，2006 年），頁 5。

〔註8〕　（明）祝允明，《猥談》，收入《說郛三種》第十冊（上海：上海古籍出版社，1988 年），卷四六「歌曲」條，頁 5，總頁 2099。

〔註9〕　（明）徐渭，《南詞敘錄》，收入《中國古典戲曲論著集成》（三），頁 239。

〔註10〕　（明）何良俊，《曲論》，收入《中國古典戲曲論著集成》（四），頁 3。

〔註11〕　見曾永義，〈南戲的名稱、淵源、形成與流播〉，收入《戲曲源流新論》，（北京：中華書局，2008 年），頁 147～160。

〔註12〕　（明）祝允明，《猥談》云：「生、旦、淨、末等名，有所謂反其事而稱，又或託之唐莊宗，皆謬云也。此本金元閭闔談吐，所謂鶻伶聲嗽，今所謂市語也。」頁，2099。曾永義以爲，「鶻伶聲嗽」是指滑稽演員表演的身段和聲口，以市井口語來描摹南戲初起時的特質和表演，並用此作爲稱呼。參看曾永義，《戲曲源流新論》，頁 148。

〔註13〕　官本雜劇流入民間的資料，參看曾永義，《戲曲源流新論》，頁 149。

〔註14〕　廖奔，《中國戲曲發展史》第一卷（太原市：山西教育出版社，2003 年），頁 324。

第三組「戲文、永嘉戲曲、戲曲」。隨著南戲自身的發展，「永嘉雜劇」向民間音樂、說唱諸技藝吸取更多的養分。因借用說話、諸宮調、唱賺、覆賺等豐富曲折的故事情節而易名為「戲文」，強調的是表演故事。此時「戲文」業已吸收了宮調聯套的方法，「曲」的地位日趨重要，因而又有「戲曲」之稱，它的大本營仍在永嘉，又稱「永嘉戲曲」。〔註15〕

第四組「南戲文、南曲戲文、南戲」。雜劇與戲文，一用北曲，一用南曲，在曲調上有明顯分別。北雜劇南移後，為了與興起於金元的北曲雜劇區隔，將戲文稱為南曲戲文，簡稱為南戲文或南戲。入明，人們亦以「南戲」稱與「北雜劇」相對立的劇種，而以「戲文」稱其劇本。〔註16〕「戲文」一稱，或稱劇種或單指劇本，後來又有戲曲泛稱的意義，不如「南戲」意義之單一明確，因此現在我們多以「南戲」來稱呼。

二、南戲的形成與發展

（一）南戲興起的時間

南戲誕生的時間，主要的文獻有二：

1. 明祝允明（1460～1526）《猥談》說：

> 南戲出於宣和之後（1119～1125），南渡之際（1127），謂之溫州雜劇。余見舊牒，其時有趙閎夫榜禁，頗述名目，如《趙貞女蔡二郎》等，亦不甚多。〔註17〕

2. 明徐渭（1521～1593）《南詞敘錄》說：

> 南戲始於宋光宗朝（紹熙，1190～1194），永嘉人所作《趙貞女》、《王魁》二種實首之……或云宣和間已濫觴，其盛行則自南渡。號曰「永嘉雜劇」，又曰「鶻伶聲嗽」。〔註18〕

有關南戲起源，以上二種文獻可歸納出三種說法：一在宣和間（1119～1125），二在南渡之際（1127），三在宋光宗朝（紹熙，1190～1194）。錢南揚認為「宣

〔註15〕 曾永義，《戲曲源流新論》，頁 154～160。

〔註16〕 曾永義，《戲曲源流新論》，頁 169。

〔註17〕 （明）祝允明，《猥談》，收入《說郛三種》（上海：古籍出版社，1988 年），頁 2099。

〔註18〕 （明）徐渭，《南詞敘錄》收入《中國古典戲曲論著集成》（三）中國戲曲研究院編（北京市：中國戲劇出版社，1959 年），頁 239。

和」間指的是南戲的初創時期，此時南戲可能還是粗樸的面貌〔註19〕；曾永義也有類似的看法，他以爲此時號稱「溫州雜劇」是就其初起的「小戲」階段而言〔註20〕。到了七十年後宋光宗時，此時南戲已能搬演像《趙貞女》、《王魁》這樣的「大戲」。根據錢南揚的推算，趙閎夫與宋光宗趙惇的年齡相近，當時趙閎夫可能就在杭州做官。南戲引起趙閎夫〔註21〕的注意，而加以榜禁，說明此時已進入成熟期，對社會有極大的影響力，而且已從溫州傳到了都城杭州。金寧芬同意錢南揚的推論，撰《南戲形成時間辨》一文加以考辨，確認趙閎夫榜禁是在光宗朝前後，徐渭「南戲始於宋光宗朝」，不符事實，祝允明「南戲出於宣和之後，南渡之際」的意見比較可信。〔註22〕徐渭採用了兩說並存的方式，正展示了南戲由初生到成熟的歷程。

（二）南戲誕生的地點

南戲產生的地點，主要說法也有二種：

1. 產生於溫州地區：

南戲誕生的地點，早期學者並無異論，一致認爲南戲誕生於溫州地區。以現存古今文獻來看，此說擁有文獻資料的普遍支持。如周密《癸辛雜志別集》卷上「祖傑」條、劉勳《水雲村稿·詞人吳用章傳》、祝允明《猥談》、徐渭《南詞敘錄》等皆有永嘉人創作南戲的紀錄。就歷史文獻看，溫州曾經是南戲最發達的地區，許多劇本都產生在這裡，除《趙貞女》、《王魁》外，尚有九山書會編寫的《張協狀元》，發生於溫州的《祖傑》，永嘉書會才人編寫的「成化本」《白兔記》〔註23〕，九山書會捷機史九敬先編寫的《董秀英花月東牆記》〔註24〕，高則誠編寫的《蔡伯喈琵琶記》、《閔子騫單衣記》〔註25〕

〔註19〕錢南揚，《戲文概論》（台北：木鐸，1988年），頁22。

〔註20〕曾永義，《戲曲源流新論》，頁154～160。

〔註21〕見錢南揚，《戲文概論》，頁21～24。

〔註22〕金寧芬，《南戲研究變遷》（天津：天津教育出版社，1992年），頁11～13。

〔註23〕作品產生於溫州的紀錄，見曾永義，《戲曲源流新論》，頁157～158。另外俞爲民、劉水雲共收錄八條，見《宋元南戲史》，（南京：鳳凰出版社，2009年），頁5～9。

〔註24〕劉念茲說：「南戲《董月英花月東墙記》，就是『九山書會』中一位名叫史九敬先的『才人』手筆。見《中國大百科全書》〈戲曲　曲藝〉（台北：錦繡出版社，1992年），頁170。

〔註25〕徐渭，《南詞敘錄》，收入《中國古典戲曲論著集成》（三），頁252，標示作者爲高明。高明是永嘉人。

等。故一般學者皆主張溫州為南戲的起源地，直到元代它還是重要的南戲創作和演出中心，誰都不能否定它在南戲發展中的重要地位。

2. 在閩浙兩省沿海一帶同時出現：

劉念茲在《南戲新證》一書中提出：

> 我們認為南戲是在閩浙兩省沿海一帶同時出現，而互相影響，產生的地點具體來說是在溫州、杭州以及福建的莆田、仙遊、泉州等地。
> 〔註26〕

他以在福建實際調查研究的經歷，大膽作出迥異於前人的論斷。首先他提出，《張協狀元》既是九山書會翻編的本子，那原作出自何處呢？現在福建的莆仙戲還保留了《張協狀元》的演出，它的本子是從溫州來的嗎？次以陳淳〈上傅寺丞論淫戲〉〔註27〕文為例，論證朱熹知漳州時，漳州戲劇活動已經很盛行，並且已有很大的影響力，所以才前後遭到朱熹和陳淳的反對，其時間正與宋光宗朝時間同時。又以莆田文人劉克莊（1187～1269）三首詩〔註28〕中紀錄當時戲劇演出為例，推論當時已經出現南戲。再以南戲演唱聲腔，以閩浙兩省地方的方音為準繩，而證明南戲產生的地方不僅在浙江一帶，還應包括福建的一些地方。再舉徐渭《南詞敘錄》作於福建，證明徐渭寫作材料來自福建沿海看到的莆仙戲、梨園戲。加上今天在溫州已經找不到與南戲直接相關的聲腔或曲調，反而在福建等地保留許多南戲的劇目劇本、伴奏樂器，並且直至現在還有持續不輟的演出，莆仙戲和梨園戲的傳統劇目，尚且保留

〔註26〕劉念茲，《南戲新證》，（北京：中華書局，1986年），頁20。

〔註27〕何喬遠，《閩書》，卷153「高德」引：「某竊以此蠹陋俗，當秋收之後，……築棚于居民叢萃之地，四通八達之郊，以廣會觀者：至市廛近地四門之外，亦爭為之不顧忌。」引自劉念茲，《南戲新證》，頁21。該文也收入（明）羅青霄，《漳州府志》卷十（廈門：廈門大學出版社，2010年），頁303。《文淵閣四庫全書》（台北：商務）史部228，頁505。

〔註28〕劉念茲，《南戲新證》，頁22。劉克莊，《後村先生大全集》，收入《四部叢刊正編》六三（台北：商務印書館，1975年），據上海涵芬樓影印舊鈔本原書。一八八卷，〈生查子〉（元夕戲陳敬叟）：「繁燈奪霽華，戲鼓侵明發，物色舊時同，情味中年別。」（《後村先生大全集》，頁1683）又四十三卷〈觀社行和實之韻〉第二首〈再和〉：「陌頭俠少行歌呼，方演東晉談西都，淫哇奇響蕩眾志，瀾翻辨吻矜群愚。狙公加之章甫飾，鳩盤繆以脂粉塗。荒唐夸父走棄杖，恍忽象罔行索珠，效牽酷肖渥洼馬，獻寶遠致崑崙奴。」（《後村先生大全集》，頁357）又卷十〈田社即事十首〉之一：「兒女相攜看市優，縱談楚漢割鴻溝，山河不暇為渠惜，聽到虞姬真是愁。」（《後村先生大全集》，頁95～96）

了《南詞敘錄》所記錄的大部分南戲劇目。

廖奔將溫州城擴大為溫州地區，包括了與溫州毗鄰位在福建東北部的福州。廖奔認為：

> 一種戲劇樣式產生的空間需要有較大的文化延展度和歷史縱深，它既要有前代豐厚的戲劇文化基礎作為前提，又要有一個適度的地域文化環境作為土壤，同時在中心城市發生的進化最快的戲劇樣式也必然很快地向周圍地區蔓延。……溫州雜劇只是由於在當時當地發展得最為成熟，成為周圍地區南戲樣式的集中代表，才被以之命名，而一些跡象表明，南戲應該是在東南沿海一帶——浙江東南部甚至福建東北部地區共同的文化生成物。〔註29〕

顯然，廖奔也認為南戲早期在東南沿海一帶並起。

劉念茲的說法，學術界稱之為多點說，然支持此說者較少〔註30〕。大部分學者如錢南揚、金寧芬、孫崇濤、曾永義、徐宏圖、俞為民等〔註31〕皆認為溫州才是誕生地，福建等地僅是南戲迅速傳播流布壯大的所在。

在諸多說法中，以曾永義的論述最為完備可信，他的「小戲」多源並起，「大戲」一源多派的說法最能涵括多種可能性。他認為戲文流播至南豐、杭州、吳中有明確文獻記載；而有關文獻對莆田、泉州、漳州優戲盛行的記載，在時間上無一在宋光宗紹熙（1190～1194）前〔註32〕，因此他們應該也和南豐、杭州、吳中一樣是永嘉戲文的流播地。徐渭所稱的「鶻伶聲嗽」，就是以鄉土歌舞形成的「小戲」，以此為基礎再吸收官本雜劇就成為「永嘉雜劇」。同理，其他各地也是可以各就地方歌舞產生各自的雜劇，如杭州雜劇，莆田

〔註29〕 廖奔，《中國戲曲發展史》，第一卷，頁328。

〔註30〕 支持多點說的尚有趙景深的《南戲新證・序》（劉念茲《南戲新證》，序頁6）、彭飛和朱建明，《戲文敘錄・前言》（台北市：施合鄭民俗文化基金會，1993年），頁6。

〔註31〕 主張南戲源於溫州雜劇，其後再流播各地的學者及其論著有：錢南揚《戲文概論》、金寧芬《南戲研究　變遷》、孫崇濤〈略論南戲研究中的幾個問題〉、曾永義〈也談南戲的名稱、淵源、形成和流播〉、徐宏圖《南宋戲曲史》、俞為民《宋元南戲史》等。

〔註32〕 金寧芬在《南戲研究變遷》提到，劉念茲的論證資料，無一事發生在宋光宗朝以前。因此只能說明宋光宗朝以後之戲劇活動，無法證明這些地方在宣和之後，南渡之際，與溫州同時產生南戲。見《南戲研究變遷》（天津教育出版社，1992年），頁15。

雜劇等等。尚屬小戲階段的各種雜劇，它們是可以「多源並起」的〔註33〕。永嘉雜劇吸收了說唱文學的音樂和故事而壯大為大戲劇種「戲曲」或「戲文」，因其生命力強大而向外流播，流播至一地，必因其民歌小調的注入和方言腔調的影響而有所變化。其變化大抵有兩種情形，一種是保持溫州腔的韻味而揉入流播的腔調，如戲文傳到南豐尚被稱為「永嘉戲曲」。一種是腔調被取代而形成新的腔調劇種，如「溫腔戲文」流入莆仙而為「莆腔戲文」，流入泉州而為「泉腔戲文」。也就是說，戲文是指其係屬大戲的「體制劇種」，而各地名則指其方言所產生的腔調，合而稱之，即為「腔調劇種」。若此就大戲「戲文」而言，就是「一源多派」了。〔註34〕根據文獻加以考察，南戲發源於溫州地區有較充分的文獻支持，雖然各流播地甚至保有超越發源地的可貴戲曲文獻，仍無法證實其為起源點。以下以溫州為中心，論述永嘉雜劇從小戲壯大為大戲而各地流播的情形。

（三）南戲的壯大

　　永嘉戲文迅速壯大，其中一個最關鍵的因素是中國敘事文學在宋代的急遽發展。戲曲是高度的綜合表演藝術，中國戲曲遲至十二世紀才在溫州地區產生，究其原因，最直接的因素當與中國文學藝術發展的特殊偏向有關。徐宏圖指出，古希臘悲劇和印度梵劇誕生之前，都先有壯闊的長篇史詩，為即將誕生的戲劇提供豐富的題材。綜觀中國文學的發展，先秦時代出現的多是抒情短詩。漢代才出現像〈陌上桑〉、〈秋胡行〉、〈白頭吟〉等少數有故事情節的敘事詩。直到南北朝時代〈孔雀東南飛〉、〈木蘭詩〉等真正敘事詩才在中土現身。〔註35〕

　　考察各家說法，我們可以肯定，唐代變文與宋代話本等長篇說唱文學的出現，是加速戲曲產生的重要因素。變文是民間敘事詩受印度佛教文學影響而產生的新詩體，形式上韻文、散文相間。開始於寺廟的講經論道，後來擴大題材到一般人間世事，像《王昭君變文》、《伍子胥變文》等皆是一般世事，與經義無涉。變文的進一步發展是話本、諸宮調、唱賺、覆賺等說唱藝術。分別說明如下：

　　1. 「說話」見南宋孟元老《東京夢華錄》，該書成於南宋紹熙十七年

〔註33〕見曾永義，《戲曲源流新論》，頁 168。

〔註34〕見曾永義，《戲曲源流新論》，頁 169。

〔註35〕徐宏圖，《南宋戲曲史》（上海：上海古籍出版社，2008 年），頁 134～135。

（1147），記徽宗崇寧至宣和間（1102～1125）汴梁之繁華盛況。〔註36〕「說話藝術是以抑揚頓挫、繪聲繪色的講說來表演故事。」〔註37〕「話本」則是「說話」的文本。

2. 「諸宮調」見宋王灼《碧雞漫志》卷二：「熙豐、元祐間（神宗，1068～1094），……澤州孔三傳者，首創諸宮調古傳，士大夫皆能誦之。」〔註38〕所謂諸宮調，「是將同一宮調的若干支曲調聯成一個套曲，然後再把幾個不同宮調的套曲串連成一篇，並加以說白，以說唱故事。」〔註39〕

3. 「唱賺、覆賺」見吳自牧《夢梁錄》卷二十：

> 紹興年間（1131～1162）有張五牛大夫，因聽動鼓板中有《太平令》
> 或賺鼓板，即今拍板大節抑揚處是也，遂撰爲「賺」。賺者，誤賺之
> 之義也，正堪美聽中，不覺已至尾聲，是不宜爲片序也。又有「覆
> 賺」，其中變花前月下之情及鐵騎之類。〔註40〕

唱賺「也是聯合若干支曲調來演唱故事」，「所用的文學本子稱『賺詞』」。〔註41〕

最早戲曲腳本應該是從這些說唱文學的作品改編的。例如：《趙貞女蔡二郎》問世之前，就早有鼓詞《蔡中郎》在浙東傳唱。其他如《王魁》、《王煥》、《樂昌公主》、《張協狀元》等戲文亦是如此。《張協狀元》開場就明白顯露它是從諸宮調加以改編的，開場裏有「似恁唱說諸宮調，何如把此話文敷演」。〔註42〕王國維早就看到敘事文學對南戲之形成的重要意義，他稱：

> 宋之滑稽戲，雖托故事以諷時事，然不以演事實爲主，而以所含之意
> 義爲主。至其變爲演事實之戲劇，則當時之小說，實有力焉。〔註43〕

小說、話本等敘事文學對戲劇的重大影響，近代學者多表認同。徐順平說：「南戲是接受了宋元俗文學和民間表演藝術的影響而形成的一種藝術新體制。」〔註44〕他推論出南戲在題材內容、結構體例、表演藝術、語言應用，

〔註36〕轉引自曾永義，《戲曲源流新論》，頁155。

〔註37〕俞爲民、劉水雲，《宋元南戲史》，頁18。

〔註38〕宋王灼，《碧雞漫志》卷二。收入《歷代曲話彙編‧唐宋元編》，頁62。

〔註39〕俞爲民、劉水雲，《宋元南戲史》，頁18

〔註40〕吳自牧，《夢梁錄》卷二十。（北京市：中國商業出版社，1964年），頁178。

〔註41〕俞爲民、劉水雲，《宋元南戲史》，頁20。

〔註42〕徐宏圖，《南宋戲曲史》，頁135。

〔註43〕王國維，《宋元戲曲史》，頁39。

〔註44〕徐順平，〈南戲與俗文學〉，收錄於溫州市文化局編《南戲國際學術研討會論

到審美題識等方面都與話本有著密切的關係。〔註45〕此外，傀儡戲、影戲也在宋代有很大的發展，對以真人扮演的戲曲也有很大的影響。以上各類說唱藝術都有豐富曲折的故事情節和結構，足以提供戲文豐富的養料。俞為民、劉水雲認為「宋雜劇是南戲的直接淵源，因為宋雜劇已經具備了表演藝術與敘述文學相結合的因素」，它有一本四段，「務在滑稽」的短劇，也存在著「全以故事」的長篇故事劇。〔註46〕廖奔、劉彥君也認為：「中國的成熟戲劇——戲曲在宋代的出現，取決於諸多因素，其中最重要的因素是中國民間通俗敘事文學的成熟，他體現為說話和說唱表演藝術的繁榮。戲曲產生於宋代的另一個重要因素是：當時的說唱和說唱藝術所積累的經驗和技巧為之提供了擴張音樂結構的前景。」〔註47〕

（四）南戲的流播

到了南宋中期，以永嘉為大本營，汲取各類說唱、技藝、文學養分而成熟的戲曲，以它強大的生命力向外流播。只要路徑有三：向北傳入杭州，向南傳到閩南，向西傳到江西，足跡遍布浙江、福建、江西〔註48〕。簡要整理分述如下：

1. 流播浙江杭州

元周德清《中原音韻·正語作詞起例》指出首都杭州盛演戲文如《樂昌分鏡》等類，演出的聲韻根據的是沈約依吳語方言所制韻書《四聲譜》的規則。元人劉一清《錢塘遺事》卷六「戲文誨淫」條曰：「《王煥戲文》盛行於都下……一倉官諸妾見之，至於群奔，遂以言去。」〔註49〕戲文對人心造成影響，使倉官群妾感於愛情之可貴而紛紛離去。南戲能在都城盛演，說明它有強大的活力。

2. 流播閩南、廣東（漳州、泉州、莆田、潮州）

陳淳〈朱子守漳實跡記〉、〈上傅寺承論淫戲書〉足以說明漳州戲劇之盛，

　　　文集》（北京：中華書局，2000年），頁55。
〔註45〕徐順平，〈南戲與俗文學〉，頁60～64。
〔註46〕見《宋元南戲史》，頁15～19。
〔註47〕廖奔、劉彥君，《中國戲曲發展簡史》（太原市：山西教育出版社，2009年），
　　　頁41。
〔註48〕曾永義，《戲曲源流新論》，頁158～164。
〔註49〕（元）劉一清《錢塘遺事》（上海：上海古籍出版社，1985年），頁126。

所以引起主政者的注意〔註50〕。南宋劉克莊（1187～1269）晚年（景定、咸淳間）鄉居之作，則有多篇描寫莆田演戲之情況。〔註51〕閩南漳州的優人作戲，影響非常強大，莆田優戲有複雜情節又大受歡迎，兩地戲劇的盛況都非「小戲」可以辦到，因此漳州在宋光宗紹熙、寧宗慶元間，莆田在宋理宗景定、度宗咸淳間屬於「大戲」的優戲已經非常盛行了。〔註52〕此外，亦有古劇為證，莆田今存「莆仙戲」，泉州有「梨園戲」，漳州也有古老的「竹馬戲」和「白字戲」，潮州雖缺乏文獻，卻有古劇本可以追溯〔註53〕。

3. 流播江西南豐、景德鎮、鄱陽

劉壎（宋理宗嘉熙四年 1240～元仁宗元祐六年 1319）《水雲村稿·詞人吳用章傳》：「至咸淳（宋度宗年號，1265～1274），永嘉戲曲出，潑少年化之；而後淫哇盛、正音歇。」〔註54〕南渡之初，汴都「正音教坊遺曲」以及吳用章、姜夔等文人詞還在南豐流播。到南宋末年咸淳間「淫哇之音」的南戲傳到南豐，「潑少年」為之風靡，「正音」不得告歇。另外在江西景德鎮和鄱陽曾出土數量眾多的南戲戲俑：1973 年景德鎮出土南宋淳祐十二年（1252 年）查曾九墓，1975 年鄱陽出土南宋景定五年（1264 年）洪子成墓。兩處葬墓時間皆在南宋晚期，皆出有造型別緻，形象生動，表情豐富的瓷俑，瓷俑風格又相近。顯示在瓷都瓷俑一度流行，只有在南戲盛行的情況下，才有可能將南戲人物塑成瓷俑，並成為陪葬物。〔註55〕

另有流播江蘇吳中之文獻，宋末張炎《山中白雲詞》卷五〈滿江紅〉詞題：「《韞玉傳奇》，惟吳中子弟為第一流；所謂識拍道，字正、聲清，韻不狂，俱得之矣，作平聲〈滿江紅〉贈之。」〔註56〕擅演戲文的吳中藝人到臨安演

〔註50〕理學家朱熹、陳淳等對於戲劇的注意，留待下一章討論。

〔註51〕劉克莊詩見註28。

〔註52〕曾永義，《戲曲源流新論》，頁 161～164。

〔註53〕潮州現存明代劇本可以確認的有七種：1.嘉靖刻本《蔡伯喈》2.宣德七年寫本《劉希必金釵記》3.嘉靖刻本《荔鏡記》4.萬曆辛巳（1581）《新刻增補全像鄉談荔枝記》5.《顏臣》刻於《荔鏡記》劇本之上欄 6.萬曆刻本《重補摘錦潮調金花女大全》7.《蘇六娘》，附於《金花女》劇本上欄。見曾永義，《戲曲源流新論》，頁 165。

〔註54〕宋元間劉壎，《水雲村稿》，收入《影印文淵閣四庫全書》（台北：商務印書館），第 1195 冊，頁 371。

〔註55〕參見唐山，〈江西鄱陽發現宋代戲劇俑〉、劉念茲，〈南宋饒州瓷俑小議〉，《文物》第四期（1979 年）。轉引自廖奔，《中國戲曲發展史》，第一卷，頁 335。

〔註56〕南宋張炎，《山中白雲詞》，收入嚴一萍選輯《百部叢書集成》第 74 輯，楡園

出，受到張炎賞識，張炎以詞贈之。說明當時戲文已流播吳中，並有優秀藝人四處演出。張炎生於宋理宗淳祐八年（1248年），然而「洛地〈韞玉試證〉（浙江藝術研究所編《藝術研究資料》第三輯）認爲，這裏『傳奇』二字指的是『雜劇』並非『戲文』。」〔註57〕廖奔根據洛帝的考訂認爲此詞完成於大德四年至大德九年間（1300～1305），已是元代初期了，無法證明南宋末年南戲已在蘇州一帶流行。〔註58〕南戲流播之地也是理學盛行之區，隨著南宋中後期儒學世俗化腳步的加速，對俗文學的影響也日益加深，容待後章進一步討論。

第二節　南戲與北曲

宋室南渡，北方淪爲金朝統治，形成南北分治的局面。北方戲劇在宋金雜劇的基礎上，逐漸發展成北雜劇，南方則以村坊小曲爲基礎，結合宋雜劇、民間音樂、說唱諸技藝等形成南戲。蒙古滅金，北雜劇持續發展，文人積極參與創作，形成僅次於唐詩、宋詞的文學高峰。蒙古滅宋，南北政權再度統一，北雜劇南下，南北戲劇因而有了更多的交會。在南北彼此吸收融會的過程中，北雜劇雖具有短小精悍和嚴格體制化的音樂形式，卻因形式的固著，開放空間較少，反爲南戲吸納，而逐漸衰弱不彰；反之，南戲因形式自由，可以無限容納新事物而日趨完善。北雜劇的刺激滋養對南戲的提升是一大助力，因此南戲在元代經歷了北曲化，文人化的歷程，到了明朝又經歷崑曲化的洗禮而走入傳奇〔註59〕，形成中國戲劇的另一段高峰。值得一提的是在文人化的過程中，理學家高明參與了戲曲的創作，他的《琵琶記》使戲曲與理學直接接軌，並造成廣泛的影響。底下分三個進程討論南戲與北曲。

一、北曲與南曲的交會

蒙元滅宋之前，南戲與北雜劇因著南北政權分立，各自發展。南戲在北宋

叢刻，3～4，（台北藝文印書館，1968年），卷五，頁2下。轉引自廖奔《中國戲曲發展史》，第一卷，頁83～84。
〔註57〕金寧芬，《南戲研究變遷》，頁44。
〔註58〕洛地，〈韞玉試證〉一文（載浙江省藝術研究所編，《藝術研究資料》第3輯），見廖奔，《中國戲曲發展史》，第一卷，頁84。
〔註59〕戲文蛻變爲傳奇曾永義有所謂「三化説」，見曾永義，《戲曲源流新論》，頁286。

末徽宗宣和年間，以北宋官本雜劇爲基礎在東南方溫州一帶發展；北雜劇最終
形成大約是在金末元初，是在宋金雜劇的基礎上吸收諸宮調等說唱藝術，以大
都、平陽等爲中心發展出來的。隨著元代的建立，打破南北政權長期分立的狀
態，北雜劇南下杭州，南北曲大規模的交鋒。根據徐渭《南詞敍錄》：

> 元初北方雜劇流入南徼，一時靡然向風，宋詞遂絕，而南戲亦衰。

> 順帝朝，忽又親南而疏北，作者蝟興。〔註60〕

從徐渭的敍述看來，在元滅南宋之後，北劇南下，在南方造成極大流行，南
戲發展因而受挫衰弱。但是考察史實，南戲的生命力仍是無比豐沛，由宋入
元的周密（1232～1298）在《癸辛雜志別集》卷上「祖傑」條記載溫州惡僧
祖傑勾結官府危害百姓，人們將此事寫成戲文廣爲流播，因而促使祖傑就法，
成功除害的故事。其文云：

> 其事雖得其情，以行申省，而受其賄者，尚玩視不忍行。旁觀不平，

> 惟恐其漏網也，乃撰爲戲文以廣其事。後眾言難掩，遂斃之於獄。

> 〔註61〕

根據劉壎（1240～1319）《水雲村稿》卷八〈義犬傳〉，可以推出此事件大約
發生在 1310 年前後。〔註62〕顯然此時溫州南戲依然盛行，才有強大的影響力，
成爲關鍵的輿論力量，阻止不幸事件的發展。當時北雜劇雖盛行，而南戲在
溫州實際上並未衰歇。《拜月》、《琵琶》等名作相繼產生，元末南戲在南方之
進一步發展，是無庸置疑的。〔註63〕

　　元初北雜劇在杭州大盛，北劇作家紛紛南移或至南方演出。如雜劇班頭
關漢卿就到過杭州，他的【南呂・一枝花】〈杭州景〉散套是在杭州完成的，
他稱杭州是「普天下錦繡鄉，寰海內風流地」，足見杭州這塊土地具足吸引文
人墨客的條件。又根據鍾嗣成《錄鬼簿》記載，曾瑞、丁野夫、秦簡夫、喬

〔註60〕徐渭，《南詞敍錄》收入《中國古典戲曲論著集成》（三），頁239。

〔註61〕周密，《癸辛雜志別集》收入《影印文淵閣四庫全書》（台北：商務，1983年）
　　　　第1040冊，頁133～135。

〔註62〕見廖奔，《中國戲曲發展史》，第二卷，頁85。劉壎在元祐元年（1314年）於
　　　　延平府（今福建南平市）親自聽到林南谷說此事。

〔註63〕見張庚、郭漢城，《中國戲曲通史》（北京：中國戲劇出版社，1992年），頁
　　　　79。根據金寧芬的說法，大多數學者都反對南戲曾經「衰」、「絕」，如「錢南
　　　　揚《宋元戲文輯佚・前言》開頭就說：『宋元戲文，在當時和金元雜劇並盛。』
　　　　其《戲文概論》更明確地說：『戲文……自南宋初至元末，始終在民間流行不
　　　　衰。』（《南戲研究變遷》，頁45。）

吉和陸仲良都從北方遷居杭州；另外，馬致遠後來因爲得了江浙行省務提舉的官職，也來到杭州；鄭光祖、尚仲賢與戴善夫也因官職而南下。隨著北曲作家的南移，雜劇演員也來到南方，如大都著名演員珠簾秀在元朝建立後來到杭州。〔註64〕此外，成書於至正十五年（1335 年）夏庭芝《青樓集》記載多位北方雜劇演員馳名江浙：「天賜秀，姓王氏，侯總管之妻也，善綠林雜劇。……又有張心哥，亦馳名江浙。」「于四姐，字慧卿，尤長琵琶，合唱爲一時之冠。……後有朱春兒，亦得名於江浙。」「小玉梅，姓劉氏，獨步江浙。趙眞眞，馮蠻子之妻也，善雜劇，有繞樑之聲。其女西夏秀，嫁江闉甫，亦得名淮浙間。」「李眞童，張奔兒之女也，十餘歲，即名動江浙，色藝無比。喜溫柔，曾九之妻也，姿色端麗，而舉止溫柔，淮浙馳名，老而不休。」「小春宴，姓張氏，自武昌來浙間。天性聰慧，記性最高。勾欄中作場，常寫其名目貼於四周遭梁上，任看官選揀需索。」「事事宜，姓劉氏，姿色歌舞悉妙。其夫玳瑁臉，其叔象牙頭，皆副淨色，浙西馳名。」〔註65〕甚至有以演南戲著名的，如龍樓景、丹墀秀二人皆北方人，卻專攻南戲〔註66〕。

北曲作家南移，親眼目睹南戲的演出，他們也開始嘗試創作南曲。據《寒山堂新訂九宮十三攝南曲譜》卷首「譜選古今傳奇散曲集總目」，《劉知遠重會白兔記》是北曲作家「劉唐卿改過」，《蕭淑貞祭墳重會姻緣記》爲「史敬德、馬致遠合著。」，《蘇武持節北海牧羊記》是「江浙省務提舉大都馬致遠千里著」，《金銀貓李寶閙花記》、《三十六瑣骨》是「大都鄧聚德著」。〔註67〕又如蕭德祥，《錄鬼簿》謂其「凡古文具隱括爲南曲，街市盛行，又有南曲戲文。」並在其名下，載有《小孫屠》。俞爲民認爲《小孫屠》應是根據同名雜劇改編的南戲。〔註68〕

〔註64〕見俞爲民，《南戲考論續篇》（北京：中華書局，2004 年），頁 90～92。
〔註65〕元明間夏庭芝，《青樓集》，收入《中國古典戲曲論著集成》（二），（北京：中國戲劇出版社，1959 年），頁 26～39。
〔註66〕《青樓集》：「龍樓景、丹墀秀，皆金門高之女也。俱有姿色，專攻南戲。龍則梁塵暗簌，丹則驪珠宛轉。」中國戲曲研究院編，《中國古典戲曲論著集成》（二），頁 32。
〔註67〕轉引自俞爲民，《南戲考論續篇》（北京：中華書局，2004 年），頁 94。俞爲民認爲大都鄧聚德所作《三十六瑣骨》，系由北方大都福隆寺刊行。北方人創作南戲，又在北方刊刻發行，此顯然是南戲北傳到大都後，與北曲交流後才可能產生。
〔註68〕見俞爲民，《南戲考論續篇》，頁 94。

受了南戲的吸引，北曲作家創作南曲、或改編北曲爲南曲，同時也有將南曲改編爲北曲的；相對的，南曲作家也有將北曲改編成南曲的。從現存南戲和北曲劇目比看，南戲與北劇劇名與情節相似的，分別有 89 和 96 本之多，〔註69〕數量甚是可觀。南北劇目的頻繁交流，使南戲北劇互相滋長變化。

二、南戲北曲化、北劇南曲化

北劇南移固然一時對南戲造成衝擊，但對南戲的長期發展而言卻宛如一帖良藥，逐漸改善南戲的體質，使其更加壯大完善。對北劇而言，南戲的自由度與開放性對它時時招手，使它的嚴整性受到極大的挑戰。南曲對北曲的吸納有用整套北曲作爲曲調的，也有用南曲曲調而模仿北曲散套或劇曲連套的，也有吸收若干支北曲與南曲組成合套的。〔註70〕於是打破南北音樂疆界的新形式終於誕生，時人稱之爲「南北合腔」或「南北合套」。在南北交會的進程中，北曲最終雖然衰弱消亡，卻仍大部分保留在南戲中。

北雜劇和南戲在形成初期，北雜劇只用北曲，南雜劇只用南曲。南曲和北曲在方言、旋律、節奏上不同，又有各自的唱法，其後因在相同的地區流行，又有眾多藝人兼擅南北曲，所以，在同一套曲子中既唱南曲曲牌，又唱北曲曲牌的現象就發生了。鍾嗣成《錄鬼簿》記載：「以南北調合腔，自和甫始，如〈瀟湘八景〉、〈歡喜冤家〉等曲，極爲工巧。」沈和甫係元雜劇作家，上述〈瀟湘八景〉係散曲。〔註71〕

戲曲中最早用南北合套的是《小孫屠》〔註72〕。南戲本來就具有兼容並蓄的特質，在發展過程中即不斷吸收各種曲調，因而也具備較多的開放性。當北曲南來，南戲再吸納北曲作爲自己的養分，那是再自然不過的事。現在僅存的南宋南戲劇本《張協狀元》，全部使用南曲。進入元代後，隨著時間的推移，北曲在南戲劇本中出現的就越多，《宦門子弟錯立身》和《小孫屠》，

〔註69〕見俞爲民，《南戲考論續篇》，頁 94。
〔註70〕見俞爲民，《南戲考論續篇》，頁 106～107。
〔註71〕見《中國大百科・戲曲曲藝》（台北：錦繡，1992 年）「南北合套」條，頁 263。廖奔，《中國戲曲發展史》，第二卷，頁 88。
〔註72〕見《中國大百科・戲曲曲藝》（台北：錦繡，1992 年）「南北合套」條，頁 263。廖奔，《中國戲曲發展史》，第二卷，頁 88。錢南揚、俞爲民則有不同看法，他們認爲戲曲中最早用南北合套的是《宦門子弟錯立身》，見錢南揚，《戲文概論》，頁 39。俞爲民，《南戲考論續篇》，頁 107。之所以有此差異，在於錢、俞認爲《錯立身》作品早於《小孫屠》。

已經有混用北曲的情形。如《小孫屠》第十九齣：

　　　【北新水令】——【鎖南枝】——【北甜水令】——【香柳娘】——
　　　【花兒】

插入的北曲曲牌已經特別標出是北曲。第十九齣另一曲：

　　　【北曲端正好】——【南曲錦纏道】——【北曲脫布衫】——【南
　　　曲刷子序】——【南曲鎖南枝】——【童錢換頭】

不僅標出北曲，連南曲也特別標出，成為鮮明的一南一北合套形式。〔註73〕

　　同時，北曲嚴格的規範也受到挑戰，因為在北曲中吸收南曲曲牌，勢必破壞北曲原有的森嚴的體制。在雜劇中使用南北合套，最早見於元明之間賈仲明的雜劇《呂洞賓桃柳升仙夢》，四折全部用南北合套，以一支北曲一支南曲相接的方式，由末、旦輪唱。〔註74〕入明之後甚至出現全部用南曲寫的雜劇，稱之為南雜劇，南雜劇的體制逐漸向南戲靠攏，宮調、折數等日趨自由，「它與傳奇的區別，只在於篇幅的長短而已。」〔註75〕北雜劇則日漸消沉。

三、南戲文人化

　　隨著南北曲的交流，南戲吸納北曲之滋養，在音樂表現和表演體制上，更多圓熟；在語言風格方面，也有了變化。這個改變很大部分來自於作者的組成隊伍的日新月異，文人大量參與創作尤其是極大的關鍵。

　　「早期的南戲，包括宋元書會才人所作的南戲大多不具名姓，這種現象在一定程度上體現了南戲的民間藝術的性質。」〔註76〕如現存最早的南戲劇本《張協狀元》是溫州「九山書會」〔註77〕翻寫改編的；《宦門子弟錯立身》是「古杭才人」新編，成化本《白兔記》自稱是「永嘉書會」所作。書會成員編撰的作品，有民間集體創作的鮮明痕跡，帶有世代相傳的顯著烙印，也有民間文學特有的質樸俚俗，充滿著鄉土氣息。王國維認為：「元南戲之佳處，亦一言以蔽之，曰『自然』而已矣。申言之，則亦不過一言，曰有意境而已

〔註73〕　廖奔，《中國戲曲發展史》，第二卷，頁92。
〔註74〕　俞為民，《宋元南戲考論續編》，頁111。
〔註75〕　俞為民，《宋元南戲考論續編》，頁115。
〔註76〕　孫玫，《中國戲曲跨文化研究》（北京：中華書局，2006年），頁71。
〔註77〕　《中國大百科・曲藝》「九山書會」條：「南宋時浙江溫州的書會組織。書會，
　　　　　是下層文人和藝人的組織。主要從事劇本和話本的編撰。」頁170。

矣。故元代南北二戲，佳處略同。」〔註78〕王國維欣賞南戲之「自然」並視
為與元雜劇具有同等之成就價值。然而，文士如王驥德卻說：

> 古曲自《琵琶》、《香囊》、《連環》而外，如《荊釵》、《白兔》、《破
> 窰》、《金印》、《躍鯉》、《牧羊》、《殺狗勸夫》等記，其鄙俚淺近，
> 若出一手。豈其時兵革孔棘，人事流離，皆村儒野老塗歌巷咏之作
> 耶？〔註79〕

因為南戲的「鄙俚淺近」，王驥德認為可能是「村儒野老塗歌巷咏之作」，而
有輕賤之意。王驥德的老師徐渭認為，南北劇差異之造成，關鍵在於南北劇
作者身分地位的懸殊，南戲「語多鄙下，不若北之有名人題咏也。」〔註80〕
北雜劇作家多的是博學多聞、才華出眾的名人。若非廢除科舉、仕進無望，
他們不可能流落民間，加入書會組織〔註81〕，投入雜劇創作。元代後期恢復
科舉，雜劇作家也有從政為官的。鍾嗣成《錄鬼簿》將元代雜劇作家分類，
如「前輩已死名公才人」、「當今已亡名公才人，余相知者」、「已死才人不相
知者」等等，「名公才人」指的名高望重及富有才華的作家。所以北雜劇作家
即使暫時寄身書會，仍多宏儒碩學，反之，南戲作家卻缺乏更多文獻可以參
考查驗。

　　從《錄鬼簿》可以確知北劇作者姓名身分，他們多是文人學士，其中也
有從政為官的；反觀南戲，多經長期民間書會才人的創作或改編，演出劇本
並未標上作者姓名。除了難以確認真正的創作者外，連創作年代的考索都有
其困難度。徐渭有感於北劇尚有《錄鬼簿》，為之著錄，南戲卻無人選集亦無
名目，於是寫成《南詞敘錄》；對於南戲受到文人長期的輕忽，感慨頗深。這

〔註78〕王國維，《宋元戲曲史》，頁147。

〔註79〕《曲律‧雜論上》收入《中國古典戲曲論著集成》（四），頁151。

〔註80〕徐渭，《南詞敘錄》，收入《中國古典戲曲論著集成》（三），頁239。

〔註81〕元代有「古杭書會」、「九山書會」、「御京書會」、「玉京書會」、「元貞書會」、
「武林書會」等書會；前三者屬南戲時代，比雜劇時代早，後三者正是元人
雜劇勃興時代。如「賈詞」弔馬致遠：「『元貞書會』李時中、馬致遠、花李
郎、紅李公，四高賢合捻黃梁夢。」《錄鬼簿》是元人雜劇解題書目，正編作
者（元）鍾嗣成，續編者賈仲明元末明初人，記述每位劇作家生卒、劇作甚
詳，而且作〈凌波仙弔詞〉，騾括該作家事跡，極具參考價值，世人稱〈凌波
仙〉為「賈詞」。）見陳萬鼐，〈元代書會研究〉，《國家圖書館館刊》第一期
（2007年6月），頁123～138。按，南戲時代書會才人多民間藝人或下層文
士，多不可考；北雜劇之書會才人根據《錄鬼簿》等，可以蒐羅及相關組員，
其組員多為文人學士。

個現象一直到高明改編《琵琶記》，才有了改變。徐渭說：

> 永嘉高經歷明，避亂四明之櫟社，惜伯喈之被謗，乃作《琵琶記》
> 雪之，用清麗之詞，一洗作者之陋，於是村坊小伎，進與古法部相
> 參，卓乎不可及已。

高明是少數可以確認的南戲劇作家，也是少數具有文人名公身分的。高明字
則誠，自號菜根道人，浙江里安人。生卒年不詳，其弟高暘生於大德十年（1306）
左右，高明就出生在這年以前。卒年有二說，一說是元至正十九年（1359），
一說是明初。他出身書香門第，是理學家黃溍（1277～1357）的學生，受理
學浸潤甚深，在創作上體現為「不關風化體，縱好也枉然」的旨趣。至正五
年（1345）中進士，曾任楚州錄事、江浙行省椽吏、浙東閫幕都事、福建行
省都事等職。晚年隱居城東櫟社，以詞曲自娛。善書法、工於詩，尤擅詞曲，
有《柔克齋集》二十卷，《琵琶記》是他的代表作。﹝註82﹞徐渭認為南戲作者
身分由書會才人為大宗，轉而走向文人名公的參與，這個改變，對南戲地位
的提升有極大的意義。此後南戲不再是文人不屑碰觸的園地，文人可以在此
逞才、抒情、寫意。而南戲有了文人的參與，在文學藝術上獲得極大的提升，
體制日趨規範。南戲文人化進程持續到明代，到了明末而大盛，促成傳奇興
起。曾永義認為從南戲變為傳奇有所謂「三化」：

> 那就是元中葉如《小孫屠》開始「北曲化」，元末明初如《琵琶記》
> 開始「文人化」，明嘉隆間如《浣紗記》開始「崑山水磨調化」，「戲
> 文」經此「北曲化」、「文人化」、「崑腔化」而蛻變為戲曲史上真正
> 的「傳奇」；也就是說「戲文」與「傳奇」之間經歷了一個相當長時
> 期的推移。﹝註83﹞

有關戲文與傳奇的界說，學界有多種不同的說法﹝註84﹞，曾永義認為南戲變
為傳奇有其過渡期，而且必須經歷文人化的進程。五大南戲雖初創於元末，
多來自民間，卻經歷了明代文人的改編。文人作家自幼的儒學經典陶冶使其
發為創作時，在戲劇內部思想上難脫儒家傳統的影響，其創作或改編時代又
在理學興盛時，理學的影響力隨著時代的推進，有逐漸加深的況味。在面對

﹝註82﹞ 見高明著、錢南揚校注，《琵琶記》〈琵琶記作者：高明小傳〉，頁 311～326。
﹝註83﹞ 曾永義，〈戲文和傳奇的分野及其質變過程〉，《戲曲源流新論》，頁 286。
﹝註84﹞ 一、以元、明兩個朝代來劃分南戲和傳奇。二、認為南戲是民間藝術而傳奇
是文人之作。三、以崑曲興起為界，僅把崑曲作品看作傳奇。四、南戲和傳
奇之間存在著歷史過渡期。見孫玫，《中國戲曲跨文化研究》，頁 63～70。

生命原始的欲求時，文人作家對於禮教的要求較高，對於名利富貴的追求，則強調必須合乎道義，對於家庭人倫尤其關注。

第三節　五大南戲的作者、時代與版本

宋元時代戲文的創作，主要作爲商業演出的腳本，劇作家又多是書會才人，屬民間藝人或基層文人，因而長期被士大夫輕忽。在歷史的紀錄裏，因它少了知名文士的光環，而長期處在難以考索的境況。此外，在劇本傳承的過程中，爲了適應舞台需要，經歷了不斷再創造的歷程，因此，今日倖存劇本，多是長時期累積的多人集體共創。要明確推究根源，找出該劇最初之創作時代，有其困難。又因古本的散失，不可避免地將觸及版本的探討。本研究有關四大南戲的劇本，採用的是俞爲民《宋元四大戲文讀本》〔註85〕；《琵琶記》採用的是錢南揚的校注版〔註86〕，若有涉及思想、價值之轉變差異，再佐以各本比較。在五大南戲中除《琵琶記》可確認作者時代外，其餘各本都有待推究。此外，還有爲數眾多的舞台演出本，記錄著五大南戲在歷代的演出，彌足珍貴。五大南戲因改本的不同，在劇情上，也有差異，此差異往往來自文人的加工，也可見出時代思想的演變。

一、《荊釵記》

《荊釵記》作者，除嘉靖姑蘇影抄本註明溫泉子編外，其它現存劇本均未著錄。史上有關作者的論述，依據金寧芬《南戲研究變遷》、俞爲民的《宋元南戲考論》及《宋元南戲考論續編》撮要如下：

1. 柯丹邱：

「在清代高奕的《新傳奇品》、黃文暘的《曲海目》〔註87〕以及姚燮的《今樂考證》中，在《荊釵記》目下皆題做「柯丹邱（丘）」作。」

〔註85〕俞爲民，《宋元四大戲文讀本》（南京：江蘇古籍出版社，1988年）前言：「我們對這不同版本作了較詳細的校勘和比較，覺得毛氏汲古閣本的文學性較強，可讀性較好，爲便於廣大讀者閱讀，我們選擇了汲古閣本作爲底本。」

〔註86〕高明原著、錢南揚校注、李殿魁補校注，《琵琶記》（台北：里仁書局，1998年）。

〔註87〕（清）黃文暘撰、董康纂輯，《曲海總目提要》，（人民文學出版社，1959年），頁191～192。

〔註88〕又「清代張大復《新訂九宮十三攝曲譜》卷首「譜選古今傳奇散曲集總目」在《王十朋荊釵記》劇目下注云：「吳門學究敬先書會柯丹邱著。」〔註89〕柯丹邱的身分在此得到補充。張大復認爲他是吳郡學究（讀書人），身兼敬先書會才人。書會在宋元時期興起，到了明初尚存，後來就解體了〔註90〕。若據此推論，柯丹邱最可能是宋元時人。

2. 李景雲：

徐渭《南詞敘錄》在「宋元舊篇」和「本朝傳奇」項內皆載有《王十朋荊釵記》。「本朝傳奇」內的《荊釵記》註明是李景雲編。〔註91〕李景雲是元末明初人〔註92〕，他可能是《荊釵記》改編者之一。

3. 朱權：

王國維《曲錄》卷四題作明寧獻王朱權作。他認爲：「蓋舊本當題丹邱先生」，而丹邱先生爲寧獻王（朱權道號）。〔註93〕現在學者多不取此說。「傅惜華明確地說：『從明清兩代許多的文史傳記書籍裏，向來沒有發現過關於朱權編制南戲的片言隻語，王氏的這種推論，未免近乎武斷。』……錢南揚《戲文概論》亦說王氏『無一佐證，未免太過武斷。』」〔註94〕

4. 世代累積而成

金寧芬認爲「《荊釵記》確實是經過許多人的手才成爲今存本這個樣子。」〔註95〕俞爲民也認爲早期南戲多是世代累積而成，既有書會才人的創作，又有演員的參與；有關《荊釵記》的作者柯丹邱或李景雲可能只是改編者之一。〔註96〕另外，胡雪岡先生舉證說明是溫州民間藝人的集體創作〔註97〕，亦可參閱。

〔註88〕俞爲民，《南戲考論續篇》，頁189。

〔註89〕（清）張大復，《寒山堂新訂九宮十三攝南曲譜》（上海：上海古籍出版社，2002年），頁644。俞爲民，《南戲考論續篇》，頁190。

〔註90〕見俞爲民，《南戲考論續篇》，頁190。

〔註91〕徐渭，《南詞敘錄》，收入《中國古典戲曲論著集成》（三），頁250～252。

〔註92〕俞爲民認爲是元代人，《南戲考論續篇》，頁190。徐渭認爲是本朝（明）人。

〔註93〕王國維，《曲錄》（臺北：藝文印書館印行，1971年），頁201。

〔註94〕金寧芬，《南戲研究變遷》，頁216～217。

〔註95〕金寧芬，《南戲研究變遷》，頁218。

〔註96〕俞爲民，《宋元南戲考論續編》，頁190～191。

〔註97〕胡雪岡，《溫州南戲論稿》（台北市：國家，2006年），頁120～123。

至於創作年代，清鈕少雅《南曲九宮正始》將《荊釵記》題作「元傳奇」在卷首〈凡例〉「精選」條，他對自己選曲的標準作了明確交代，說明該書佚曲多引錄元本：「詞曲始於大元，茲選俱集大（天）曆、至正間諸名人所著傳奇數套，原文古調，以爲章程，故寧質勿文，間有不足，則取明初者一二以補之。」清初元本尚存，鈕少雅還親眼看過元本《王十朋》。他說：「余未識原傳時亦如之，後幸得睹元本，始知其全本詞文皆與今改本者《荊釵記》大不同耳。」〔註98〕

明成化年間（1465～1487）丘濬《五倫全備記》開場【臨江仙】詞：「每見世人搬雜劇，無端誣賴前賢。伯喈負屈十朋冤。九原如可作，怒氣定沖天。」〔註99〕可知丘濬當時上演的《荊釵記》，王十朋還是負面受抨擊的人物。可能另有一個祖本《王十朋》是婚變負心戲。

《荊釵記》今有全本流存者，皆爲明刻本，都經明人改過，楊淑娟於《南管與明初五大南戲文本之比較》〔註100〕書中，根據金寧芬《南戲研究變遷》所提九種版本及俞爲民在《宋元南戲考論》所列舉的七種和黃仕忠於《李卓吾先生批評古本荊釵記》〔註101〕前之說明所列的版本九種，綜合爲十種。茲根據楊淑娟書羅列如下，以爲本論文研究之參據。

1. 《影鈔新刻原本王狀元荊釵記》二卷，署「溫泉子編輯，夢仙子校正」，明嘉靖姑蘇葉氏刻本（簡稱「姑蘇本」）。已影印收入《古本戲曲叢刊初集》。

2. 《新刊重訂出相附釋標註節義荊釵記》四卷，影鈔明萬曆十三年（1658）金陵世德堂（簡稱「世德堂本」），藏於日本阿波羅文庫，收入日本京都大學漢籍善本叢書第十四卷，及影印收入《日本所藏稀見中國戲曲文獻叢刊》第一輯（俞氏未錄）。

3. 《新刻齣像音注節義荊釵記》四卷，殘缺本，明萬曆前期金陵唐氏富春堂刻本（簡稱「富春堂本」）。

〔註98〕《南曲九宮正始》冊四【中呂過曲　漁家傲】曲下注，清順治間刊本。引自俞爲民，《宋元南戲考論續編》，頁191。

〔註99〕丘濬，《五倫全備記》〈副末開場〉，收入林侑蒔主編，《全明傳奇》，頁1。

〔註100〕楊淑娟，《南管與明初五大南戲文本之比較》（台北：國家出版社，2011年），頁329～330。

〔註101〕（元）柯丹丘撰，（明）李贄評《李卓吾先生批評古本荊釵記》，收入《日本所藏稀見中國戲曲文獻叢刊‧第一輯：一三》（桂林：廣西師範大學出版社，2006年11月。），頁2～3。

4. 《重校古荊釵記》，二卷，明萬曆後期金陵陳氏繼志齋刻本（簡稱「繼志齋本」）。

5. 《古本荊釵記》二卷，四十八齣，明萬曆後期所刻屠赤水批評本（簡稱「屠評本」）。已影印收入《古本戲曲叢刊初集》。

6. 《繡刻荊釵記定本》二卷，四十八齣，明末毛晉汲古閣刻《六十種曲》本（簡稱「汲古閣本」）。

7. 《荊釵記》二卷，暖紅室翻刻「汲古閣本」。（俞、黃二氏未錄）。

8. 《李卓吾先生批評古本荊釵記》，共二卷，四十八齣，明萬曆間虎林容與堂刊本（簡稱「李評本」）。北京圖書館藏、日本東京都立日比古圖書館之市村文庫所藏。已影印收入《日本所藏稀見中國戲曲文獻叢刊》第一輯。

9. 《摘匯奇妙戲式全家錦囊荊釵》二卷，錄二十一齣，徐文昭編輯，收入明嘉靖書林詹氏近賢堂梓行《風月錦囊》。藏於西班牙愛斯高里亞聖勞倫佐圖書館。

10. 《新刻王狀元荊釵記》二卷，五十齣，明茂林葉氏刻本（簡稱「茂林本」）。日本內閣文庫藏，已影印收入《日本所藏稀見中國戲曲文獻叢刊》第一輯。（俞、黃二氏未錄）。

十種版本中學者認為「姑蘇本」、「世德堂本」、「茂林本」較接近古本，明萬曆以後的刻本如「富春堂本」、「繼志齋本」、「屠評本」、「李評本」、「汲古閣本」是距離原本面貌更遠的本子。〔註102〕舞台演出摘匯的《風月錦囊》是介於兩者之間的本子〔註103〕。俞爲民認為「姑蘇本」年代最早，與元本最接近。重要差別有：（1）如劇本形式較古，雖已分齣尚未有齣目，而其他各本已有齣目；（2）曲調亦較古，如「水底魚」本調應爲八句，而只有三曲；（3）語言較通俗，而其他各本較典雅；（4）王十朋與玉蓮作「舟中相會」，而其他各本作「玄妙觀相逢」〔註104〕。楊淑娟也認為「姑蘇本」較早，劇中的腳色名稱保存了早期南戲的形式。〔註105〕各版本情節差異將影響及後文的討論，以下根據楊淑娟考據，僅就情節增減差異部分，擇其與後文論述相關者羅列

〔註102〕持此說者如孫崇濤、黃仕忠《風月錦囊箋校》及王季思《全元戲曲》注。
〔註103〕見孫崇濤、黃仕忠，《風月錦囊箋校》，頁264〜265。
〔註104〕俞爲民，《宋元南戲考論》，頁80〜82。
〔註105〕楊淑娟，《南管與明初五大南戲文本之比較》，頁333。

於後：

1. 第十七齣〈春科〉的情節，「姑蘇本」由丑扮試官，是個徇私舞弊的糊塗官，以詼諧逗趣，達到諷刺科場的作用；「汲古閣本」，試官由外扮，是個正直賢明的試官，考試內容為「本經、破題、作詩」和士子問答皆出自四書五經，反映當時試場情形。〔註106〕

2. 「姑蘇本」無「汲古閣本」第四十五〈薦亡〉、四十六齣〈責婢〉情節：十朋與玉蓮在玄妙觀追薦，於廊間相會；錢安撫責婢詰問其情。按，玉蓮看見在玄妙觀中薦亡之人酷似夫婿十朋，返家後與丫鬟再論此事，卻被錢載和聽到，而責備玉蓮「玄妙觀中私語，必是通情。」「不顧五典三綱，不思玷辱門牆。」甚至無情地說：「問出姦情，押還原籍，教你雖無尾生難，也有屈原愁。」幾年的義女情緣，竟因側聽而來的對話，未問因由就驟下此重話，未免不通人情。較早的「姑蘇本」無〈責婢〉情節，較為合理。顯然越到明代後期的改本，其禮教色彩越濃郁。

3. 「姑蘇本」第四十七齣王十朋至錢安撫樓船陪飲，行酒令以荊釵當酒籌，十朋認釵。「汲古閣本」無此情節。《汲古閣本》只有鄧尚書接獲錢安撫請帖的情節，且將認釵歸入第四十八齣團圓。（相認情節有「舟會或玄妙觀會」、「吉安會或閩城會」之不同。又「汲古閣本」第一齣〈家門〉〔沁園春〕：「吉安會，義夫節婦，千古永傳揚。」第四十八齣下場詩又云：「玄妙相逢兩意傳」，可見「汲古閣本」改為「玄妙觀會」，但又留有「吉安府舟會」的痕跡）

二、《白兔記》

明徐渭《南詞敘錄》「宋元舊篇」下紀錄有《劉智遠白兔記》，未標作者。清張大復《寒山堂南九宮十三攝曲譜》云：「劉唐卿改過。」〔註107〕清無名氏《傳奇匯考標目》認為是無名氏〔註108〕，「富春堂刻本」卷首標「唐富春堂梓、

〔註106〕楊淑娟，《南管與明初五大南戲文本之比較》，頁353～355。

〔註107〕（清）張大復，《寒山堂九宮十三攝南曲譜》（上海：上海古籍出版社，2002年），頁644。

〔註108〕（清）無名氏，《傳奇匯考標目》，收入《中國古典戲曲論著集成》（七），頁219。

謝天佑校。」﹝註109﹞錢南揚根據「成化本」《白兔記》開場的對答：

（末）……借問後行子弟，戲文搬下不曾？

（後行子弟）搬下多時了也。

（末）計（既）然搬下，搬的是哪本傳奇、何家故事？

（後行子弟）搬的是《李三娘麻地捧印、劉知遠衣錦還鄉白兔記》

（末）好本傳奇！這本傳奇虧了誰？

（後行子弟）虧了永嘉書會才人在此燈窗之下，磨得墨濃，斬（蘸）

得筆飽，編成此一本上等孝義故事。果爲千度看來千度好，一番搬

演一番新。

認爲《白兔記》保持著戲文原來面目﹝註110﹞，是宋永嘉書會才人所編撰。王
驥德（？～1623 年）《曲律》說：「古戲如「《荊》、《劉》、《拜》、《殺》」等，
傳之凡二、三百年，至今不廢。以其時作者少，無此等名目便以爲缺典，故
幸而久存。」以其流傳久遠，王驥德稱爲古戲，以王驥德年代往前推二、三
百年，古戲應在元代前後就已存在。徐、王時代《白兔記》古劇尚存，二人
所見版本今已無從考察。孫崇濤在〈成化本《白兔記》與元傳奇《劉智遠》〉
一文中根據現存劇目和佚曲加以考察，標示爲元或元以前作品的主要有五種
﹝註111﹞：

1. 《劉智遠白兔記》明徐渭《南詞敘錄》「宋元舊篇」著錄。

2. 元傳奇《劉智遠》見徐于室、鈕少雅《匯纂元譜南曲九宮正始》，
   內收佚曲五十七支。

3. 元傳奇《劉智遠重會白兔記》清張大復的《寒山堂新定南九宮十
   三攝曲譜》卷首「譜選古今傳奇散曲集總目」著錄，諸種《寒山
   譜》殘卷均收有佚曲若干，下題「元傳奇《劉智遠》」。

4. 「百二十家戲曲全錦」《風雪紅袍劉智遠》明張牧《笠澤隨筆》
   存目。

5. 「舊版」《白兔記》見明沈璟《南九宮十三調曲譜》卷十二引《拜
   月亭》【金蓮子】曲注。

﹝註109﹞富春堂刻本收入林侑蒔主編《全明傳奇》（臺北，天一出版社，1985 年）。

﹝註110﹞錢南揚，《戲文概論》，頁83。

﹝註111﹞〈成化本《白兔記》與元傳奇《劉智遠》〉，收入孫崇濤，《南戲論叢》（北京：
中華書局，2001 年），頁253。

其中《南曲九宮正始》、《寒山堂南九宮十三攝曲譜》徵引的佚曲，可以確定版本時代，而且屬於同一個系統，後來各家南曲譜也多屬於此系統，孫崇濤將此統稱爲元傳奇《劉智遠》版本系統。〔註112〕

錢南揚認爲《白兔記》是宋人所作〔註113〕，徐渭認爲是宋元舊篇，《南曲九宮正始》稱元傳奇《劉智遠》，王驥德等明代曲論家，也都曾在他們的著作中論及《白兔記》〔註114〕。《白兔記》作者也可能和早期南戲一樣是宋元時期溫州書會才人的集體創作。劉唐卿和謝天佑應是後來的修改者和校訂者。

現存明清《白兔記》版本主要有六種〔註115〕：

1. 《新編劉知遠還鄉白兔記》，1967 年上海嘉定縣宣姓墓葬中出土。明成化年間北京永順堂刻本。（簡稱「成化本」）已影印收入《明成化說唱詞話叢刊》第十二冊。

2. 《摘匯奇妙戲式全家錦囊大全劉智遠》，收入明嘉靖書林詹氏近賢堂梓行《風月錦囊》。藏於西班牙愛斯高里亞聖勞倫佐圖書館。

3. 《繡刻白兔記定本》，明毛氏汲古閣刻《六十種曲本》。（簡稱「汲古閣本」）已影印收入《古本戲曲叢刊初集》。

4. 《白兔記》二卷，暖紅室翻刻汲古閣本。（簡稱「暖紅室本」）收入林侑蒔主編《全明傳奇》，臺北，天一出版社。

5. 《新刻齣像音注增補劉智遠白兔記》，明萬曆金陵唐氏富春堂刻本題名。（簡稱「富春堂本」）已影印收入《古本戲曲叢刊初集》。

6. 清吳氏鷗隱齋鈔本附注板眼。松𩵋初稿《現存雜劇傳奇版本記》（1936年劇學會刊 5 卷 6 期）云爲「懷寧曹氏藏」，今不知歸於何處。

其中「成化本」刊印最早，也是今存南戲劇本中最早的刻本。在「成化本」發現之前，明代刊刻的本子有兩個系統，一是承襲元傳奇《劉智遠》版本系統的「汲古閣本」，爲後來各式昆曲演唱本所承襲；一是改動甚多的「富

〔註112〕孫崇濤，《南戲論叢》，頁 254。

〔註113〕永嘉書會才人編撰《白兔記》究竟在甚麼時代？錢南揚僅以「永嘉書會才人」作爲推論的依據，而斷定發生在宋，不能站得住腳。書會的記載多見於宋、金、元，明初到明中葉之前這段時間內，也不能排除書會存在之可能。參見孫崇濤，《南戲論叢》，頁 252。

〔註114〕見孫崇濤，《南戲論叢》，頁 254。隨文附註：「王驥德，《曲律》卷三、呂天成《曲品》卷下、凌濛初《譚曲雜札》。」

〔註115〕根據金寧芬，《南戲研究變遷》（天津：天津教育出版社，1992 年），頁 237～238。

春堂本」，與明人各式選刻本中的《白兔記》爲一個系統，多屬於弋陽、青陽、徽池腔的本子，年代較晚〔註116〕。《風月錦囊》屬刪節本，主要情節與「汲古閣本」相同，但其中〈小姐繡樓賞玩〉、〈慶賞元宵〉未見於「成化本」與「汲古閣本」。《全元戲曲‧劉智遠白兔記》「劇目說明」：「錦本共錄十二段曲文，除前三段即〈開宗〉之【滿庭芳】詞、〈訪友〉、〈春游〉二段主要曲文，及〈巡更〉齣之【月兒高】一曲，與「汲古閣本」相同外，其餘各段迥異。當屬「汲古閣本」祖本與富春堂本的過渡本。」〔註117〕

　　從「成化本」的劇情關目、人物角色、排場結構，曲子文辭等加以觀察，它具備了「汲古閣本」的基本格局，也屬於元傳奇《劉智遠》版本系統。「成化本」是根據民間藝人的舞台演出本加以刊刻的，仍保持著舞台演出的面貌，因此在劇本形式、語言風格等方面比「汲古閣本」較接近宋元舊本。如通篇不分齣、無齣目，開場形式繁瑣，曲白更爲本色，淨、丑表演仍保持許多插科打諢的特色等。也因爲「成化本」是演出本，對舊本篇幅做了壓縮調整，因此在規模和關目上反而和元本有較多不同；而「汲古閣本」爲了提升可讀性，在篇幅、曲調等方面更多地保留了宋元舊本的面貌。在具體曲詞上來看，「成化本」也有比「汲古閣本」更接近元本曲文的，兩者各有上下。〔註118〕

　　就改動的程度言，「成化本」和「汲古閣本」改動較小，接近元本；「富春堂本」改動較大，去元本較遠。就人物塑造（主要是劉知遠）言：「成化本」和「汲古閣本」雖以大團圓爲結局，劉知遠卻是一個負心漢形象，他接受岳節使招贅，再婚後完全不顧念李三娘生活。「富春堂本」則將劉知遠與李三娘的悲歡離合歸之於神的安排，並刪改劉知遠的負心情節，使劇情發展前後照應，人物性格前後統一。〔註119〕另外，反面人物李洪一，「富春堂本」也有很大差異。將迫害劉知遠夫婦的首腦改成了李妻張醜奴，使張的腳色更突出鮮

〔註116〕張庚、郭漢城，《中國戲曲通史》：「這種改本（富春堂本）對後代高腔影響很大，現在湘劇、川劇等劇種的演出多是這個路子。」頁225。溫凌，〈《白兔記》漫筆〉也提到徽戲青陽腔、川劇高腔、湘劇高腔、福建梨園戲等的《白兔記》全本或散齣，都與富春堂本相關。（〈《白兔記》漫筆〉，《學林漫錄第2輯》（北京：中華書局，1981年），頁188～191。）可見富春堂本與地方劇種有密切關係。

〔註117〕王季思主編，《全元戲曲》第九卷（北京：人民文學出版社，1990年。），頁348～349。

〔註118〕見俞爲民，《宋元南戲考論》，頁109～120。

〔註119〕見俞爲民，《宋元南戲考論》，頁96～108。

明；將李洪信之惡淡化，也有維護傳統家庭人倫之兄弟一倫的作用。其次只有「汲古閣本」有竇公求乳的情節，竇公俠義的風貌因而更加凸顯。這些人物形象的改變也與重視教化的時代氛圍密切相關。

　　在語言風格上：「成化本」和「汲古閣本」基本保持早期南戲本色通俗的語言風格，而「富春堂本」已明顯帶有文人劇作的典雅文采的語言風格。〔註120〕

三、《拜月亭》

　　有關《拜月亭》的作者為施惠，最早見於明王世貞《藝苑卮言》〔註121〕、何良俊《四友齋叢說》〔註122〕，卻存在著諸多疑團。如施惠此人究竟是何方人士，就有吳門和杭州之別，職業也有醫者、商人之不同。惟一可靠的曹楝亭本《錄鬼簿》「施惠」條說：「一云姓沈，惠，字君美，杭州人。居吳山城隍廟前，以坐賈為業。……詩酒之餘，惟以填詞和曲為事。有《古今砌話》亦成一集，其好事也如此。」〔註123〕未提及改編《拜月亭》一事。因此明呂天成《曲品》、王國維《曲錄》卷四「《幽閨記》」條〔註124〕，對《拜月亭》出自施惠均表示懷疑。

　　俞為民認為作者為杭州書會才人，他根據《世德堂本》第一折副末開場【滿江紅】詞：「自古錢塘物華盛，地靈人傑。昔日化魚龍之所，勢分兩浙。」推論作者應是生長在這地靈人傑的杭州。又四十三折【尾聲】說「書府番騰燕都舊本」，書府即是書會。〔註125〕

　　《拜月亭》，明徐渭《南詞敘錄》「宋元舊篇」著錄作《蔣世隆拜月亭》。

〔註120〕從故事情節與語言風格的區別來看，富春堂本似為根據南戲《白兔記》改編的《咬臍記》傳奇，《咬臍記》傳奇今已失傳。見俞為民，《宋元南戲考論》，頁105～106。

〔註121〕王世貞，《藝苑卮言》：「《琵琶記》之下，《拜月亭》是元人施君美撰，亦佳。」見（明）王世貞，《曲藻》，收入《中國古典戲曲論著集成》（四）北京：中國戲劇出版社，1959年，頁34。

〔註122〕何良俊《四友齋叢說》：「《拜月亭》是元人施君美所作，《太和正音譜》『樂府群英姓氏』亦載此人。」見（明）何良俊《曲論》，收入《中國古典戲曲論著集成》，頁12。《曲論》乃摘自《四友齋叢說》卷三十七論曲各段。

〔註123〕（元）鍾嗣成《錄鬼簿》，收入《中國古典戲曲論著集成》（二），頁123。

〔註124〕（明）呂天成《曲品》：「云此記出施君美筆，亦無之據。」王國維《曲錄》卷四「《幽閨記》」條：「此本自王世貞、何良俊、臧懋循等均以為君美作。然《錄鬼簿》但謂君美詩酒之暇惟以填詞和曲為事，而不言其有是本。不知何、臧之言何所據也。」轉引自俞為民《宋元南戲考論續編》，頁262～263。

〔註125〕俞為民《宋元南戲考論續編》，頁263。

關漢卿亦有雜劇《閨怨佳人拜月亭》，兩劇之發生有前後之別，也有承繼的關係，而誰爲原本，誰爲因襲，仍無確實證據。雖然多有學者加以研究，然都各執己說，難以取得共識。〔註126〕若戲文在先，則《拜月亭》原本可能早在宋朝即已成篇。到了元代南北交流，北雜劇作家關漢卿才據以改寫。目前學界仍以雜劇在前，戲文在後的說法獲得較多支持。〔註127〕

《拜月亭》最早的刻本應是元刊本，但已不存，明毛晉《六十種曲》本稱《幽閨記》。根據金寧芬的研究，現在尚有全本流存的共有九種，皆是明代刻本〔註128〕：

1. 《新刊重訂出相附釋標注拜月亭記》二卷，明萬曆己丑（十七，1589）刊本，星源尤氏興賢堂重訂，繡谷唐氏世德堂校梓，海陽程氏敦倫堂參錄。（簡稱「世德堂本」），已影印收入《古本戲曲叢刊初集》。
2. 《李卓吾先生批評幽閨記》二卷，明虎林容與堂刊本，已影印收入《古本戲曲叢刊初集》。
3. 《重校拜月亭記》二卷，明萬曆金陵文林閣刊本，北京圖書館藏。
4. 《幽閨記定本》，明毛氏汲古閣刻《六十種曲本》。（簡稱「汲古閣本」）
5. 《陳繼儒評鼎鐫幽閨記》，明書林蕭騰鴻刻《六合同春》本。
6. 《重校拜月亭記》二卷，羅懋登注釋，明德壽堂刻本。暖紅室翻刻《匯刻傳奇》第三種。
7. 《幽閨怨佳人拜月亭記》四卷，明凌延喜刻朱墨本，民國十一六年武進涉園影印行世。台大線裝書庫館藏。

〔註126〕如王國維認爲：「《拜月》佳處，大都蹈襲關漢卿《閨怨佳人拜月亭》雜劇，但變其體制耳。」（見《宋元戲曲史》，頁148。）吳梅：「《幽閨》：本關漢卿《拜月亭》而作。記中《拜月》一折，全襲原文，故爲全書最勝處。」（吳梅，《顧曲塵談・中國戲曲概論》，頁136。）錢南揚亦主此說（見《戲文概論》，頁159。）。侯百朋主張在南宋時即有以宋金交戰爲背景的《拜月亭》戲文出現，關漢卿雜劇倒是根據戲文改編的。（見〈談世德堂刊本《重訂拜月亭記》〉一文）俞爲民也支持此說，舉證歷歷。頗爲新見。他以爲話本《龍會蘭池全錄》有亭前拜月情節，符合《拜月亭記》劇名。南戲是根據敷衍「亭前拜月佳人恨」和「拜月亭前謝天」等情節的舊本，醞釀翻改成全新的戲文的。（見《南戲考論續編》，頁253～262）
〔註127〕如楊淑娟即舉例論證，反對俞爲民戲文在前的說法。見楊淑娟，《南管與明初五大南戲文本之比較》，頁558～561。
〔註128〕金寧芬，《南戲研究變遷》下編〈三、詼諧可喜拜月亭〉，頁199。楊淑娟，《南管與明初五大南戲文本之比較》，頁543。

8. 清康熙五十五年沈兆熊鈔本二卷，附注板眼。原爲懷寧曹氏藏書，後歸中國戲曲音樂院。

9. 《全家錦囊拜月亭》十齣，明嘉靖三十二年書林詹氏近賢堂梓行。藏於西班牙愛斯高里亞聖勞倫佐圖書館。

前七種以明金陵唐氏「世德堂本」，最接近元本，爲現存最古老的版本〔註129〕。其餘六種，曲文、賓白大略相同，屬於同一系統。〔註130〕《南曲九宮正始》保留一百三十三支佚曲，其中許多與今存各本皆有出入，「世德堂本」則比其他改本保留較多曲文。《風月錦囊》曲文與「世德堂本」相近，應屬同一系統。〔註131〕

今存明本皆是明人改過的。明刊本不僅改動元本的曲調曲文，也改編其故事情節。尤其是王瑞蘭拜月之後，改動幅度最大。明沈德符《顧曲雜言》即說：「《拜月亭》後小半，已爲俗工刪改，非舊本矣。今細閱「拜新月」以後無一詞可入選者，便知此語非謬。」〔註132〕凌濛初在《南音三籟》「戲曲」下選收《拜月亭・誤接絲鞭》【越調・小桃紅】「狀元執盞與嬋娟」一套曲。曲後注云：

> 余於白下，會江右龍仲房，出所得沈伯英（璟）抄本《拜月亭》全舊本，皆錯訛零落，不可讀。大約後數則與時本絕異。猶可讀者惟〈遞絲鞭〉一折及此套耳。爾時惜不錄之。幸此套爲譜中所收，故得復表出之。其曲中答應情節，蓋因遞絲鞭，二人接受。而團圓折，王反怒蔣之違盟受鞭，故復有如許委婉。惜無白塡之，不可施之演場耳。末折生波，所謂至尾回頭一掉也。元戲皆然，不可不曉。〔註133〕

〔註129〕鄭振鐸〈西諦所藏善本戲曲題識〉、車錫倫〈南戲《拜月亭》的作者和版本〉、俞爲民〈南戲《拜月亭》的作者和版本考略〉、侯百朋〈談世德堂本《重校拜月亭記》〉、金寧芬《南戲研究變遷》等都一致認爲世德堂本最古老。見楊淑娟，《南管與明初五大南戲文本之比較》，頁543。

〔註130〕見楊淑娟《南管與明初五大南戲文本之比較》，頁543。

〔註131〕金寧芬、俞爲民皆持此看法。見金寧芬，《南戲研究變遷》下編〈三、詼諧可喜拜月亭〉，頁201～202。俞爲民，《宋元南戲考論》，頁139～140。

〔註132〕（明）沈德符，《顧曲雜言》，收入《中國古典戲曲論著集成》（四），頁201～211。

〔註133〕（明）凌濛初，《南音三籟》，「戲曲」下第一篇引《拜月亭・誤接絲鞭》【越調・小桃紅】「狀元執盞與嬋娟」一套曲。（明）凌延喜刻朱墨本《幽閨怨佳人拜月亭記》將其附刻於後。據民國十六年武進涉涉園影印本，台大線裝書庫館藏。轉引自楊淑娟《南管與明初五大南戲文本之比較》，頁564。

另外，關漢卿《閨怨佳人拜月亭》亦有「誤接絲鞭」情節，反較接近元本。可見瑞蘭拜月後明本的改動幅度較大。明改本與元本與元雜劇的最大差異集中在此。根據楊淑娟《南管與明初五大南戲文本之比較》〔註134〕，將各本之差異綜合如下：

1. 元本在主角團圓時有「回頭一掉」的風波。世隆、興福中文武狀元，王鎮招婿，世隆在不知對方身分下，接下官媒誤投絲鞭。婚筵時兩人見面，相互指責對方違背盟約。

2. 元雜劇的結局與元本相同。

3. 「世德堂本」尚有官媒云：「轉卻絲鞭，夫妻相隨。」誤投絲鞭的情節。世隆沉吟下仍接下絲鞭，第三十九齣〈官媒送鞭〉世隆、興福云：「媒婆，既是朝廷寵加宣命，不敢有違，強從來意。」王瑞蘭則誓不改嫁。

4. 其餘各明本已刪改「回頭一掉」的情節。世隆能堅守盟約，不接絲鞭。他表示：「石可轉，吾心到底堅」。瑞蘭不顧其父威逼，她說：「經書上只有守節之道，哪有重婚再嫁之理？」瑞蘭堅守傳統禮教之貞節觀，誓不改嫁。

以上情節的轉變呈現主題思想的變化，世隆、瑞蘭逐漸走向「義夫」「節婦」的典型，符合移風易俗的教化觀點。

《拜月亭》世隆、瑞蘭二人於招商店挑戰傳統禮教的自主結合婚姻，在各版本間也有顯著差異。「世德堂本」第二十五齣中，世隆欲與瑞蘭成親，瑞蘭不從。在店婆勸說後，瑞蘭才同意。店婆勸說語詞並無濃厚說教味，如：「我今說合，明媒正娶，你夫妻一對如魚戲。」瑞蘭應允後的說詞是：「才郎意堅牢，賤妾難推調。」並未對有違傳統禮教做出回應辯護。「汲古閣本」二十二齣，店公在瑞蘭不從後，說出一段「反經行權」的大道理，認為兩人處在流離之際，非比尋常，自該有不同的方式以應變，為兩人的婚姻找到合於禮的依據。因此在第四十齣〈落珠雙合〉皇帝旌表：「夫婦乃人倫所重，節義為世教所關。邇者世際阽危，失之者眾矣。茲爾文科狀元蔣世隆，講婚禮於急遽之時，從容不苟，妻王瑞蘭得媒妁於流離之際，貞節自持。夫不重婚，尚宋弘之高誼；婦不再嫁，邁令女之清風。」是對義夫節婦特別的褒揚。

〔註134〕楊淑娟《南管與明初五大南戲文本之比較》，頁562～592。

四、《殺狗記》

有關《殺狗記》的作者，最常見的說法是徐㬭，如：

1. （清）朱彝尊認爲是元末明初徐㬭作，《靜志居詩話》卷四「徐㬭條云：「字仲由，淳安人。洪武初，徵秀才，至藩省辭歸。有《巢松集》。識曲者目《荊》、《劉》、《拜》、《殺》爲元四大家。《殺》則仲由所撰也。」〔註135〕

2. （清）張大復《寒山堂南九宮十三攝曲譜》卷首「《楊德賢女殺狗勸夫記》」劇目下注：「古本淳安徐㬭仲由著。」〔註136〕

但是《宦門子弟錯立身》第五齣【排歌】一曲列舉傳奇名目時，就提到《殺狗勸夫婿》等劇目，這說明《宦門子弟錯立身》之前，《殺狗記》已和《張協狀元》、《樂昌公主》等宋代早期南戲在舞臺上流行。〔註137〕徐渭《南詞敍錄》將其著錄在宋元舊篇，未標作者姓名，錢南揚認爲它極有可能是宋末的作品。〔註138〕俞爲民以爲《宦門子弟錯立身》是元代中葉的作品〔註139〕。

雜劇《殺狗記》是元人蕭德祥作。《錄鬼簿》（曹棟亭本）：「方今才人」下載：「蕭德祥，杭州人。以醫爲業，號復齋，凡古文具檃括爲南曲，街市盛行，又有南曲戲文等。」又吊詞云：「武林書會展雄才，醫傳家，號復齋，戲文南曲衒方脈。」在他名下列有《四春園》、《小孫屠》、《王𠏢斷殺狗勸夫》、《四大王歌舞麗春園》、《包待置三勘蝴蝶夢》等作品，未註明是南戲或雜劇。俞爲民以爲蕭德祥本人兼作南戲和雜劇，《王𠏢斷殺狗勸夫》可能就是南戲《殺狗記》。〔註140〕然而，以蕭德祥爲作者，仍無確據。

明代對《殺狗記》加以改編的非常多，如：

1. （清）張大復《寒山堂南九宮十三攝曲譜》云：「今本《殺狗記》已由

〔註135〕（清）朱彝尊（1629～1709），《靜志居詩話》收入《明詩綜》（臺北：世界書局，1962 年），卷一一「徐㬭」條，頁 14。

〔註136〕（清）張大復，《寒山堂南九宮十三攝曲譜》卷首：《楊德賢女殺狗勸夫記》目下注。收入《續修四庫全書》1750，（上海：上海古籍出版社，2002 年），頁 643。

〔註137〕俞爲民，《宋元南戲考論》，頁 148。

〔註138〕錢南揚、徐宏圖等學者皆主張是宋朝末年的作品。錢南揚，《戲文概論》，頁 90。

〔註139〕廖奔也持此看法，見其〈南戲宦門子弟錯立身時代考辨〉，《中州學刊》第四期（1983 年），頁 76～79。

〔註140〕俞爲民，《宋元南戲考論》，頁 149～150。

吳中情奴、沈興白、龍子猶（馮夢龍）三改矣。」〔註141〕

2. （明）呂天成也曾改編，《曲品》卷下「能品二」，「《殺狗記》」名下云：
「《殺狗》事俚詞質，舊存惡本，予爲校正。」〔註142〕

3. 《曲海總目提要》卷五「《五福記》」下引徐淑敏《自敘》云：「今歲改
《孫郎埋犬傳》，筆墨精良，因此成編，題曰《五福》。」〔註143〕

在眾多改編者中，徐畹應只是改編者之一。〔註144〕

《殺狗記》，《永樂大典》「戲文目錄」著錄，全名《楊德賢婦殺狗勸夫》。
《南詞敘錄》「宋元舊篇」簡稱《殺狗勸夫》。今原本已失傳，全本流存的僅
有：

1. （明）毛氏汲古閣刻本，題作《繡刻殺狗記定本》，內署「明徐畹著，
龍子猶（馮夢龍）訂定」。

2. 西班牙皇家圖書館藏《風月錦囊》所收《摘匯奇妙戲式全家錦囊殺狗》，
十齣。

此外，鈕少雅《南曲九宮正始》中尚引錄一些元本的佚曲〔註145〕。

《風月錦囊》的故事情節與「汲古閣本」相同，但比「汲古閣本」少二
十五齣，齣目次序也有異，是演出本，所據底本應異於「汲古閣本」。就曲
文言，前者較質樸，後者較雕飾。後者尤其喜歡套用成語典故，更加誇大浮
華。如說到朋友兄弟之情，有桃園結義賽關張的典故。說到兄弟相殘有虞舜
弟象謀害兄長、唐太宗殺害兄弟、曹丕曹植不合之事。說到兄弟和睦有楚莊
王與御弟渡河的故事和王祥、王覽手足之義的例子。〔註146〕這些成語典故
的鋪排一方面可以賣弄文章，一方面又有教化人群的作用。《殺狗記》以笑
鬧喜劇的方式譏諷兄弟倫常的荒謬，教化企圖可以說是明目張揚，方式露
骨。至於淨丑二人柳龍卿、胡子傳的人物塑造，在元雜劇中已典型化，〔註
147〕並非新創；以淨丑笑鬧直揭人欲真相的方式，與理學去人欲的修身主題，
不謀而合。

〔註141〕（清）張大復，《寒山堂南九宮十三攝曲譜》，頁643。

〔註142〕（明）呂天成，《曲品》收入《中國古典戲曲論著集成》（六），頁255。

〔註143〕（清）黃文暘撰、董康纂輯，《曲海總目提要》（臺北：新興書局），1967年。

〔註144〕趙景深持此說，見《元明南戲考略》，頁44。

〔註145〕趙景深曾將元本的佚曲與今本比對，見《元明南戲考略》，頁47。

〔註146〕楊淑娟，《南管與明初五大南戲文本之比較》，頁655～662。

〔註147〕楊淑娟，《南管與明初五大南戲文本之比較》，頁656。

五、《琵琶記》

元末高明《琵琶記》是南戲中最早署名，也是最富文采的作品。高明在《琵琶記》的開場中，批評一般戲劇「少甚佳人才子，也有神仙妖怪，瑣碎不堪觀」，宣稱「不關風化體，縱好也枉然」，表明他以戲劇載道的企圖，付予戲劇端正人心、移風化俗的神聖任務，連接上「詩教」的傳統。但是它原作已佚，現存均為後人改本。有關《琵琶記》的版本研究眾多，現存《琵琶記》全本留存的版本多達四十種以上〔註148〕。根據俞為民在《宋元南戲考論》的說法，至今尚有全本留存的，按其與元本關係，可分為三個系統：

1. 較近原貌的古本系統，主要有《新刊元本蔡伯喈琵琶記》清康熙十三年（1674）陸貽典抄校本（簡稱「陸抄本」、《新刊巾箱蔡伯喈琵琶記》明嘉靖姑蘇坊刻本（簡稱「巾箱本」）、《琵琶記》明凌濛初翻刻矓仙本（簡稱「矓仙本」）明刻套印本。

2. 改動較多的時本系統，主要為《李卓吾批評琵琶記》、汲古閣《六十種曲》本《琵琶記》。

3. 舞臺記錄本和摘匯本。如：《新刊摘匯奇妙戲式全家錦囊伯喈》明嘉靖進賢堂刻本（簡稱「錦本」）、《蔡伯喈》廣東揭陽出土明嘉靖寫本（簡稱「出土本」）等。〔註149〕

其中以「陸抄本」、最接近元本，本研究將以「陸抄本」、為主要參考，在引用時，採用錢南揚校注本〔註150〕。

五劇中《琵琶記》的載道思想最豐富，以下以較早的「陸抄本」及明代「汲古閣本」加以比較。根據孫玫〔註151〕、黃仕忠〔註152〕、楊淑娟〔註153〕等之選例，做為比較依據。就內文差異而足以代表思想影響之強化或變異者，

〔註148〕金寧芬列四十一種，見《南戲研究變遷》，頁158～162。金淑英列四十二種，見《琵琶記版本變流研究》（北京：中華書局，2003年），頁13～22。

〔註149〕俞為民，《宋元南戲考論・南戲《琵琶記》的版本流變及其主題考論》，頁292～303。

〔註150〕高明原著、錢南揚校注、李殿魁補校注《琵琶記》台北：里仁書局，1998年初版。

〔註151〕孫玫、熊賢關，〈解讀《琵琶記》和《白兔記》中「妻」的呈現〉，《藝術百家》第5期總第79期（2004）。

〔註152〕黃仕忠，〈說張大公〉，《琵琶記研究》（廣州：廣東高等教育出版社，1996年），頁146～147。

〔註153〕楊淑娟，《南管與明初五大南戲文本之比較》，頁263～274。

擇樣論述。僅作重點回應與思想詮釋，不作全面性的版本對勘。

就**趙五娘**言，孫玫以爲：「通讀元本的《六十種曲》本，就趙五娘的呈現而言，二者之間雖有程度上的差別，卻不存在質的不同。」至於所謂的程度差異，孫玫說：「體味《六十種曲》本的改動，可以看出其父權意識之強化。這可以解釋爲，禮教在元代削弱，在明代得以恢復並加強。」〔註154〕但明改本並未影響了《琵琶記》的總思想傾向，意即就趙五娘之塑造言，「汲古閣本」更符合傳統禮教對於婦道之要求。以天理與人欲之視角觀看，趙五娘的行爲更合乎天理，少了私己人欲的掙扎，其對禮教婦道的奉守，更加內化而不顯勉強。

1. 「陸抄本」第十齣，趙五娘慨歎：「況兼公婆年老，朝不保夕。教奴家獨自，如何區處？」「汲古閣本」第十一齣《蔡母嗟兒》改爲：「況兼公婆年老，朝不保夕。教奴家獨自，如何應奉？」

   如何「區處」有對於年老公婆不知如何照顧之意，不應是往後能竭心盡力侍奉公婆的五娘，該說的話，「應奉」則強化對公婆的侍奉。（孫玫選例）

2. 「陸抄本」第三十六齣，蔡伯喈和趙五娘重會。得知父母雙亡，伯喈悲痛萬分，決定辭官守孝。趙五娘催促道：「你急上辭官表，只這兩朝。」「汲古閣本」曲文改由牛小姐唱：「你急上辭官表，共行孝道。」

   「陸抄本」之趙五娘有主見，卻有違柔順之道；「汲古閣本」改由牛小姐發聲，表現了牛小姐急於趕赴鄉間爲公婆守孝的心情，塑造其賢淑本質。筆者案，這一改動，刷除趙五娘不夠柔順的「微瑕」，卻反讓五娘失去動人的生命力道。就天理與人欲之流動觀察，全然順受的，沒有流動的五娘，較爲失色。（孫玫選例）

3. 「陸抄本」第五齣，蔡伯喈先唱【沉醉東風】「做孩兒節孝怎全？做爹行不從人幾諫。」接著說白：「呀！俺爲人子，不當恁地說。」「汲古閣本」第五齣《南浦囑別》改爲在蔡伯喈唱【沉醉東風】後，接著由趙五娘說白：「官人，你爲人子的，不當恁的埋冤他。」

嚴親逼試，作兒子的背地裡忍不住埋怨父親幾句，反倒是作媳婦的勸阻自己的丈夫，趙五娘比丈夫更孝。（孫玫選例）

就**張大公**言，公義形象得到加強：

〔註154〕孫玫、熊賢關，〈解讀《琵琶記》和《白兔記》中「妻」的呈現〉，頁44。

1. 第十六齣，張大公向義倉請糧，回程與請糧被搶的五娘相遇。得知詳情後，「陸抄本」張大公說：「小娘子，你丈夫當年出去，把爹娘分付與老夫。今日荒年飢歲，虧殺你獨自支吾。終不然我自飽暖，教你受飢寒勤劬，古語救災恤鄰，濟人須濟急時無。我也請得些糧在此，小娘子，分一半與你將去，胡亂救濟公姑。」「汲古閣本」改作「咳，五娘子，你差了。老夫方才也請得些官糧，正要將來分送你公公。你怎的不來與我商量，卻自家出去，被那狂徒欺侮。」表現張大公時刻不忘蔡家，更加張揚他的高義。（黃仕忠選例）

2. 第二十五齣，五娘在公公亡化後欲賣髮葬親，後在大街遇到大公，大公資助其錢財，五娘欲將頭髮贈送大公。「陸抄本」大公回說：「我要這頭髮做甚麼？」予以婉拒了。「汲古閣本」大公收下頭髮後說：「難得！難得！這是孝婦的頭髮，剪來斷送公婆的。我留在家中，不爲傳留做個話名，後日蔡伯喈回來，將與他看，也使他惶愧。」特別強調孝婦的德性。（楊淑娟選例）

3. 「陸抄本」的四十齣〈盧墓〉，伯喈攜五娘、牛氏返鄉祭墳，大公前來慰勞，向伯喈敬酒，四人各唱一支【玉山供】，反顯大公向狀元公之攀緣逐利。「汲古閣本」第四十一齣，將敬酒情節及四支曲刪去，改爲一段賓白，由伯喈先向大公表達其對家人周濟的感謝，保全張大公的公義形象。（楊淑娟選例）

就忠孝主題的褒揚彰顯言：

1. 「汲古閣本」第二齣「與爸媽稱壽則箇」後賓白多了「〔淨笑介〕阿老有得喫〔外〕阿婆。這是子孝雙親樂，家和萬事成。」特別點出孝道主題。「陸抄本」則是「〔外淨白〕如此，也好。」沒有道德意味。「汲古閣本」第二齣在【醉翁子】曲後加一段賓白「〔外〕孩兒你今日爲我兩個慶壽，這便是你的孝心。人生須要忠孝兩全，方是個丈夫。我纔想將起來，今年大比之年，昨日郡中有吏來辟召，你可上京取應。倘得脫白掛綠，濟世安民，這才是忠孝兩全。」特別強調忠孝。（楊淑娟選例）

2. 第十七齣五娘欲脫衣裳換糧食。「汲古閣本」增添一段里正白：「娘子！罷罷，你說起這話，都是孝心，我不忍問你取了，莫怪！莫怪！你去罷。」特別強調孝心。（楊淑娟選例）

3. 蔡伯喈的父母亡故之後，趙五娘描畫公婆的真容，祭奠二老，準備進京尋夫。《六十種曲》第二十九齣《乞丐尋夫》裡有兩處強調趙五娘的「孝心」。首先，是改了元本裡趙五娘的一處說白。在元本裡，趙五娘的說白是，「與他燒些香紙奠些涼漿水飯，也是奴家心愫。「汲古閣本」改為，「與他燒些香紙，奠些酒飯，也是奴家一點孝心。」其次，張大公前來為趙五娘送行，見到真容，「汲古閣本」加進了一段問答：「（末）是誰畫的？（旦）是奴家將就描摹的。（末）五娘子，你孝所感，一定逼真。」特別強調孝心。（孫玫選例）

從以上之比對中，足以觀察，晚期的改本，更強調人物性格之統一，如張大公之前後照應更為周全，提升了情節的合理性。五娘的孝心更加地被劇作家明顯點出，而牛小姐的賢淑則進一步強化，倫理義涵更加突出，教化的意味更為明顯。與理學家兢兢業業在民間推展教育之精神一脈相通。孫玫、熊賢關說：

> 《琵琶記》和《白兔記》都是由南戲嬗變為傳奇的。從總體上來看，在南戲向傳奇轉變的過程之中，文人雅士把儒家「文以載道」的傳統引入了原本非常質樸的民間藝術。而就具體的作品來看，這種引進又會因不同的作者而呈現出不同的情形。這種不同，體現在《琵琶記》和《白兔記》的主旨和意趣上，體現在趙五娘和李三娘的呈現上，也體現在《琵琶記》和《白兔記》的不同的版本上。〔註155〕

從版本的比勘可以清楚看出理學與戲劇交會後，儒家教化的豐富多元，理學以不同風貌在南戲中呈現。

因古本的失傳，五大南戲真正產生的年代，眾說紛紜。大致上可以如此推論：五大南戲創作於南宋至元末，到了明代，產生眾多的改本。宋元古本大都失傳，明代改本一定程度上融入明代社會文化等內涵，各改本情節或曲文的變化，反映教化思想內涵的增加，也反映理學風氣下，化民成俗的強烈要求。

第四節　小結

南戲興起之後，我們看到元代南戲和北雜劇的交流與消長，緊接著是明

〔註155〕孫玫、熊賢關〈解讀《琵琶記》和《白兔記》中「妻」的呈現〉，頁69。

末南戲衍爲傳奇,而形成明清傳奇鼎盛的壯大景況。現在,我們依然可以看到古老南戲在各種地方戲中的演出,尤其是五大南戲,在這其間不斷被改編,搬上舞台演出不輟。

明傳奇的眞正形成是在明嘉、隆之交。梁辰魚(1519~1591)在嘉靖末期創作的《浣紗記》,將崑山腔搬上舞台,才有眞正嚴格意義的傳奇。〔註156〕嘉靖之後大批身分較高的文人加入戲曲創作行列,許多文人將寫劇當作寫詩、作文一般,作爲寫志、寄興、抒情、寓意的工具,使戲曲文體正式躋身文學體裁。同時,作爲戲曲文學與音律體現形式的劇本,也趨於規範和定型。它與先前主要由民間創作演出的南戲不同,因此可以獨立出來,稱之爲明傳奇〔註157〕。

五大南戲到了明代都經過不同程度的改編,時代較晚的改本已經進入傳奇盛行的時代。因此當我們以現存劇本來研究南戲時,不免要跨入明代的範疇,尤其是明初到嘉、隆之交,這二百年的漫長歷史。孫崇濤將此期作品稱作「明人改本戲文」,認爲此期南劇「改」是十分普遍而突出的特色:

> 改前朝舊本,改本朝新編,文人改民間,民間改文人,南北改西東,西東再去改南北,……如此相互改來改去,正是這時期各地民間演出活躍、文人創作方興未艾的南劇發展眞實情況的反映。〔註158〕

眾多五大南戲的改本的出現,正是五大南戲在明代盛演不衰的鐵證。同時,五大南戲以其成熟的範式成爲傳奇的典範,如《荊釵記》與《琵琶記》均有全本百分之五十左右的套式,成爲明以後傳奇之套數,「足見戲文之曲牌性格至《琵琶》與《荊釵》始趨固定,也因此二記堪爲後世傳奇之祖。」〔註159〕

乾隆時徽班入京,之後各地方聲腔崛起,造成清代地方戲的大繁榮,雅部的崑曲因而逐漸衰落。地方戲繼承明代崑腔和諸聲腔劇目,又不斷將文人劇本、說唱詞話、歷史演義等搬上舞台,因此累積眾多劇目。徐宏圖在《南戲戲曲史》一書中曾就宋元戲文、明人改本、明清傳奇和明清地方戲整理出詳細的圖表〔註160〕,其中五大南戲保有的劇目以《琵琶記》最多,《殺狗記》

〔註156〕南戲與傳奇的界說,有以元、明時代爲界的;也有以《浣紗記》,將崑山腔搬上舞台爲界的。本文依循後者之說法。

〔註157〕孫崇濤,《南戲論叢》,頁128~131。

〔註158〕孫崇濤,《南戲論叢》,頁107。

〔註159〕曾永義,《戲曲源流新編》,頁231

〔註160〕見徐宏圖,《南宋戲曲史》附錄二「南宋戲文遺存劇目一覽表」。

最少。就劇種言，福建古老劇種梨園戲、莆仙戲裏也保存眾多宋元戲文劇目的劇本。

　　五大南戲作者與創作年代大多發生於元末，其時南戲作者群已不再局限於東南沿海一隅，北劇作家也多有南戲的創作。南北交流促進南戲質量的提升，是南戲文人化的初始。五大南戲進入明代後又經歷文人較多的改寫，因此五大南戲的創作歷史長度實際是橫跨宋、元、明三代，又巧妙接上傳奇的蓬勃發展，與之共同持續著戲曲創作演出的熱度。南戲經過由宋至元的發展，正是新儒家思想蓬勃發展之時，南戲受時代思想的影響正可以反映儒家世俗化的成效，孫崇濤說：

> 戲文多為家庭生活、婚姻倫理題材，較少歷史、政治題材。它雖然
> 也有歷史人物題材，但也都被『家庭生活』化了，如蔡伯喈、劉知
> 遠、王十朋、呂蒙正、蘇秦之類戲文。中國文學藝術之重『道德的
> 批判』，而忽於『歷史的批判』的傳統，在戲文中表現的尤為充分。
> 〔註161〕

以戲劇素樸的民間文化作為傳道載體，不啻擴大思想的傳布廣度。因為改本戲文存在的現實，今日留存的劇本已滲入了明人的思想價值判斷，這是南戲和文人文化接軌後不可避免的變化。就地理上，南戲長期流行於東南方，正是理學，尤其是朱熹閩學盛行的區域，它受理學浸潤，自然較深刻。

〔註161〕孫崇濤，《南戲論叢》，頁129。

第三章　宋元明理學思想的
　　　　建構與俗化

　　宋元明時期的儒學復興，是中國學術思想在隋唐佛道鼎盛後的另一次高峰，其興起有諸多內外因素交雜，本章先探討新儒學之建構，從新儒學興起之背景敘寫，探討佛、道義理對新儒學的啓發，及禪宗帶來的平民自由精神對學術思想的推進作用。

　　新儒學又稱理學、道學或宋學，是在佛、道心性思想高揚的壓力刺激下，發展出來的，他與傳統儒學之不同即在於建構了精微的心性理論，從此使儒家內聖之學的道德實踐得到豐富學理的支撐。宋初因爲平治天下的需求，儒者偏重政治外王的講求，直到王安石變法將內聖道德義理與外王事業結合，以經術作爲新法的理論根據，此依據即是他嶄新詮釋的《三經義》〔註1〕。王安石因得君行道而有實踐儒家仁政的機會，他的新學因此成爲顯學，直到南宋乾道年間，仍繼續影響科舉與政治。與王安石同時而略有先後的周敦頤、張載、程顥、程頤，在新學與佛學的激盪下，選擇偏向內聖的道德實踐之路。他們的學說在後世得到繼承發展，成爲理學奠基的關鍵性人物。南宋朱熹直接承續程頤的學說，並融會諸家，可說集理學之大成，此後程朱學派成爲儒家的主流，影響及於清代；南宋陸九淵則承接程顥，開出心學傳統。明代王陽明接續心學的統緒，他的「良知說」在思想、文學與藝術界掀起大波瀾，

<hr>

〔註1〕　北宋神宗熙寧年間王安石主持完成了對儒家經典《詩》、《書》、《周官》經義的重新訓釋並頒佈天下，即有名的《三經新義》。「《周官新義》是王安石改革政治的主要依據，在《三經新義》之中這是他唯一親筆修成的著作。」見余英時，《宋明理學與政治文化》（台北：允晨，1987年），頁76。

形成晚明學術思想上的斑斕色彩。

　　北宋新儒學實則只是少數知識菁英面對佛學挑戰發展起來的論述，從南宋開始儒學俗化的腳步加速，以朱熹爲代表的理學思想快速擴展，影響所及在小說戲劇也多所反映。此時位於南方的戲劇正快速發展，理學思想的世俗化，使戲曲小說得以吸收取納增益內容，而戲曲小說的俗世性格也助長儒學的推進。蒙古滅宋，衝擊著傳統的經濟、政治與思想，廢除科舉對文人的影響更是巨大。這外來的統治者，卻意外尊孔揚儒，儒學首度成爲官學〔註2〕，其地位之鞏固，至明代而不墜，卻也埋下日後僵化之危機。就在這理學盛行的宋、元、明三朝，南戲也壯大流行，菁英學術的理學與民間的戲劇，似乎壁壘分明，卻又相涵相涉。

第一節　新儒學的積極建構

　　本節先討論新儒學興起之背景，在長期儒門淡泊的背景下，佛、道精微的心性義理，激化新儒學的發展；禪宗的平民自由精神更對學術思想起著活化推進的作用。其次觀察理學發展過程中，內聖與外王（學術與治道）在儒者生命中偏重的轉向以及內聖理論的再建構。新儒學精微的心性理論，使儒家之道德實踐性格得到學理支撐，然而儒者之終極理想絕非只是個人道德（內聖）之講求，更切要的是在治國平天下（外王）之實現；但是現實政治的走向，促使新儒學在外王事業上集中表現在教育。因爲教育之普及，儒學的世俗化腳步隨之展開，理學地位也逐漸確立，影響及於小說戲劇等俗文學之發展；小說戲劇等亦承載著理學思想，從而推進儒學在民間之傳播。

一、新儒學興起的學術背景

　　新儒學興起之前經歷長期的蟄伏不顯。在魏晉南北朝的長期混亂後，儒家思想已逐漸退出學術軸心，佛、道取而代之成爲安頓群眾心靈的主力。儒門淡薄的現象，直到唐代仍未改變。此時儒者傾心於注疏之學，專研章句〔註3〕，

〔註2〕　元仁宗皇慶年間（1312～1313），科舉條制施行，正式定朱子四書集註爲科舉考試之標準。見葛兆光，《中國思想史》第二卷（上海：復旦大學出版社，2001年），頁283～284。

〔註3〕　「所謂章句，乃是逐句闡述，分章討論的，其文甚爲繁富，故《漢書‧夏侯勝傳》謂勝『牽引以次章句，具文飾說』。」此注引自龔鵬程，《文化符號學》（臺北：學生書局，2001年再版），頁27。

無法安頓人心，而佛家的心性之學卻能吸引人心，佛門因而益尊。當時佛教內部的轉化，最重要的是由「出世」轉向「入世」〔註4〕，此入世轉向，拉近知識分子與廣大民眾和佛教的距離，到了宋代，讀書人學禪，已是一股盛大的風尚。儒、佛、道在唐宋間的消長變化與唐宋文學改革運動和宋代政治改革運動是環環相扣的。中唐韓愈等倡導古文運動，提出道統和心性的課題，正是北宋理學家所關注。

　　就社會的面向觀察，宋朝平民文化崛起，世族門第社會結束，迥異於唐以前貴族文化獨勝的現象。禪宗的改革，促使學術革新，而有宋新朝代的建立，提供更多平民崛起的機會。以下分兩方面加以論述：（一）佛道興盛促成儒家形上理論的建構，（二）宋代平民精神的發揚。

（一）佛道興盛促成儒家形上理論的建構

　　經過魏晉南北朝的長期混亂後，儒家思想逐漸退出學術軸心，佛、道取而代之成為安頓廣大群眾心靈的後盾。直到唐代大一統帝國再現，夷狄大量進入中國，「儒門淡泊」〔註5〕的現象，並未因政治的穩定而改變，余英時認為：

> 魏晉以來中國大亂，「此世」越來越不足留戀，佛教終於乘虛而入，不但征服了中國的上層思想界，而且也逐漸主宰了中國的民間文化。……大體說來，自魏晉至隨唐這七八百年，佛教（還有道教）的出世精神在中國文化中是佔有主導地位的。儒家雖然始終未失其入世的性格，但它的功用已大為減弱，僅限於實際政治和貴族門第禮法方面。以人生最後的精神歸宿而言，這一時期的中國人往往不歸於釋，即歸於道。〔註6〕

〔註4〕 惠能的新禪宗的改革，尤其有突破性的發展，所謂「直指人心」。他的「無相頌」其一曰：「法元在世間，於是出世間，勿離世間上，外求出世間。」敦煌寫本《六祖檀經》第三十六節。轉引自余英時，〈中國近世倫理與商人精神〉，收錄在《中國思想傳統的現代詮釋》（台北：聯經，1987年），頁273。

〔註5〕 王安石與張方平討論三教之影響，曾有「儒門淡泊，收拾不住，皆歸釋氏」的感慨。此借用其詞。據宋志磐《佛祖統紀》卷四十五記載：
荊公王安石問文定張方平曰：「孔子去世百年而生孟子，後絕無人，或有之而非醇儒。」方平曰：「豈為無人，亦有過孟子者。」安石曰：「何人？」方平曰：「馬祖、汾陽、雪峰、岩頭、丹霞、雲門。」安石意未解。方平曰：「儒門淡泊，收拾不住，皆歸釋氏。」安石欣然嘆服。」（明）《嘉興大正藏》第10冊卷45（台北市：新文豐圖書公司，1987年），頁804。

〔註6〕 余英時，〈中國近世倫理與商人精神〉，收錄在《中國思想傳統的現代詮釋》，頁271。

中唐時劉禹錫針對當時佛教盛況有一段描寫：

> 儒以中道御群生，罕言性命，故世衰而寢息；佛以大悲救諸苦，廣
> 起業因，故劫濁而益尊。〔註7〕

此時佛教正經歷一場巨大的改革，形成華嚴、天臺、賢首、禪宗等不同派別
紛呈的盛況。當時佛教內部的轉化，最重要的是由「出世」轉向「入世」，慧
能（638～713）創立新禪宗，便有「若欲修行，在家亦得，不由在寺」〔註8〕
之說。此入世轉向，拉近知識分子與廣大民眾和佛教的距離。二程語錄有一
段話：

> 昨日之會，大率談禪，使人情思不樂，歸而悵恨者久之。此說天下
> 已成風，其何能救！古亦有釋氏，盛時尚只是崇設像教，其害甚小。
> 今日之風，便先言性命道德，先趨了知者，才愈高明則陷溺愈深。
> 在某，則才卑德薄，無可奈何它。然據今日次第，便有數孟子，亦
> 無如之何。〔註9〕

二程面對士大夫談禪的風尚，表達無可作為的無奈，因此儘管北宋儒學中興，
談禪之風未減。無怪乎到了南宋朱熹仍要發出感慨，說「今之不為禪學者，
只是未曾到那深處，才到深處定走入禪學去。」〔註10〕。現代學者歐崇敬肯
定的說：「從宋初三先生，到『濂、洛、關、閩』，象山學派，白沙學派、陽
明學派、東林學派的建立，基本上在消化兩宋巨大的禪學力量。」〔註11〕

究竟儒、釋、道之間，在唐宋間的消長變化是如何進行的？錢穆說：

> 治宋學當何自始，曰，必始於唐，而昌黎韓愈為之率。……韓愈論
> 學雖疎，然其排釋老而反之儒，昌言師道，確立道統，則皆宋儒之

〔註7〕 〈袁州萍鄉縣楊岐山故廣禪師碑〉《劉賓客集》。轉引自韓鐘文，《中國儒學史‧
宋元卷》（廣東：廣東教育出版社，1998年），頁5。

〔註8〕 《六祖壇經》第三十六節敦煌寫本「善知識！若欲修行，在家亦得，不由在
寺。在寺不修，如西方心惡之人；在家若修，如東方人修善。但願自家修清
淨，即是西方。」轉引自余英時，〈中國近世倫理與商人精神〉，收錄在《中
國思想傳統的現代詮釋》，頁273。

〔註9〕 《二程集‧河南程氏遺書》卷二上「二先生語二上」，（臺北，漢京，1983年），
頁23。

〔註10〕 朱熹著、黎靖德編，《朱子語類》卷十八，大學五或問下，（北京：中華書局，
1986年），頁415。

〔註11〕 見歐崇敬，《中國哲學史——宋元明清的新儒學與實學卷》（臺北：洪葉，2003
年），頁27。

所濫觴。〔註12〕

錢穆肯定韓愈（768～824）在排佛老、復興儒學、提倡師道、確立道統諸方面的先驅地位，韓愈的呼籲的確受到儒者的響應，如同時或稍後的張籍（768～830）、李翱（772～841）、皇甫湜、皮日休都曾撰文回應。宋初期或中期的孫復（992～1057）的《儒辱》、石介（1005～1045）的《怪說》、李覯（1009～1059）的《潛書》、歐陽修（997～1062）的《本論》，也都是對韓愈的反響。余英時即主張，新儒學運動絕對不是在周敦頤（1011～1076）、邵雍（1011～1077）、張載（1020～1077）、程顥（1032～1085）、程頤（1033～1107）時突然興起，由唐至宋，儒學運動有一伏流綿延不絕。〔註13〕蘇軾稱韓愈「文起八代之衰，道濟天下之溺」，即是讚揚他在文風頹廢的時候，能夠一洗華靡，倡導古文運動，提振文學；在佛老思想鼎沸的時候，能夠獨樹一幟，發揚儒家精神，促進儒學復興。直接閱讀韓愈的〈原道〉諸文，更可看出他以儒學全面指導日常生活、重建社會倫理的企圖。杜維明在討論宋明新儒學的「上限」時，也認為「北宋的儒學復興必須淵源到韓愈和李翱。他們提出道統和心性的課題，確為北宋六先生（周敦頤、司馬光（1019～1086）、張載、邵雍、程顥、程頤）打開了一條從儒學發展的內核談身心性命之學的先河。」〔註14〕韓愈的新文學運動，亦顛覆「詩言志，文言道」的傳統，除了〈原道〉諸篇外，韓愈更多是以「文」言志。此外，更多人嘗試以「文」寫小說，嚴肅的廟堂之「文」走入民間，促成民間俗文學的興起。〔註15〕

　　唐代新發展的儒家身心性命之學，已受到佛學的影響。李翱的〈復性說〉雖發揚《中庸》、《易傳》、《孟子》的思想，但心性功夫卻與佛學多有神似。牟宗三先生即認為「孔孟內聖外王之教是在歷史發展中逐步釐清其自己，建立其自己。宋明儒程、朱、陸、王之一系，是通過佛教之吸收，而豁醒其內聖之一面。葉水心（葉適1052～1223）、陳同甫（陳亮1143～1194）以及明末顧、黃、王則是遭逢華夏之淪於夷狄，而豁醒其外王之一面。」〔註16〕充分肯定儒家內聖之學的發顯是受到佛教的啟發。

　　宋明新儒學受佛、道的影響已成定論，但是他們基本上仍是屬於儒家。

〔註12〕錢穆，《中國近三百年學術史》（臺北市：台灣商務印書館，1987年），頁1。
〔註13〕余英時，《宋明理學與政治文化》（臺北：允晨，2004年），頁88。
〔註14〕杜維明，《儒學第三期發展的前景問題》（臺北：聯經，1989年），頁299。
〔註15〕來自劉榮賢老師的提示。
〔註16〕牟宗三，《政道與治道》序，（臺北：聯經，2003年），序頁，39。

韋政通說：

> 在儒家，人基本上是一道德的存在；人生的意義和目的，在實現道
> 德的自我，實現的途徑必須經由現實的社會，由齊家、治國到平天
> 下，……人生的價值，也就是透過這樣的意義和目的來估量。佛教
> 的人生，雖不必與這一條人生途徑相矛盾，但它最重要的人生意義
> 和目的，是不靠這條途徑來實現的。跳出社會倫理的範圍，儒家看
> 整個宇宙，看大自然界，都是由萬物互相感通而結成的一個有情世
> 界；佛教卻視有情為煩惱之根，以萬物之生滅為幻有無常，儒家卻
> 由萬物之生滅中發現其生生不息之德。把這樣的人生觀和自然觀結
> 合起來，才能有新儒家「仁者與天地萬物為一體」的徹悟，這是要
> 透過終極的關切、終極的要求，由個體軌向於普遍生命的創造歷程
> 中才能有的。……由個體到宇宙每一步都含有真、善、美的價值；
> 佛教的終極價值，卻要經由破除客觀世界和現實自我，也就是要經
> 由破除我法二執才能實現。〔註17〕

葛兆光也說明宋儒與佛學的分別：

> 他們（宋儒）追問的終極處有一個實在的「理」，心靈中需要一種對
> 於人生與社會的「敬」，而這個「理」反過來指導社會生活時，將確
> 立一種有意義的秩序。於是這便與佛教終極處是瓦解所有實在的
> 「空」、體驗真理的時候心靈所處的絕對的「寂」、體悟之後所追求
> 的個人超越的「悟」大為不同。〔註18〕

綜合以上學者的論述，可以歸納出，新儒學形上之「理」的建構，雖受到佛
學的啟發。它的本質，依然是儒家的。儘管形上之理頗有「玄虛」之味，但
在討論宋明理學的思潮與影響時仍應回歸儒家本身重視現實人生、確立社會
秩序的初衷，才可理解南宋儒學逐步世俗化的趨向。

（二）宋代平民精神的發揚

錢穆認為第一次平民社會學術自由是在先秦百家爭鳴之時，而二次就發
生在宋代。他說：

〔註17〕韋政通，《中國思想史》（下冊）（台北市：大林出版社，1979 年），頁 937～
938。

〔註18〕葛兆光，《中國思想史》第二卷（上海：復旦大學出版社，2001 年），頁 204
～205。

> 北宋學術之興起，一面承禪宗對於佛教教理之革新，一面又承魏晉
> 以迄隋唐社會上世族門第之破壞，實爲先秦以後，第二次平民社會
> 學術自由活潑之一種新氣象也。〔註19〕

在魏晉至唐代長期門第之風的流衍之下，宋朝接續而起卻能確立起新的平民
精神，這是社會革新的充分展現。許多學者研究唐宋文化的差異，認爲宋代
是近代社會的開端，是有其深刻意義。在諸多的改革與進步現象中，有幾個
觀察的重點：1.士紳集團與建立新秩序的需求 2.活潑的學術氛圍 3.自由的講學
風氣 4.印刷術與文學的普及。

1. 士紳集團與建立新秩序的需求

經過唐末五代的混亂局勢，北宋建國之初特別感受社會秩序之確立與國
家威權之鞏固的重要。而確立國家統治權力之合法性與社會秩序之維護，不
能只靠法律規章來支撐，它需要更廣大的知識群眾一起運作維持。〔註20〕因
此文治的需求，應運而起。〔註21〕皇室的重文取向，科舉的大量取士，很快
的累積龐大的士紳，這群士紳迥異於唐代的貴族背景，爲新學術注入了新生
命、新活力，如范仲淹（989～1052）、胡瑗、孫復（992～1057）、歐陽修等
皆是出身清貧的平民知識份子，卻能在政治、學術各方面影響一代風向。

平民入仕人數大增，狀元地位較唐代提高且普遍受到關注，但也製造新
的社會問題，如讀書人因中舉而平步青雲，於是拋棄糟糠之妻，新娶豪門之
女，衝擊了原本穩定的家庭結構。因科場如意得以改變平民身分而棄妻不顧
或停妻再娶的負心漢故事，因而成爲南戲的熱門題材。如《張協狀元》、《趙
貞女》、《王魁》等劇皆是。有關狀元的南戲就更多了，如《拜月亭》、《荊釵
記》（也稱《王狀元荊釵記》）、《琵琶記》都以狀元爲主角。日本學者金文京
的研究指出，「隨著商業經濟的發達以及與之相關的社會風氣的轉移，狀元的
形象也起了顯著的變化，幾乎成爲商業社會中的一種寵兒。這就給狀元當成
戲曲中的人物提供了客觀的基礎。」〔註22〕宋代王十朋、文天祥等皆是有名
的狀元，王十朋成爲南戲主角，而「文天祥作爲狀元卻給這些行業（相卜、

〔註19〕錢穆，《國史大綱‧引論》（臺北：商務印書館，1980年版），頁18～19。
〔註20〕葛兆光，《中國思想史》第二卷，頁174。
〔註21〕葛兆光《中國思想史》第二卷，頁175。引文瑩《湘山野錄》卷中，23頁。《玉
壺清話》卷二，16頁。（北京：中華書局，1984）。
〔註22〕金文京〈南戲和南宋狀元文化〉《南戲國際學術研討會論文集》（北京：中華
書局，2001.5），頁50。

書商、風水先生、醫生、畫工、墨匠）的人寫詩打廣告，足見其滲入社會的深不可拔。」〔註 23〕狀元寵兒走入民間，甚至與商業活動結合，促進上層文化與地方文化的交流。地方上還有所謂的書會才人，除了編寫劇本外，有的也擔任民間教職，如朱熹女婿弟子黃幹（1152～1221）早年即在書會任職。〔註 24〕這些尚未通過科考的知識分子爲地方教育和文學的發展提供推進的力量。

2. 活潑的學術氛圍

宋代學術另有迥異於前代的精神，那就是不盲目服從聖人、經典和傳注。宋學者於此顯示的自信、自豪、自由、活潑的文化性格，正是新儒學產生的要件，此亦與新禪宗自由解經的精神相通。王應麟《困學紀聞》卷八「經說」就道出北宋治經的轉變，他說：

> 自漢儒至於慶曆間，談經者守訓故而不鑿。《七經小傳》出，而稍尚
> 新奇矣。至《三經義》行，視漢儒之學若土梗。〔註 25〕

王應麟以爲劉敞（1019～1068）的《七經小傳》開此風氣之先，至王安石頒《三經新義》，這種訓釋經義重闡明義理、反對章句傳注的「新學」，在當時的思想界產生了很大的影響力。歷來學者多認爲宋代經學自慶曆始爲一大變：

> 唐及國初學者不敢議孔安國、鄭康成，況聖人乎？自慶曆後，諸儒
> 發明經旨，非前人所及，然排《繫辭》，毀《周禮》，疑《孟子》，譏
> 《書》之〈胤征〉、〈顧命〉，觸《詩》之〈序〉，不難於議經，況傳
> 注乎？〔註 26〕

宋初，太祖、太宗、眞宗三朝，經師大率遵奉漢唐舊注，此時大抵仍是漢唐章句訓詁注疏之學之沿襲。慶曆以後，孫復、石介、歐陽修、李覯等捨棄傳注、自發議論，大膽疑傳、疑經、疑古，經學經歷一場革命性的變革。此治經方法的改變，又結合了古文運動、儒學復興運動、政治改革運動，形成一沛然莫之能禦的強大思潮，呼喚著新儒學的誕生。王安石（1021～1086）的政治改革運動，就是以新的治經方法，結合儒學復興運動之最佳詮釋，他以

〔註 23〕金文京〈南戲和南宋狀元文化〉《南戲國際學術研討會論文集》，頁 51。
〔註 24〕早年，他給朱熹的信說：「終以書會相絆，未能走侍爲恨。(《黃文肅公文集》
　　　　卷二)」轉引自金文京〈南戲和南宋狀元文化〉《南戲國際學術研討會論文集》，
　　　　頁 53。
〔註 25〕（宋）王應麟撰，翁元圻注，《翁注困學紀聞》第四冊，（台北：商務，1978
　　　　年臺一版），頁 774。
〔註 26〕見王應麟，《困學紀聞》卷八「經說」，頁 774。

自我新詮的《三經新義》作爲新法的依據，大刀闊斧推行政治改革，將儒家經典的仁政理想在實際社會中推行。這批儒者在儒學上拓疆斬棘的開闢勇氣與自由精神，實不容忽視。

3. 自由講學的風氣

伴隨自由解經風潮而來的，是自由講學的勃興。自由講學是促成宋代學術蓬勃發展的要素。朱熹在〈衡州石鼓書院記〉中說：

> 予惟前代庠序之教不修，士病無所於學，往往相與擇勝地，立精舍，以爲群居講習之所。而爲政者，乃或就而褒表之。若此山，若嶽麓，若白鹿洞之類是也。〔註27〕

五代時期學校失墜，宋代繼起，士人苦無學習之所，因而有了私人書院的設立，書院的設立也能得到政府的鼓勵。早期范仲淹在山東長白山之醴泉寺讀書，同時學者胡瑗偕孫復在泰山一個道院中讀書，皆未在書院受學〔註28〕，而他們卻成了往後推動私人講學的關鍵人物。全祖望說：

> 有宋眞、仁二宗之際，儒林之草昧也。當時濂、洛之徒方萌芽而未出，而睢陽戚氏在宋，泰山孫氏在齊，安定胡氏在吳。……慶曆之際，學院四起，……。篳路藍縷，以啓山林。〔註29〕

根據全祖望的說法，在濂、洛、關等學派未興起之前，已經有戚同文、孫復、胡瑗的講學活動了，慶曆（1041～1048）後風氣一開，在齊魯、浙東、浙西、閩中、蜀等都有書院相繼成立。他們開風氣之先，並造成廣泛的影響，尤其是胡瑗的蘇湖教法，分治道和經義兩科，後爲公立學校所取法。這些名師巨儒在各地自由講學，非「釣聲名取利祿」〔註30〕，弘揚的是「倫常日用」，關切的是「現實人生」。錢穆說：

〔註27〕　朱熹，《朱子大全》冊九卷七十九〈衡州石鼓書院記〉（台北：中華，1966年），四部備要本，頁22a。

〔註28〕　根據錢穆考定，當時戚同文書院已存在。五代之戚同文（904～976），因晉末衰亂，絕意仕進，將軍趙質爲築室聚徒數百人。眞宗祥符（1008）時，增建學舍，願以學舍入官。祥符三年睢陽應天書院賜額成立，翌年仲淹至書院。時仲淹二十三歲，戚同文已先卒。《宋元學案》說仲淹受學戚氏，有誤。見《國史大綱》，頁599。

〔註29〕　全祖望，《宋元學案》卷三〈高平學案〉頁2，（臺北：中華書局，聚珍仿宋版。出版年不詳）。

〔註30〕　朱熹，《朱子大全》卷七十四〈白鹿洞書院揭示〉（台北：中華，1966年），四部備要本，頁6a。

> 講學的風氣，最先亦由佛寺傳來。宋、明儒的講學，與兩漢儒家的
> 傳經，可說全屬兩事。傳經是偏於學術意味的，講學則頗帶有宗教
> 精神，因此宋、明儒的講學風氣，循其所至，是一定要普及於社會
> 之全階層。……講的多注重在現實人生與倫常日用，因此他們常常
> 不免要牽涉到政治問題。如是則私家講學常要走上自由議政的路，
> 而與政府相衝突。因此宋、明兩代，亦屢有政府明令禁止書院講學
> 與驅散學員等事，宋代的程頤、朱熹，都曾受過這一種壓迫與排斥。
> 〔註31〕

元祐（1086～1094）學術之爭〔註32〕，程頤被貶；慶元（1195～1200）黨禍，
朱子被視爲僞學，自由之風因而受挫，影響學術甚鉅。總體來說，眞宗、仁
宗時，書院講學風氣始開，神宗元祐時講學之風一度受挫，及至南宋又大盛，
慶元黨禍又再衰。講學雖有興衰，然縱貫宋、元、明三朝，講學未曾稍歇，
培育無數的謙謙君子，人才之盛，可謂多如繁星。直到明末東林黨，書院講
學才終告結束〔註33〕。唐君毅肯定宋儒講學的成績，認爲最大成就在文化教
育，他說：「宋明理學家之精神，則全用於教化，而以一群人，共負起復興學
術、作育人才之大業。」〔註34〕這樣全面而積極的教化行動，影響既深且遠，
也促使相關的文化活躍成長，如話本、小說、戲劇等俗文學皆受其深刻影響。

4. 印刷術的進步與文學的普及

因爲門第的破壞，士人階層的增加，教育的普及，使得讀書人口大增。
加上雕版印刷業突飛猛進，活字印刷的發明，官私刻本書籍的大量產出與流

〔註31〕 錢穆，《中國文化史導論》（臺北：商務，2008年再版），頁190。
〔註32〕 元祐八年，高太后死，哲宗親政，其時章惇入相，漸次起用新黨分子曾布、
　　　　蔡卞、蔡京、呂惠卿等，表面上推行荊公新學，實際上排斥異己。程頤、蘇
　　　　軾、范祖禹等舊黨中人相繼遭受貶逐，時稱「元祐黨人」。見《中國儒學史‧
　　　　宋元卷》，頁120。
〔註33〕 書院講學注重政治與世道，常和政府衝突。江西無錫的東林書院聚集一批退
　　　　隱官員和地方之士（稱爲東林黨），與朝廷的執政大臣和掌權宦官（被詆爲閹
　　　　黨）對立，「結果政府亦常敵視他們，屢興黨獄，而讓有名的東林黨來結束這
　　　　一個最後的衝突。」（錢穆，《國史大綱》，頁614～615。）案，清朝書院講學
　　　　內容多以經學訓詁考據爲特色，失去宋元明書院講學之特色，學者多不論。
　　　　民國以後學者亦有仿效宋明書院精神講學者，如毓鋆，世人尊稱毓老。在自
　　　　家地下室開課，講授國學典籍，稱奉元書院，授業數十年，弟子無數，年逾
　　　　百歲猶講學不輟。毓老已於2011年仙逝。
〔註34〕 唐君毅，《中國文化之精神》（台北：正中書局，1979年），頁71。

通，提供了更好的物質環境，宋朝的文化教育事業，因而蓬勃發展，大步飛躍。以刻書爲例，分官刻、私刻、坊刻三種，其他如國子監、各州（府、軍）縣的學校、書院也刻書。景德（1004～1007）年間眞宗至國子監，問經版多少，邢昺說：

> 國初不及四千，今十餘萬，經、傳、正義皆具。臣少從師業儒時，
> 經具有疏者百無一二，蓋力不能傳寫。今版本大備，士庶家皆有之，
> 斯乃儒者逢辰之幸也。〔註35〕

官私大量刻書，書籍數量日增，形成東京、浙江、四川、福建、江西五大刻書中心，而這五大中心正是新儒學各大流派的學術活動中心〔註36〕。很多以前不易取得的經典，現在可以方便得到。蘇軾說：

> 余猶及見先儒先生，自言其少時，欲求《史記》、《漢書》而不可得。
> 幸而得之，皆手自書，日夜誦讀，惟恐不及。近歲，士人轉相摹刻
> 諸子、百家之書，日傳萬紙。學者之於書，多且易致如此。〔註37〕

此外，連婦女、牧童、樵夫都可以閱讀經典，使得文化傳播更迅速及於一般民眾。〔註38〕因而又促成新的平民文學藝術的興起。

有關平民文學藝術，可以從白話文學說起。錢穆認爲，白話文學由唐代禪宗「語錄」開始，到了宋代二程門人也開始用口語寫他們的教義，因此儒、釋皆使用「語錄體」。唐代「變文」是以詩歌和散文組成的通俗文，也是用口語來寫，演變到宋代成了「平話」，完全脫離宗教面貌，成爲純粹的平民文學。至於宋、元戲曲，本源自「鼓子詞」、「搊彈詞」，其本身便是一種變文或平話，莫不有說有唱，再加上代言體的表演，便成了戲劇。中國音樂到了宋代大管弦樂及大舞樂日形衰微，音樂規模日趨小型化，如「鼓子詞」、「搊彈詞」皆

〔註35〕《宋史》卷四百三十一〈列傳〉第一百九十儒林邢昺傳，記載景德二年（1005）事，頁12798。

〔註36〕特別是南宋福建閩學、江西陸學、浙江金華呂學、永嘉學派、永康學派及南宋後期的浙東朱子學、陸、呂學的學術活動主要地區。見韓鍾文等，《中國儒學史》宋元卷（廣東：廣東教育出版社，1998年），頁73。

〔註37〕《蘇東坡全集》（台北：世界書局，1964年）上冊卷三十二〈李氏山房藏書記〉，頁353。

〔註38〕關於文明的普及與下移，見張邦煒〈宋代文化的相對普及〉，《國際宋代文化研討會論文集》（四川大學出版社，1991年）。後收錄於張邦煒《宋代政治文化史論》（北京：人民，2005年初版）

以輕小簡單便於移動行走的樂器爲主，此皆適合平民的演出。〔註 39〕由大的
貴族格局走向小型平民化，是宋朝文學藝術迥異於唐的特色。此等變化與貴
族門第的破壞和文化思想教育的普及是息息相關的。

二、內聖與外王（學術與治道）

儒學在宋朝的復興，其發展亦有脈絡可循。宋初多重治道，以重建社會
秩序等治國平天下之事務爲要；中期王安石推行新法失敗，外王事業嚴重受
挫，以後則偏於心性經術之講求，一時周敦頤、張載、程頤、程顥等理學家
並起；其時另有蘇軾的蜀學，也有主張事功的葉適一派。外王事業有待於從
政之機遇，非人人可躋，而道德的講求可以反身即得。因此，王安石推行「新
法」失敗後，外王機會大幅下滑，心性論則日趨精微，實有其歷史之因素。
然而儒者絕不放棄外王之理想，此在宋儒學者身上之積極表現則化爲教育。
後代學者在研究宋元明儒時，因學派之繁多，爲求系統，多將之分派分系研
究，而其分類根據，或以「內聖」與「外王」爲區隔，以下將以學者研究之
學術分類，看宋元明儒者之所重。繼則檢驗視宋儒從「外王」到「內聖」之
歷史進程，再逐一簡述北宋理學主要建構者周敦頤、張載、二程（程頤、程顥）
等之思想架構，作爲本文探討宋元明儒學影響及文學載體——戲劇之依據。

（一）「內聖」與「外王」之釋義

「內聖外王」一詞出自於《莊子·天下篇》〔註 40〕，後來卻成爲儒家的
終極理想。唐君毅充分肯定宋、明儒在「內聖」和「外王」雙方面的成效。
他認爲，宋以後之學者「爲守道行道，而辨道，亦恆更能至於義理之精微，
有非唐以前之學者所及者。宋以後之學者，在承繼昔人所言之道，而付之於
個人之身心性命之實踐，及社會政治教化之實踐，而切實行道之精神，亦有
大非唐以前之學者所能及者。」〔註 41〕因此他肯定地爲宋明儒者定位，說：「漢
代儒學之用，表現於政治，而宋明儒學之最大價值，則見於教化。」〔註 42〕

〔註39〕 見錢穆，《中國文化史導論》（臺北：商務，2008 年再版），頁 193～196。

〔註40〕 《莊子·天下篇》：「是故內聖外王之道，暗而不明，鬱而不發，天下之人各
　　　　爲其所欲焉，以自爲方。」王先謙，《莊子集解》（台北：台灣時代書局，1975
　　　　年），頁 200。

〔註41〕 唐君毅，《中國哲學原論·原道篇》自序，（台北：台灣書局，2006 年），頁
　　　　18～19。

〔註42〕 唐君毅，《中國文化精神》，頁 70。

宋明儒者絕非僅空談心性，他們有平治天下的理想，而平治天下需要大量的
人才，宋明儒者在教化百姓和培養知識階層方面，成績超乎前代。

　　牟宗三將宋、元、明儒區分爲二大類，一爲偏重「內聖」的一類，如程、
朱、陸、王等；一爲偏重「外王」之一類，如葉適、陳亮等。他對「內聖」
與「外王」解釋如下：

> 「內聖」者，內而在於個人自己，則自覺地作聖賢功夫（做道德實
> 踐）以發展完成其德性人格之謂也。……「外王」者、外而達於天
> 下，則行王者之道也。王者之道、言非霸道。此一面足見儒家之政
> 治思想。宋明儒所講習者特重在「內聖」一面。〔註43〕

錢穆將北宋學術分爲經術與政事，他說：

> 北宋學術不外經術政事兩端，大抵荊公（王安石）以前，所重在政
> 事，而新法以後，則所重尤在經術。……其間分別，蓋以洛學爲樞
> 機也。迄乎南宋，心性之辨愈精，事功之味愈淡。〔註44〕

錢穆此言，不僅表達他對北宋學術內容之看法，也明顯掌握宋代學術在「內
聖」與「外王」之間的轉變。

（二）從外王到內聖

　　王安石得君行道，實施變法革新，影響層面最大，是北宋諸儒外王事業
的登峰造極。也在此時，內聖思想興起，形成各派的學術爭鳴。余英時將北
宋儒學發展分爲兩個階段，第一階段是柳開到歐陽修的初期儒學，第二階段
王安石則代表北宋中期儒學的主要動向，二程所創建的道學則與王安石同時
而略遲。余英時將王安石單獨提出，突顯他在宋儒發展內聖的進程中的關鍵
性地位。他說：

> 王安石則代表了北宋中期儒學的主要動向，即改革運動的最後體
> 現。與古文運動的代表人物相較，他表現出三點顯著不同之處：其
> 一、他雖然接受了韓愈的古代道統論，但已不像古文運動領袖那樣
> 尊韓了。……越過韓愈，直承孟子，是理學家的共同抱負（如程顥、
> 陸九淵），他在這一點上實開風氣之先。第二、他發展了一套「內聖」
> （即所謂「道德性命」）和「外王」（即「新法」）互相支援的儒學系
> 統。第三、由於因緣湊合，他獲得「致君行道」的機會，使儒學從

〔註43〕牟宗三，《心體與性體（一）》（台北：正中書局，1968 年），頁 4。
〔註44〕錢穆，《中國近三百年學術史》引論。（台北：商務，1987 年），頁 5。

議政轉成政治實踐。〔註45〕

「內聖外王」並行是理學家的共同理想，余英時點出王安石在新儒學的發展過程中的關鍵地位，可謂獨具慧眼。

王安石的內聖主張，與二程格格不入，兩方時有爭辯。余英時認為，王安石的「內聖外王」系統建立在前，其「內聖」部分吸收釋、老的觀念，它一直是張載和二程抨擊的對象，他們認為王安石「內聖」不純正，正是「外王」失敗的根源。〔註46〕王安石變法雖然以失敗收場，他的新學卻持續影響、領導科舉達數十年，直到南宋孝宗（1163～1189）初年，仍未動搖〔註47〕。乾道（1165～1173）初年起，由於張栻、呂祖謙、朱熹等的發揚，「程學才逐漸進佔了科舉的陣地。」〔註48〕但道學（理學）的真正確立，並對社會造成廣泛影響，是南宋中葉以後的事。

（三）內聖理論的建立

王安石變法失敗使儒者得君行道的理想受到嚴重的挫折，此時，強調內在體悟的心性修養論，在佛學、新學的激盪中也逐漸完成。禪學在北宋、南宋甚至到元明仍然傳人不斷，這股龐大的力量迫使儒者走上談心性之路。《易傳》的宇宙圖像和《中庸》的心性理論成了對抗佛老的利器。以下討論北宋周敦頤、張載及二程〔註49〕，簡述北宋時代內聖理論的大要，並探討天理與人欲的論述。

（1）**周敦頤**（1017～1073），字茂叔，學者稱濂溪先生，諡號元公。有關他的學術淵源，已不可考。他之所以得到後人的推贊並尊為理學的開山，實得自於朱熹的發揚〔註50〕。周敦頤運用《易傳》陰陽動靜之理架構其宇宙

〔註45〕 余英時，《宋明理學與政治文化》（臺北：允晨文化，2004 年），頁 66～67。

〔註46〕 余英時，《宋明理學與政治文化》，頁 10。

〔註47〕 余英時根據李心傳《道命錄》記魏掞之（1116～1173）事，乾道四年（1168）王學勢力仍舊高張。見《宋明理學與政治文化》，頁 70。

〔註48〕 《宋明理學與政治文化》，頁 71。

〔註49〕 四位皆列名「北宋五子」中。「北宋五子」另有邵雍。杜保瑞以為邵雍學是儒學一特殊之學，邵雍藉由易經哲學與歷史哲學建構儒家理論。他重視知識，建立一套網羅天地萬物的知識掌握模型，於時間史評價中加入歷史評價，而建立儒家之歷史哲學。見杜保瑞《北宋儒學》，（台北：商務，2005 年），頁 116。

〔註50〕 朱熹撰《伊洛淵源錄》、《近思錄》等書，推尊周敦頤為理學開山。《近思錄》卷一〈道體〉首錄濂溪《太極圖說》。朱熹編、張伯行集解，《近思錄》（台北：商務，1983 年臺五版），頁 1。

論與本體論，又以《中庸》之「誠」作爲聖人的根本。

他的作品只有短篇的《太極圖說》和《易通書》〔註51〕。《太極圖說》其文曰：

> 無極而太極。太極動而生陽，動極而靜，靜而生陰。靜極復動，一
> 動一靜，互爲其根。……

以陰陽、動靜、五行等建構其宇宙生成論。再闡釋人生修養論：

> 聖人定之以中正仁義，而主靜立人極，……無欲故靜。（《太極圖說》）

他以「聖人」作爲道德實踐進程的核心體驗。只有不受私慾牽動，才能不離中正仁義而體驗聖人之境：

> 聖人與天地同德，日月合其明，四時合其序，鬼神合其吉凶。（《太
> 極圖說》）

他的志向不只在個人的內在修爲提升，他說：

> 聖希天，賢希聖，士希賢。伊尹、顏淵，大賢也。……志伊尹之所
> 志，學顏子之所學。（《通書‧志學》第十）

他要求自己在外王事業上以伊尹之志向爲指引，於內聖之路上學習顏回。追求內聖與外王一體的實現，即爲往後新儒學學者的共同目標。

葛兆光認爲周敦頤的「寂然」等境界型態，不能和禪學並論，他說：

> 把這種「寂然」、「無欲」解釋成人「性」吻合天「理」的本原狀態，
> 而不是佛教所謂的「空闊虛寂」的澄明境界。〔註52〕

周敦頤講的是實在的「理」，以實「理」對抗佛教的「空」，正是宋儒立異於佛教的基本主張，此「理」一經確立，遂開展近八百年〔註53〕的儒學流變。

（2）**張載**（1020～1077），字子厚，學者稱橫渠先生。著有《正蒙》、《理窟》、〈東銘〉、〈西銘〉。他的宇宙論，主要在《正蒙》一書，他認爲：宇宙最先也只是一氣（太和之氣），此氣分陰陽，宇宙即是在陰陽之氣的浮沉、升降、動靜相感中而廣大堅固，道即在這相感、相盪中表現〔註54〕。太和之氣無形

〔註51〕《太極圖說》和《易通書》收錄於《宋元學案》冊二，卷十一〈濂溪學案〉。

〔註52〕葛兆光，《中國思想史》第二卷，頁204。

〔註53〕從宋中期到清初乾嘉之學的尾聲，大約八百年。（1040～1840）此爲歐崇敬爲其著作《中國哲學史——宋元明清的新儒學與實學卷》分卷之依據。〈序論〉，頁25。

〔註54〕「太和所謂道，中涵浮沉升降動靜相感之性，是生絪縕、相盪、勝負、屈伸之始。其來也幾微易簡，其究也廣大堅固。」《張子全書‧正蒙‧太和篇》卷二，頁2a。

無感，又稱「太虛」：

> 太虛無形，氣之本體。其聚其散，變化之客形爾。至靜無感，性之
> 淵源。有識有知，物交之客感爾。客感客形與無感無形，惟盡性者
> 能一之。(《正蒙‧太和篇》)〔註55〕

據此，他評佛老：

> 若謂虛能生氣，則虛無窮，氣有限，體用殊絕，入老氏有生於無自
> 然之論，不識所謂有無混一之常。若謂萬象爲太虛所見之物，則物
> 與虛不相資，形自形，性自性，形性天人不相待，而有陷於浮屠以
> 山河大地爲見病之說。(《正蒙‧太和篇》)〔註56〕

張載批評老氏的「有生於無」〔註57〕和佛家的「萬象爲太虛所見之物」。張載
立「有」破除老氏的「無」，以「有無統一」批評老子的「無以生有」之說；
立「氣」，破除釋氏的「空」，以實有不虛，批判佛教以世界爲虛妄之說；又
立「天道性命相貫通」破釋、老的有「體」無「用」。他說：

> 由太虛有天之名，由氣化有道之名，合虛與氣有性之名，合性與知
> 覺有心之名。〔註58〕

依錢穆的闡釋，天即太虛，太虛的創化謂之道；道的推進似有一種定向的力，
此即是性；在此推進中，形立了，被感了，感它的就是知覺，就是心。〔註59〕
氣的聚散屬物件世界的變遷，「性」則與人的存在相聯繫，天道意義上的太虛
之氣與人道意義上的心性由此得到貫通，此即「天道性命相貫通」。

〈西銘〉是一短篇，卻受到當時和後世的推崇。它呈現了儒者寬弘仁愛
的氣度，最足以代表他理論的具體實踐性。其文曰：

> 乾稱父，坤稱母；予茲藐焉，乃混然中處。故天地之塞，吾其體；
> 天地之帥，吾其性。民，吾同胞；物，吾與也。大君者，吾父母宗
> 子；其大臣，宗子之家相也。……〔註60〕

人類與宇宙乾坤如一體，其關係就如子女與父母一般。而全人類有如一家庭，

〔註55〕《張子全書‧正蒙‧太和篇》卷二，頁2。
〔註56〕《張子全書‧正蒙‧太和篇》卷二，頁2～3a。
〔註57〕老子書第一章：「無，名天地之始；有，名萬物之母。」又第四十章：「天下
　　　　萬物生於有，有生於無。」王淮，《老子探義》卷上（台北：商務，1985年），
　　　　頁3。
〔註58〕《張子全書‧正蒙‧太和篇》卷二，頁4a。
〔註59〕錢穆，《宋明理學概述》，頁59。
〔註60〕《張子全書‧西銘》卷一，頁1。

將孝子之心擴大與實踐，就是仁體的充分發用，所以程顥推贊說：「〈訂頑〉之言，極淳無雜，秦漢以來學者所未到。意極完備，乃仁之體也。」〔註61〕

　　張載又分辨「氣質之性」與「天地之性」，他說：「形而後有氣質之性，善反之，則天地之性存焉。故氣質之性，君子有弗性者焉。」〔註62〕又說：

>　　為學大意，在自能變化氣質。不爾，卒無所發明，不得見聖人之奧。
>　　故學者必須變化氣質，變化氣質與虛心相表裏。〔註63〕

杜保瑞對「天地之性」與「氣質之性」的詮釋是：「『天地之性』是來自天道之善的理想之性，人人本具，『氣質之性』則是氣聚為人的形質現實，『氣質之性』在日常中具體作用著，過度即為惡，透過『善反之』的功夫，從『氣質之性』的現實中提升至『天地之性』的理想上而得人性的理想的完成，此即『成性』。」〔註64〕「變化氣質」後來成為理學重要的心性修養工夫。

　　張載另一個重要理論是分立「德性之知」與「見聞之知」，他說：

>　　大其心則能體天下之物，物有未體，則心為有外。世人之心，止於
>　　聞見之狹。聖人盡性，不以見聞梏其心，其視天下無一物非我，孟
>　　子謂盡心則知性知天以此。天大無外，故有外之心不足以合天心。
>　　見聞之知，乃物交而知，非德性所知；德性所知，不萌於見聞。（《正
>　　蒙・大心》）

「見聞之知」，是物與物區隔的分別之知，在此狀態下是彼此計較、追求己欲、執著人己之分；以「德行為知」，則能做到「大心」，「視天下無一物非我」，皆為我所關懷。張載分「天地之性」與「氣質之性」，分「見聞之知」與「德行之知」，還有「理」的概念的確立，都為朱子所繼承發揚，他批判佛老的主張也為儒者接受沿用，就新儒學的開創之功言，張載實多所創發。

　　至於宋明儒者的主要修養功夫，存天理與去人欲，他也已提出，他說：「上達反天理，下達徇人欲者與！」（《正蒙・誠明篇》）又說「湛一，氣之本；攻取，氣之欲。口腹於飲食，鼻舌於臭味，皆攻取之性也。知德者屬厭而已，不以嗜欲累其心，不以小害大、末喪本焉爾。」（《正蒙・誠明篇》）又說：「燭天理如向明，萬象無所隱。窮人欲如專顧影間，區區于一物之中爾。」（《正

〔註61〕《河南程氏外書》卷二，《二程集》（台北：漢京，1983），頁15。
〔註62〕《張子全書・正蒙・誠明篇》卷二，頁19a。
〔註63〕《張子全書・經學理窟・義理》卷六，頁3。
〔註64〕杜保瑞《北宋儒學》（台北：臺灣商務印書館，2005年），頁67。

蒙‧大心篇》）「氣之本」、「氣之欲」雖有大小、本末之別；人欲之蔽則在「窮」、在「狥」，因此若能節制則無害，「學者每忽略張子「循」、「窮」等字，以爲與傳統中節思想不同，而首創理欲對豎也。」〔註65〕

（3）**程顥**（1032～1085），字伯淳，學者稱明道先生。他能享受生活意趣，有豐富的生活美學體驗，他說：「再見茂叔後，吟風弄月以歸，有吾與點也之意。」〔註66〕「昔受學于周茂叔，每令尋仲尼、顏子樂處，所樂何事。」〔註67〕他不著意建構宇宙論，哲學體系是在生活中親切體驗中得來，他最大特色是在體驗聖人境界上展現儒者人格風範，他說：

> 吾學雖有授受，天理二字卻是自家體貼出來。〔註68〕

「天理」對他而言即是生活體驗，是他對人生與天道的眞實覺受，因此不必要架構高深的宇宙論。「天理」二字在《禮記‧樂記》〔註69〕已出現，這是理學最直接的來源。程顥說：「天者，理也；神者，妙萬物而爲言者也。」實際上是對以六經爲代表的古典儒學進行新的詮釋，他以爲天道的內涵就是「理」，是創造生化萬物的力量。

明道用「一本」概念消融一切的對立，把「心、性、天」、「先天、後天」等都統一在「一本」中，他的性論主張亦然，他說：

> 生之謂性，性即氣，氣即性，生之謂也。人生氣稟，理有善惡，然
>
> 不是性中原有此兩物相對而生也。〔註70〕

他將「性、氣」打併歸一，然因爲氣稟有善惡，如水之有清濁，所以「人不可不加澄治之功」〔註71〕。透過心性工夫，可以使「心」合於「天理」，而與

〔註65〕陳榮捷，《宋明理學之概念與歷史》（台北市：中研院文哲所，1996 年），頁33。

〔註66〕《宋史》，卷四二七，列傳第一百八十六〈道學傳一‧周敦頤傳〉（臺北：鼎文，1986），頁 12712。

〔註67〕二程回憶說：「昔受學于周茂叔，每令尋仲尼、顏子樂處，所樂何事。」（《宋史》，頁 12712。）孔子跟弟子顏回即使處在貧困或顛沛流離中也能保持一種精神的悅樂，「所樂何事，所樂何處？」就是周敦頤讓二程兄弟經常尋思的問題。「尋孔顏樂處」後來變成整個宋明理學內在的一個主題。姜志勇，〈宋明理學論域中的「顏子之樂」〉《鵝湖月刊》（第 5 期 2013 年），頁 24～31。

〔註68〕《河南程氏外書》卷二，《二程集》，頁 424。

〔註69〕《禮記‧樂記》：「不能返躬，天理滅矣。」孫希旦，《禮記集解》（台北：文史哲出版社，1982），頁 902。

〔註70〕《河南程氏遺書》卷一，《二程集》，頁 10～11。

〔註71〕「夫所謂『繼之者善也』者，猶水流而就下也，皆水也。有流而至海終無所

萬物同體。他說：

> 學者須先識仁，仁者渾然與萬物同體，義、禮、智、信皆仁也。識
> 得此理，以誠敬存之而已，不須防檢，不須窮索。〔註72〕

識仁則能與萬物同體，不將己身與萬物分隔，其功夫則是「誠敬存之」。誠敬
功夫切忌急迫，他說：

> 學者須敬守此心，不可急迫，當栽培深厚，涵泳於其間，然後可以
> 自得。但急迫求之，終是私己，終不足以達道。〔註73〕

他強調「敬守此心」，並用「涵泳於其間，然後可以自得」做為栽培之道。急
迫追求近功，即是私己，故必須掃除人欲的遮蔽。他認為學習的重點在照顧
此「心」，他說：「人心常要活，則周流無窮，而不滯於一隅。」〔註74〕心不
著，活絡了，就可以「周流無窮」，而不著於一己之私。

　　他看重世事，有強烈的救世之心，張載說：

> 昔常謂伯淳優於正叔，今見之果然。其救世之志甚誠，而亦於今日
> 天下之事儘記得熟。〔註75〕

張載認為程顥優於程頤，主要的判斷是程顥的關切世事與救世精神。因此，「內
聖」之建構實為「外王」做準備，張載此言有其標示作用。

　　（4）**程頤**（1033～1107），字正叔，學者稱伊川先生。兄程顥五十四歲
卒，而頤享有高壽，大程（程顥）逝後，弟子多轉隨其弟學習，洛學的發揚，
他居功厥偉。

　　程頤在思想上，與程顥有頗多相似。顥死後，兩人的相異才逐漸顯現。
如顥側重在涵養內心，頤則增加更多實際治學門徑，他說：「涵養須用敬，進
學則在致知。」〔註76〕又說：

> 問：「人敬以直內，氣便充塞天地否？」曰：「氣須是養，集義所生。
> 積習既久，方能生浩然氣象。人但看所養如何。養得一分便有一分，

汙。此何煩人力之為也。有流而未遠，固已漸濁，有出而甚遠，方有所濁。
有濁之多者，濁之少者。清濁雖不同，然不可以濁者不為水也。如此，則人
不可不加澄治之功，故用力敏勇則疾清，用力緩息則遲清。」《近思錄》第一
卷道體21。

〔註72〕《河南程氏遺書》卷二上，《二程集》，頁16～17。
〔註73〕《河南程氏外書》卷二上，《二程集》，頁14。
〔註74〕《河南程氏遺書》卷五，〈二先生語五〉，《二程集》，頁76。
〔註75〕《河南程氏遺書》卷十〈二先生語十〉洛陽議論，《二程集》，頁115。
〔註76〕《河南程氏遺書》卷十八〈伊川先生語四〉，《二程集》，頁118。

養得二分便有二分。只將敬，安能便到充塞天地？」〔註77〕

他強調養氣集義的積漸工夫，對程顥的「敬以直內」作了擴充，他的致知工夫強調的也是積累的成效。他說：

> 問：學何以至於有覺悟處？曰：莫先致知。能致知，則思一日而愈明一日，久而後有覺也。學無覺，則何益矣，又奚學為？思曰睿，睿作聖，纔思便睿，以至作聖，亦是一個思。故曰：勉強學問，則聞見博而知益明。〔註78〕

藉由「致知」功夫的積累，久了就能有「覺」〔註79〕。但「致知」並非外在知識的積累，他說：

> 聞見之知，非假見聞。物交物，則知之，非內也。今之所謂博物多能者是也。德性之知，不假見聞。〔註80〕

所以他所謂的致知，是在德行上用功，而不是廣求知識見聞。而致知的工夫是格物。

> 致知在格物，非由外鑠我也，我固有之也。因物而遷，迷而不悟，則天理滅矣。故聖人欲格之。〔註81〕

則格物並非捨己求物，而是在物上窮理，窮此物我合一之理：

> 問：觀物察己，還因見物反求諸身否？曰：不必如此說，物我一理，纔明彼，即曉此，合內外之道也。〔註82〕

所以說：「性即理。」〔註83〕他又主張存養於喜怒哀樂未發之前，「涵養久，則喜怒哀樂自中節。」〔註84〕他的中和諸說和格物致知，影響後來朱熹的學術甚鉅。

　　從周敦頤起「天理」與「人欲」便是儒者修身的關注要點，而尋孔顏樂處，憂道不憂貧，追求精神價值的超越，更是儒者延續不輟的方向。周、張、

〔註77〕 《河南程氏遺書》卷十八〈伊川先生語四〉，《二程集》，頁207。
〔註78〕 《河南程氏遺書》卷十八〈伊川先生語四〉，《二程集》，頁186。
〔註79〕 此方法與後來陽明「致良知」的直接推本於良知的進路有根本的不同。但兩人之目的同是追求內在德性的完足。
〔註80〕 《河南程氏遺書》卷二十五〈伊川先生語十一〉，《二程集》，頁317。
〔註81〕 《河南程氏遺書》卷二十五〈伊川先生語十一〉，《二程集》，頁316。
〔註82〕 《河南程氏遺書》卷十八，《二程集》頁193。
〔註83〕 《河南程氏遺書》卷十八〈伊川先生語四〉，《二程集》，頁204。又卷二二上《二程集》，頁292，亦有討論。
〔註84〕 《河南程氏遺書》卷十八〈與蘇季明論中和〉。《二程集》，頁200。

二程之理論既立，新儒學之建構，也大抵完成，以後雖然學者輩出，大多不
出此範疇。以上諸家，濂溪學本僻居一隅，並未造成流行。張載死後弟子多
從二程，關學因而式微。後來能與荊公新學爭鋒的便只有洛學了。荊公新學
因有政治的優勢，直到南宋仍執牛耳，盛極達六十年，而後卻立即沒落。而
洛學因得傳人〔註85〕而由朱熹集大成。所謂「刑不上於太夫，禮不下於庶人。」
〔註86〕北宋時期理學的建構只是少數知識菁英的參與，未向民間積極傳播。

三、儒學在民間的流布與理學地位的確立

　　北宋儒學儘管有周、張、二程建構新儒學體系，在北宋時期他們在社會
上的影響力仍非常微弱，遠不及王安石的「新學」、司馬光的「新實學」和蘇
洵父子三人的「蜀學」。南宋偏安，隨著當時政治、經濟和文化中心南移，大
量知識菁英人士紛紛南下，在南宋中期左右深入民間，由朱熹、張南軒（栻）、
呂東萊（祖謙）、陸九淵、陳亮、葉適等不同學派之學者共同建構。

　　洛學在南方逐漸展現出強大的生命力和影響力，成為主流文化。洛學自
二程肇始，因朱熹而集其大成〔註87〕，朱熹與當時重要儒者皆有交遊，並留
下可觀的書信資料。尤其在呂祖謙的安排下甚至與陸九淵有一場重要的「鵝
湖之會」，成為儒學史上的佳話。但是無論是書信往返或面對面論學，他們討
論的重心並無法跳脫周、張、二程的範圍和傳統儒學的架構。此時禪學風氣
仍舊強盛，多數儒者皆曾浸潤佛學，讓朱熹等人在義理的建構上，備受威脅。
他們皆在儒學走入民間的世俗化過程中著力，而朱熹用力尤深，朱熹生前其
學說曾遭禁毀，直到死時都未平反。理宗（1225～1227）朝理學才又受重視，
並從此確立其在治統上的地位。此後理學在民間的影響力也日益加劇。

　　朱熹（1130～1200）字元晦，學者稱晦庵先生。從李侗（1093～1163）學，
四十三歲起是他大量閱讀和著書的時期，他重要的著作大都完成於四十至五
十歲間，這期間他和呂祖謙（1137～1181）〔註88〕、陸九淵、陳亮交遊，與

〔註85〕洛學學脈傳承以謝上蔡（1050～1103）之湘湖學派及楊龜山到羅從彥的閩中、
　　　　道南學派為主軸。朱熹的老師李侗，正是羅從彥的學生。

〔註86〕「刑不上於大夫，禮不下於庶人」典出於《禮記・曲禮上》。孫希旦，《禮記
　　　　集解》，頁73。

〔註87〕年二十四歲，熹始從學於李侗。李侗，學者稱延平先生，師事羅從彥；羅從
　　　　彥學者稱豫章先生，師事楊時；楊時學者稱龜山先生，師事程顥，顥卒，又
　　　　事頤。

〔註88〕朱熹與呂祖謙曾合編《近思錄》。

陸九淵有名的鵝湖之會，則發生在他四十六歲時。

他爲宋學建立新傳統，將周、張、二程並尊〔註89〕，後人遂將濂、洛、關、閩奉爲宋學正統。從周、張的宇宙論、形上學到二程的心性工夫，朱熹皆有所吸收融和，最後並加入自己的讀書法。此外他將《論語》、《孟子》、《大學》、《中庸》合爲四子書，又爲作集注及章句，進四書退五經，影響當時及後代學術甚鉅。

他對教育有無限的熱忱，知南康軍時，重興白鹿洞書院，並親作〈白鹿洞書院揭示〉，此學規爲後世書院辦學典範。他廣接四方從遊之士，即使疾病在身，也未能脫去他的熱忱。身後，門人各記問答，輯成《語類》一百三十卷，數量之大，至爲驚人。曾創社倉制，在饑荒時，發揮立即有效的拯濟，又親修呂大臨《鄉約》〔註90〕，還寫了影響後世百姓日常生活最廣大的《家禮》，將生活中重要的儀節，如出生、婚禮、喪禮、祭禮都注入儒學「名分之守」、「愛敬之實」的價值觀念。社倉是他外王事業的小實驗，《鄉約》、《家禮》則是將道德倫理下沿至百姓的媒介，對理學的生活化、世俗化，居功厥偉。

陸九淵（1139～1193），字子靜，學者稱象山先生。自稱是「因讀《孟子》而自得之於心」。他的學術簡易廣大，只是「先立其本」，認爲本心即是天理，他說：

> 此理本天所以與我，非由外鑠，明得此理，便是主宰，眞能爲主，
> 則外物不能移，邪説不能惑。〔註91〕

「人心」是主宰，把握住此理，即是「道心」。他因此反對「天理」與「人欲」的對立，他說：

> 天理與人欲之言，亦自不是至論。若天是理，人是欲，則是天人不
> 同矣。〔註92〕

天人不應斷裂分隔，回歸本心，即可體察天理。他的修養工夫指向內在心靈

〔註89〕 約在乾道二年（1166）之後，朱熹收集北宋理學家的事蹟和思想，編寫《伊洛淵源錄》，開始重建道統的工作。見葛兆光，《中國思想史》第二卷，頁227。

〔註90〕 呂大臨是張載的學生，張載講學以禮爲先，愛講井田制度。大臨承其意，寫成圖籍，思欲推行，先爲鄉約，在本地實行，關中風俗爲之一變。這是合經濟與道德的社會運動。見錢穆，《宋明理學概述》，（台北：學生書局，1987年），頁112。

〔註91〕 《象山全集》卷一〈與曾宅之〉，（中華書局，1966年），頁3。

〔註92〕 《象山全集》卷三十四〈語錄上〉，頁2a。

的體察，而非向外追求「理」。南宋淳熙二年（1175 年），兩人的鵝湖會講〔註93〕，是「道問學」與「尊德性」的對話。〔註94〕陸九淵的心學傳至明代，經王守仁的發展，形成一個新的哲學體系，世稱「陸王心學」。

因朱熹諸人的努力，理學的影響逐漸擴大，但它在政治上始終處在邊緣。那時代的思想空間並不寬鬆，朝廷即曾下令禁止「小報」的流通〔註95〕。紹熙五年，光宗內禪，趙汝愚、韓侂冑等人共同扶立寧宗。八月，宰相趙汝愚推薦，任朱熹煥章閣待制講書。時韓侂冑與趙汝愚不和，已醞釀著黨爭，朱熹因系趙汝愚推薦亦捲入其中，受到韓侂冑的排擠。慶元元年（1195）二月，趙汝愚罷相。十一月，趙汝愚流放於永州。次年正月，暴死於衡州。這時，韓侂冑當政，斥道學為「偽學」〔註96〕。慶元三年（1197），將趙汝愚、朱熹及其同情者定為「逆黨」。朱熹等理學家的著作遭到禁毀，與他們有關係的人不准為官，不能參加科考。朱熹一生弘揚道學，晚年卻遭此政治打擊，牽連門生故舊。朱熹的困阨，亦是儒學的災難，這就是歷史上的「慶元黨禁」。慶元六年（1200），朱熹病逝，而黨禁未除。直到嘉泰二年（1202），才開弛黨禁。

嘉定二年（1209），對理學家的限制逐漸鬆弛，朱熹獲諡曰「文」。嘉定八年（1215）朝廷諡張栻曰「宣」，又一年諡呂祖謙曰「成」，南宋東南三賢，都獲得官方的認可。嘉定十三年（1220），追諡周敦頤曰元公、程顥曰純公、程頤曰正公，北宋重要理學家也得到認可，理學思想已全面開禁。

理宗（1224～1264）崇尚道學，在位長達四十年。即位前，從鄭清之學

〔註93〕「淳熙二年（1175 年）乙未，先生三十七歲，呂伯恭（祖謙）約先生與李兄復齋會朱元晦諸公於信之鵝湖寺。」《象山全集》卷三六〈年譜〉，頁 9a。

〔註94〕陸九淵門人朱亨道記錄了當時論辯的情形：「論及教人，元晦之意，欲令人泛觀博覽而後歸之約，二陸之意欲先發明人之本心，而後使之博覽。朱認為陸之教人為簡，陸認為朱之教人好支離。此頗不同。先生更欲與元晦辯，以為堯舜之前何書可讀，復齋（九齡）止之。」（《陸九淵集》卷三六《年譜》）

〔註95〕葛兆光，《中國思想史》第二卷，頁 251。「小報」指民間的非法刊物。

〔註96〕「攻道學為偽學由來已久。淳熙九年（1182）……吏部尚書鄭丙藉機上奏孝宗：『近世士大夫有所謂道學，欺世盜名，不宜信用。』……林栗與（朱）熹論《易》、《西銘》不合，上書劾熹：『本無學術，徒竊張載、程頤緒餘，謂之道學。所至則攜門生數十人，妄希孔、孟歷聘之風，邀索高價，不肯供職，其偽不可掩。』（《宋史》卷四百二十九列傳第 188 卷道學三朱熹傳，頁 12756）至慶元年間，攻擊道學之風得韓侂冑的支持而日盛。」韓鐘文，《中國儒學史》宋元卷，頁 479。

習程朱道學。即位後，勤習四書朱熹注。寶慶三年（1227），召見朱熹子朱在，讚朱熹的四書注解，說：「朕讀之不釋手，恨不與之同時」。下詔特贈朱熹太師，追封信國公。由於理宗的高度推尊，朱熹注解的四書，成爲儒學的必讀課本。淳祐元年（1241）理宗手詔，以周、張、二程、朱熹從祀孔廟，確立了道統在政統中的合法性。

從宋寧宗慶元黨禁理學被逐出朝廷到理學家漸漸復出，這個時期從朱子學的繼承者來看，有幾位值得一提，以下根據《中國哲學史——宋元明清的新儒學與實學卷》〔註97〕，撮要如下：

眞德秀（1178～1235），字景元，世稱西山先生，從學於朱熹弟子詹體仁。西山擁有高度的聲望，曾任理宗皇帝「侍讀」，他的《大學衍義》受到宋朝及元代武宗的讚揚，以爲「治天下此一書足矣」〔註98〕。明代宋濂也向明太祖推薦此書，永樂年間朝廷制《大學衍義贊文》。可見眞德秀的影響力達百年以上，對朱子學的傳播，功績傑偉。

魏了翁（1178～1237），字華父，邛州蒲江（今四川蒲江縣）人，受到朝廷重用。魏了翁對周敦頤及二程的評價非常高，與眞德秀共承濂洛閩學，嘉定九年（1216年）在史彌遠爲相時上奏寧宗，要求爲周敦頤和程顥、程頤，三人賜爵定諡號，終於獲准。使理學在遭受「僞學之禁」以後，取得了正統地位，在理學成爲官方學術的過程中，居功傑偉。

從北宋儒學運動起，士紳階級對於儒家文明的散播，起著廣大而深遠的影響。葛兆光說：

> 文明從城市到鄉村的擴張，道德與理性的生活秩序從上層向下層的滲透，這可能既是宋代理學發生的土壤和背景，也是宋代理學作爲士大夫認同的道德與倫理原則，漸漸由於制度化與世俗化而深入生活世界的結果。……這種文明的擴張，重新建構了宋以後中國生活倫理的同一性。〔註99〕

葛兆光在書中舉了幾個文明傳播的實例，其中婦女對夫家絕對依附關係的建立。〔註100〕影響後代婦女生活甚鉅。

〔註97〕歐崇敬，《中國哲學史——宋元明清的新儒學與實學卷》，頁139～143。
〔註98〕《新元史‧本紀》卷016〈仁宗上〉（台北：開明，1974年），頁30。
〔註99〕葛兆光，《中國思想史》第二卷，頁255。
〔註100〕葛兆光，《中國思想史》第二卷，頁263～265。

　　婦女對夫家的依附，是父權社會固有的傳統，此傳統在宋以後之社會得到增強。以婦女的改嫁或再嫁問題爲例，在宋代，婦女貞潔並沒有官府的提倡，直到元、明因政府的重視〔註101〕，文獻的紀錄才多有呈現。新道德倫理規範於明清更積極推行，因而下沿一般普羅大眾，對於節烈婦女的表揚與推崇在小說戲劇中亦層出不窮，五大南戲中也多以此爲素材，形塑出道德高卓出眾的女性群體。

第二節　蒙元入主對思想文化的衝擊

　　蒙古滅宋，爲時雖短，破壞卻多，尤其是北方。戰爭帶來的破壞，首先衝擊農業、經濟和人口的成長，次則是異族文化對傳統文化的衝擊，有很長一段時間是蒙元文化與漢文化間的折衝進退，而理學的再次確立並成爲官學的過程，又與蒙元的漢化過程密切相關。面對科舉停擺與異族文化，讀書人的出處進退與生計安頓，也呈現各種不同面貌。本節先簡略敘述蒙元社會、經濟與文化，再進入漢化議題觀察理學在其中發揮的作用，最後探討蒙元讀書人的地位處境與出路。讀書人的處境與出路對俗文學的發展與理學的世俗化影響甚鉅。

一、蒙元經濟社會與文化

　　蒙古滅宋之前，北方地區已經先後經過遼、金等外族的統治。金統治之華北地區經濟社會文化遠落後於南宋，經濟落後主要來自於戰爭的嚴重破壞，戰爭使得農業生產停頓，人口減損。北宋時期社會已逐漸走向開放平等，社會等級的界線大爲削弱，金卻是一個族群等級社會，也是階級社會。戶籍上有本戶、雜戶之別，女眞爲本戶，契丹與漢人爲雜戶。女眞人中貴族更是高高在上，他們占據政府中的重要位置，又恃勢兼併官田，豪奪民田，成爲大地主、大奴隸主。社會最低層是奴隸，奴隸即驅口，主要來源是戰俘，以

〔註101〕大德三年，元律開始禁止流官之妻夫亡改嫁；大德七年，對一般婦女的改嫁用「經濟制裁」形式進行限制，規定：「其隨嫁妝奩原財產等物一聽前夫之家爲主，並不許似前搬取隨身。」（《元典章》十八・戶部四）至大四年，規定漢族命婦，夫亡不許改嫁，「定義婦有夫死適人者謂之失節」，鼓勵守節。……元律對婦女的離婚和改嫁的規定由寬鬆到漸嚴，標誌著對元代婦女貞節要求的逐漸加強。見位雪燕、徐適端〈從《元史・列女傳》析元代婦女的貞節觀〉《內蒙古師範大學學報》第36卷第3期（2007年5月），頁104。

漢人爲主。〔註102〕

　　教育文化方面，宋代本是文化教育進步快速的時代。金廷承續北宋教育，興學卻甚晚，直到章宗時，官學才興盛，且與北宋規模相去甚遠。其學術主流是漢唐經學與詩賦，仍相當保守。但在通俗文學方面，則頗有斬獲，院本、雜劇、諸宮調，都有極大的發展，盛行於元朝的雜劇在金朝末年也已初步完成〔註103〕。

　　到了元代，南方因戰火破壞少，又有大批北方人口的遷入，在經濟上恢復較快。北方在蒙金戰爭及「中原失治」的五十年間飽受摧殘，直到忽必烈立國中原之後，才逐漸恢復。因此元代經濟有明顯的南北差距，而且差距隨著時間的推進持續的擴大。幸而南北的統一及交通建設的發達，爲全國市場的形成創造良好環境，貿易的發達使南北經濟可以互補。〔註104〕

　　元代社會體制與金代相似，也兼具族群等級和社會階級。社會階級中身分最高的也是貴族，而龐大的奴隸，數量尤爲壯觀，多集中在北方。南方繼續實施的是雇傭性質的奴婢，與北方買賣的奴隸不同，南北風俗顯然有別〔註105〕。元代異於金代的一個創制是世襲戶役制度，戶計類別有軍、民、匠、站、鹽等數十種，世守其業，遷徙、析居、婚姻等也受限制。這種制度可以強化國家對人民的控制，卻妨礙了社會階層的流動，後來爲明代所繼承，成爲明清專制制度的基礎。此制是近世社會發展的逆流，阻礙了往後中國社會的進步發展。〔註106〕

　　然而，蒙元的思想文化統治是相對寬鬆的，對江南的統治尤其未深入。蕭啓慶說：

> 與漢族王朝相較，元朝的意識形態框架少了許多。對各種宗教並予尊崇，對各族群的殊風異俗採取「各從本俗」的原則，亦少規範。對於文化活動，既少強力主導，亦鮮無理干涉。元朝既無宋朝的禁止「僞學」，榜禁戲劇，更無明、清時代的文字獄，亦未設置畫院主導藝術發展。對於不願出仕的士人，更未像明太祖強迫規定「寰中

〔註102〕參見蕭啓慶，《元代的族群文化與科舉》（臺北市：聯經，2008年），頁4～12。

〔註103〕蕭啓慶，《元代的族群文化與科舉》，頁12～16。

〔註104〕蕭啓慶，《元代的族群文化與科舉》，頁16～17。

〔註105〕（元）鄭介夫說：「南北之風俗不同，北方以買來者謂之軀口，南方以受役者即爲奴隸。」蕭啓慶，《元代的族群文化與科舉》，頁18，引用。

〔註106〕蕭啓慶，《元代的族群文化與科舉》，頁19。

士夫，不爲君用，其罪至抄箚」，因而元朝士人享有不仕的自由，也
有結社的自由，即使宋元之際具有強烈政治色彩的詩社——月泉詩
社、夕社——亦未受到禁抑。至於詩人、畫家的雅集更是全無干預。
因此元朝士人大體上可根據自由意志，或仕或隱，追求一己之社會
文化生活。〔註107〕

雖然科舉停辦，士人的出路受阻，又有族群等級的限制，但是相對自由的環
境，文人無須顧忌信仰或思想立場，無須擔心或仕或隱的政治迫害，可以自
由選擇生活，發爲文字，則可以淋漓酣暢，直抒胸臆，實在大有助於藝文的
創造〔註108〕。

在教育方面，元朝中央設有國子學，地方普設路、府、州、縣官學及書
院。此制度主要由理學家許衡（1209～1281）所規劃，國子學及地方官學及
書院皆以道學爲講授內容，學校成爲傳播道學的主力。魯眞以爲元代教育的
盛行超越唐宋，他說：「上自京師，下至州縣，莫不有學，學有生徒，有廩膳，
而又表彰程朱之學，以爲教於天下，則其養與教，豈不超乎唐宋而追蹤三代？」
〔註109〕道學北傳，從而促進教育的勃興，這是道學家在教育上的一大建樹。
道學北傳與雜劇南傳是元朝統一南北後，文化上兩大收穫〔註110〕。

二、儒學的傳播與蒙元的漢化

遼、西夏、金、元曾先後推行漢化的國策，因此儒學得以在北方傳播。
金、元之際學者多兼通儒、釋、道三家。如耶律楚材，自謂「以吾夫子之道
治天下，以吾佛之教治一心，天下之能事畢矣。」〔註111〕成吉思汗死後他又
輔佐窩闊台汗，逐漸受到重用。太宗八年（1236），於燕京、平陽建編修所和
經籍所，窩闊台滅金後三年（1237）令「德州宣課使劉中隨郡考試，以經義、
詞賦、論分三科，儒人被俘爲奴者，亦令就試，其主匿弗遣者，死。得士凡
四千三十人，免爲奴者四之一。」〔註112〕此舉爲儒學在蒙古的傳播奠下基礎。

〔註107〕蕭啓慶，《元代的族群文化與科舉》，頁28～29。
〔註108〕強烈揭發統治者暴虐不仁的作品，如《竇娥冤》、《魯齋郎》、《蝴蝶夢》《魔合
　　　　羅》等皆未受政治壓抑。
〔註109〕（元）魯眞，《桐山老農集》卷一〈江山修學復田記〉《文淵閣四庫全書本》，
　　　　頁2a。
〔註110〕蕭啓慶，《元代的族群文化與科舉》，頁42。
〔註111〕耶律楚材，《西遊錄》下。轉引自韓鍾文等，《中國儒學史》宋元卷，頁599。
〔註112〕《元史》卷一四六〈耶律楚材傳〉，頁3459。〈選舉一〉，頁2015。舉行元朝

　　宋室南遷後，「原來在北方流行的荊公新學、二程洛學、蘇軾蜀學等儒學流派繼續流行著，但比較而言，蘇軾蜀學似乎獨領風騷。」〔註113〕金朝學術受蘇軾影響重視的是詩賦與諸經注疏，金朝明昌（1190～1195）前後，朱學始傳入北方，但影響不大。蒙古伐宋，宋儒德安趙復（？～1286）於太宗七年（1235）被俘北上，講學於姚樞（1201～1280）、楊惟中等建立的太極書院。稍後的許衡（1209～1281）、郝經（1223～1275）、劉因（1249～1293）、等皆得趙復書而尊信程朱之學〔註114〕，儒學在北方的傳播有了新的起點。元朝平宋，南、北學者交流廣泛，道學亦趨合流歸一。〔註115〕

　　仁宗（1312～1320）於1313年下詔實行科舉。元祐元年（1314）恢復科舉，明確規定《四書》為科考用書，並且以朱熹《四書章句集註》為範本，漢人、南人還要再於五經中選考一經，《易》、《詩》用朱註，《書》用蔡沈註，《禮》、《春秋》三傳用古註疏。道學從此成為科舉考試的內容，因此取得官學之地位。〔註116〕

　　在元代思想發展史上，許衡是重要人物，他在從政期間「以道格君」，積極推廣教育，培育許多優秀人才，死後從祀孔廟。是使程朱理學成為官學，推進理學世俗化的代表人物。蒙元相對金朝、清朝來說漢化較淺，元代的儒者，在思想上也沒有太多創獲，元代思想比較上像是個過渡〔註117〕，卻無意中讓儒學擁有權力的加持，而且持續到明清，成為專制政權體制的御用工具。

　　蕭啟慶認為，道學成為官學，對中國政治、文化有負面影響，他說：

> 劉子健（1919～1993）教授曾指出：第一，道學確立為官學等於被政權收編，儒教國家雙重性格中道統抗衡君權的力量因而削弱，君權上升，士人地位降低。第二，道統之建立，思想受到束縛，遂進入一個「新傳統」（Neo-traditional）時代。因此，明、清時代君主專制的絕對化及政府對思想文化控制的加強，與道統的建立大有關

　　　前80年間的唯一開科考試。此為蒙古滅金後前80年間的唯一開科考試。
〔註113〕韓鍾文等，《中國儒學史》宋元卷，頁596。
〔註114〕《元史》卷一百八十九，列傳第七十六儒學一〈趙復傳〉，頁4314。
〔註115〕蕭啟慶，《元代的族群文化與科舉》，頁42。
〔註116〕蕭啟慶，《元代的族群文化與科舉》，頁47。
〔註117〕歐崇敬認為，趙復、許衡、劉因、吳澄等學者，未超出朱子學、道家哲學、道教經學的範圍，「就哲學價值看來就只有作為宋學與明代心學的過渡了。」歐崇敬《中國哲學史》，頁151。

係。〔註118〕

當理學從民間進入權力中心主導了教育和官方取士，它將失去以超越的思想角度批判政治的合理性；它的本質將因政治利益或讀書人的世俗欲念而逐漸扭曲。在理學地位尚未完全確立時，象山即曾批判以功名追求為目的的科舉取士，他說：

> 科舉取士久矣，明儒鉅公皆由此出，今為士者故不能免此。然場屋之得失，故其技與有司好惡如何耳，非所以為君子小人之辨也。而今也以此相尚，使汨沒於此而不能自拔，則終日從事者雖曰聖賢之書，而要其志之所鄉，則有與聖賢背而馳者矣。推而上之，則又惟官資崇卑、祿廩厚薄是計，豈能悉心力於國事民隱，以無負於任使之者哉？〔註119〕

象山指出士子爭名逐利於科場，而與聖賢相悖馳的現象。超然的學術成為獲利的工具，對學術的傷害非常大。象山將義、利的分別說得極分明簡捷，提點學子以義為歸趨，明辨志向。以義、利分辨小人與君子，後來也成為小說戲曲形塑人物的依據。在以狀元文化為大宗的五大南戲，主人的赴試動機，也可以以義、利加以考察，當士子抱著麻衣換卻，魚龍將化的期待時，究竟是為著「官資崇卑、祿廩厚薄」考量？或是「悉心力於國事民隱」？若是前者則落為人欲，若能擔起經世濟民的大任則是天理。然而在科舉與利祿結合之現實下，要清楚劃分其界限，亦有難處。士子懷抱著經世濟民的理想時，名利富貴也同時相招，天理與人欲往往交揉夾雜。

三、士人的出處進退與地位

宋元易主，元初士人亦面臨了出仕與退隱的抉擇。元代第一代理學家趙復（？～1286），在被姚樞俘虜後，曾赴水自沉，稍後，三大理學家中，劉因（1249～1293）、吳澄、許衡（1209～1281）多不刻意強調民族的界限，蒙元王朝的政治合法性，逐漸得到漢族士大夫的認同，他們出處的選擇，已不再以民族的差異為依據了。因此，許衡、郝經等可以戮力推動程朱理學，而泯滅民族界限和文化的差異。〔註120〕許衡有一首詩，「直需眼孔大如輪，照得前

〔註118〕蕭啟慶，《元代的族群文化與科舉》，頁 47。引 James T.C.Liu, *China Turning Inward*, pp.43-51

〔註119〕《象山全集》卷二十三〈白鹿洞書院講義〉，頁 1。

〔註120〕葛兆光，《中國思想史》第二卷，頁 285。

途遠更眞。光景百年都是我，華夷千載亦皆人。」〔註121〕葛兆光認爲這是：

把政治合法性的認同基礎，從民族和地域移到了文化和思想。〔註122〕

漢人出仕在元中期後逐漸增加，但是因科舉恢復而入仕仍是少數。士人進入
上層社會主要有兩個途徑，一是出任儒學教官，職責是教學，一是充任官府
的吏員，處理政事。〔註123〕漢人入仕者日多，高級官員仍多爲蒙古、色目人
的天下。現實中士人晉身不易，南戲中卻充斥著狀元文化，兩者形成極大的
反差。

　　長期以來，有關元代士人的處境，多受宋遺民謝枋得和鄭思肖「九儒十
丐」說的影響，以爲元代士人地位極爲卑下。實際上大多數士人列爲儒戶，「儒
戶」是元代法定的「諸色戶計」的一種，和民、軍、站、匠、僧、道等戶一
樣，依職業來畫分戶計，並界定人民對國家的義務和權利。「儒戶」，享受優
免賦役，義務少，而優免多，依蕭啓慶的說法，不能說受到歧視。〔註124〕但
是實際執行時，和規定屢有不合處，如太宗九年（1237）頒布「選試儒人免
差」的詔令，次年中試者四千三百人，他們雖取得儒人的身分，但沒有獲得
作官的資格。而且免差待遇並未完全兌現，許多人仍被收爲編民，承當差役。
因此，後來憲宗即位後張智耀奏請蠲免儒人徭役；元好問、張德輝北觀世祖
忽必烈，奉他爲「儒教大宗師」，也請求他下令儒人免差。此後世祖屢次下令
免差，免差大體是兌現了。〔註125〕然而因蒙古採行族群等級制，故不利於漢
族士人。加上長期未舉行科考，士人失去傳統仕進之路。即使元朝中期科舉
恢復也因規模小，而無法解決士人出路的困境，江南士人因爲階級等級最低，
尤爲艱困。蕭啓慶說：

甚多士人不得不在傳統的活動範圍——仕進、經術、正統文學——
之外，尋求安身立命之道，或則屈身胥吏，或則從事醫、卜，或則
專事書畫，或則沉湎詩酒，牟復禮（Frederick Mote）教授所謂「菁

〔註121〕《魯齋遺書》卷十一〈病中雜言〉文津閣四庫全書本（400）（北京：商務，
　　　　2005年），頁12b。參見徐遠和《理學與元代社會》（北京：人民出版社，1992
　　　　年），頁64～67。及葛兆光《中國思想史》第二卷，頁285。
〔註122〕葛兆光，《中國思想史》第二卷，頁285。
〔註123〕葛兆光，《中國思想史》第二卷，頁288。
〔註124〕蕭啓慶，《元代的族群文化與科舉》頁26。蕭啓慶另有專文〈元代的儒戶〉，
　　　　收錄在《元代史新探》，頁15。此外，對戶計制度進行研究的有黃清連，《元
　　　　代戶計制度研究》（臺北：友坤，1977）
〔註125〕鄧紹基，《元代文學史》，頁8～9。

英角色的擴散」（diffusion of elite role）實際是士人對當時惡劣環境
所做出的不得已的反應。〔註126〕

菁英向出仕之路外的擴展，促成文人畫和俗文學的發展，文人沉於下僚，更
利於體察百姓、貼近人情，將之化爲戲曲、小說，其文學的力度，因而強大
豐沛。因此屬於平民文化的戲曲，在元朝的發展，有它相對的優勢。

第三節　明代的思想主流與文化

　　明朝在蒙元異族統治之後，爲了加強統治並凸顯漢民族的文化優位性，
朝廷確立了崇儒重道的國策。元代程朱理學雖已確立了官學的地位，但未獨
尊，蒙元對各學派是尊重包容的。明初儒家的重鎮仍在程朱學派，且達到獨
尊的地位，單一思想的束縛，使思想相對沉寂。元末盛行的戲劇創作，也不
再蓬勃。程朱獨盛的現象直到明中葉才鬆動，並出現一批優秀的思想家，代
表有陳白沙、王陽明等，是儒學另一波思想的高潮。王陽明後學江右、泰州
學派更將王學推向高峰，造成晚明思想文學藝術萬象奔騰的豐富格局，戲曲
小說的創作也大有可觀。

一、明代統治者的儒學政策

　　由元入明，朱元璋出於政治現實的需要〔註127〕，一開始就確定了崇儒重
道以理學開國的國策。洪武十七年（1384），禮部頒布科舉成式、科舉考試規
則和內容，專取《四書》、《易》、《詩》、《書》、《春秋》、《禮》五經命題試士。
《四書》以朱熹《集注》爲依據；《易》以程頤《伊川易傳》、朱熹《周易本
義》爲依據；《書》以朱熹弟子蔡沉《書集傳》爲依據；《詩》以朱熹《詩集
傳》爲依據；《春秋》以《左氏》、《公羊》、《穀梁》及胡安國《春秋傳》、張
洽《春秋傳》爲據；《禮》以古注疏爲依據。〔註128〕考試爲文必須「略仿宋經
義，然代古人語氣爲之，體用排偶，謂之八股，通謂之制義。」〔註129〕。

〔註126〕蕭啓慶，《元代的族群文化與科舉》，頁 27。
〔註127〕爲了強調新建漢族皇權的合法性，要求天下「講論聖道，使人日漸月化，以
　　　　復先王之舊，以革汙染之習。」（《明太祖實錄》卷四十六，歷史語言研究所
　　　　縮印影印本《明實錄》第一冊，頁 257。）
〔註128〕《明太祖實錄》卷一六〇，《明實錄》第一冊，頁 643。又《明史·志四十六·
　　　　選舉二》，頁 1694。
〔註129〕《明史·志四十六·選舉二》，頁 1693。

　　儒家，特別是理學，在政治和考試的引導下，學術思想被限制得越來越狹隘。理學獨尊成為官學，科舉又以程朱理學為範本。朝廷政策造就程朱理學的巔峰，卻妨礙學術自由的發展。明初學術思想的單一化，亦導致學者學術開創性的不足，《明史·儒林傳序》，對此期學術有如此描述：

> 原夫明初諸儒，皆朱子門人之支流餘裔，師承有自，矩矱秩然。曹
> 端、胡居仁篤踐履、謹繩墨，守先儒之正傳，無敢改錯。〔註130〕

明初諸儒實非如明史所言，全然無新創之思，中間有幾位優秀學者如宋濂（1310～1381）、劉基（1311～1375）、方孝孺（1357～1402）、吳與弼（1391～1469）等〔註131〕。但程朱理學的獨盛與政治的思想壓迫，的確使得明初學術，相對沉寂，缺少斑斕色彩。

　　明代中期，程朱理學的社會功能已明顯轉弱，但仍佔居統治地位，士子們為獵取功名，將精神盡消磨在八股文中。理學家孜孜於道德踐履的求道用世精神，亦被嚴重扭曲，王廷相說：

> 為之士者，專尚彌文，罔崇實學；求之倫理，昧於躬行；稽之聖謨，
> 疏於體驗；古人之儒術，一切盡廢；文人藻翰，遠彌大同。〔註132〕

王廷相批評學子只知在紙上用功，學的是虛文，沒有在生活上實踐、體驗聖賢之道。不求了知書中真義，切實實踐，讀的便只是虛文，如此讀聖賢書與道德踐履已截然分塗割裂，只會造就一批偽君子、假道學。反程朱理學的思潮，因而風起雲湧。社會的急遽變化，也衝擊著程朱理學的發展。

二、陽明學說的興起

　　明初學者率多尊信程朱之學，但並非全然無所改造。吳與弼（1391～1469）字子傅，號康齋，一生過著清貧的生活〔註133〕。他兼采朱陸之長，認為學問

〔註130〕《明史·列傳一百七十·儒林一》，頁7222。

〔註131〕如吳與弼（1391～1469）、陳獻章（1428～1500）等成為心學的發端，後文將再說明。宋濂、劉基他們都是明開國大臣，大多氣力用在朝政，學問的精純性無法在學術界開展。又因處在開國之際，民心無法立即轉向關注在文化面上，所以成就未被重視。方孝孺大罵成祖「燕賊篡位」，年四十五即被誅，且波及十族，連學生都受害，使理學元氣大傷。見歐崇敬，《中國哲學史》，頁165。

〔註132〕王廷相，《浚川公移集》卷三。苗潤田等，《中國儒學史》明清卷，頁14引用。

〔註133〕「夜大雨，屋漏無乾處，吾意泰然。」「夜觀《晦菴文集》，累夜乏油，貧婦燒薪為光，誦讀甚好。」見《明儒學案·崇仁學案一》卷一，頁6。

的根本就在「存天理，去人欲」〔註134〕；強調「反求吾心」、「靜中體驗」，文集中大多討論如何克服內在心病〔註135〕，是明代心學的發端。黃宗羲（1610～1695）的《明儒學案》把他列在卷首〔註136〕，即看重他在心學的開創地位。他的二位學生**胡居仁**和**陳憲章**（白沙 1428～1500）後來都成為著名學者。其中，白沙完全拋棄程朱，通過靜坐十一年，產生「自得之學」。他說：

> 於是舍彼之繁，求吾之約，惟在靜坐。久之，然後見吾此心之體，隱然呈露，常若有物。……於是渙然自信曰，作聖之功，其在斯乎！〔註137〕

黃宗羲推讚：「故有明儒者，不失其矩矱者亦多有之，而作聖之功，至先生（白沙）而始明，至文成（陽明）而始大。」〔註138〕歐崇敬認為：「他名動朝野、震撼京城，謂之聖人復出，其風流可謂遠超過二程、周、張、朱子、象山、五峰在同一時代的影響力。」〔註139〕心學的建立，是儒學發展的一大轉折，從此朱學一統天下的局面被打破了，對於明代中後期的文學、思想與社會文化，有很大的影響。

　　將心學發揚光大的是王**陽明**（1472～1528）。他早年信奉朱子學，遍讀朱熹作品，並加以實踐，欲通過「格物」，求得天理，結果是「勞思致疾」。轉而出入佛老，感佛老拋棄倫常，非正道，又回到儒家行列。陽明提出「心即理」的主張，是對當時朱子學的修正。他以為天下事理都在此心，「此心無私欲之蔽，即是天理，不須外面添一分。」〔註140〕然而常人之心常夾雜人偽，如果私欲障蔽，將失了心之本體，因此必須念念致其良知：

> 所以須用致知格物之功，勝私復理。即心之良知更無障礙，得以充塞流行。便是致其知。〔註141〕

〔註134〕他說：「聖賢所言，無非存天理、去人欲。聖賢所行亦然。學聖賢者，舍是何以哉！」見《明儒學案·崇仁學案一》卷一，頁3。
〔註135〕他曾自省說：「人須於貧賤患難上立得腳住，克治粗暴，使心性純然，上不怨天，下不尤人，物我兩忘，惟知有理而已。」見《明儒學案·崇仁學案一》卷一，頁6。
〔註136〕黃宗羲：「微康齋，焉得有後時之盛哉？」《明儒學案·崇仁學案一》卷一，頁1。
〔註137〕《明儒學案·白沙學案上》卷五〈覆趙提學〉，頁四。
〔註138〕《明儒學案·白沙學案上》卷五，頁3a。
〔註139〕歐崇敬，《中國哲學史》，頁164。
〔註140〕陳榮捷，《王陽明傳習錄詳註集評》，頁30。
〔註141〕陳榮捷，《王陽明傳習錄詳註集評》，頁40。

陽明承認人心私欲可能為惡，因此必須有致知格物工夫。自張載開啓天理與人欲的論述，至陽明心學的發揚，都離不開「勝私復理」的工夫，本篇論文以「天理與人欲的流動」檢視南戲劇本，也以張載、陽明等為準則。

王學以其活潑之姿態，廣為大眾喜愛，甚至不識文字的農樵商販，也成為王學的信徒。自由解放的學風，使得思想與文學蓬勃飛躍發展，締造一代的輝煌成就。如戲劇史上的佳作《牡丹亭》、《長恨歌》、《桃花扇》皆完成於此期前後。而各種戲劇刊本也在此時大量推出，如臧懋循（1550～1620）《元曲選》、毛晉（1599～1659）《六十種曲》、馮孟龍（1574～1646）《墨憨齋定本傳奇》等，我們今日得以目睹的宋元劇本，多賴此得以保存。但是這些劇本多是帶著明代文人觀點後的各式改本，要找尋元劇原來的風貌，益發困難。王學普遍流行後，或流為玄虛，或縱於情識，終亦日趨墮落。隨著國族危機的加劇，明末清初經世學風興起，儒學又有了新的轉向。

第四節　理學、詩文與戲劇

理學家多戮力於進德修業，對於文學小技，用心不深，因此論及「文」「道」關係多重「道」輕「文」。宋代雜劇興，仕紳在平日或宮中皆可輕易觀賞，雜劇以打諢調笑為主，或有譏刺。蘇軾、黃庭堅的文章都有紀錄。黃庭堅還將作詩比喻成作雜劇，其流行可見一般。南宋起，東南沿海南戲興起，內容已不再只是調笑諷刺，而是完整的動人故事形式了。為了觀賞戲劇，百姓集體募資，流連戲台，民間遊冶之風亦日盛，凡此皆挑戰著原本素樸堅固的倫理規範。理學家朱熹、陳淳等因此有禁戲的主張。元代雜劇大盛，文人學者，多有涉獵。南方南戲也未停止發展，但作者多不見經傳，元末有學者高明參與南戲的創作，並強調以子孝妻賢為題材，有其強烈教化目的。明代繼起，理學大行，一時教化劇勃興。明代中葉程朱理學稍挫，陽明學興起，戲曲風貌也為之一變。之後傳奇大行，佳作屢現，造成另一波戲曲高峰。本節先討論理學家對文與道之看法，並釐清程頤「作文害道」的主張。次則觀察理學家幾次禁戲活動背後的意涵。再討論理學家參與戲劇創作後對戲曲的影響。

一、理學家論文道關係

宋朝歐陽修、范仲淹諸人，除了提倡儒學外，並在政治上有傑出表現，也是領導文壇的關鍵人物。他們在詩、詞、散文各體都有優秀作品，對文

學與道的關係，則多承繼韓愈、柳宗元「文以貫道」、「文以明道」的主張，強調「道」需要「文」來顯明，文章具有彰明「道」的重要功用，重點在「文」。

周敦頤被奉爲理學開山，他主張「文以載道」，他說：

> 文所以載道也。輪轅飾而人弗庸，徒飾也，況虛車乎。文辭，藝也；道德，實也。……不知務道德而第以文辭爲能者，藝焉而已。(《通書・文辭》)

他認爲文學是傳播儒家之「道」的手段和工具，注重的是文學的倫理教化目的。

王安石散文成就極高，思想開闊，能相容儒、釋、道三家，他的文學觀則偏於實用，在德行專力用心，實踐儒學政治理想是他從政的動力。他說：

> 且所謂文者，務爲有補於世而已矣，所謂辭者，猶器之有刻鏤繪畫也。誠使巧且華，不必適用；誠使適用，亦不必巧且華，要之以適用爲本，以刻鏤繪畫爲之容而已。不適用，非所以爲器也。不爲之容，其亦若是乎？否也。然容亦未可已也，勿先之，其可也。(《上人書》) 〔註142〕

「有補於世」是他對文學的要求，因此必須「以適用爲本」。但他並不排斥形式上的辭采華麗，甚至認爲文章不能不注重文采，只是不能一味追求文辭寫作的技巧而忽略文章的內容及目的。

程頤有「作文害道」的主張：

> 問：作文害道否？曰：害也。凡爲文不專意則不工，若專意則志局於此，又安能與天地同其大也？《書》曰：「玩物喪志。」爲文亦玩物也。……古之學者，惟務養情性，其他則不學。今爲文者，專務章句，悅人耳目。既務悅人，非俳優而何？或問詩可學否？曰：既學詩，須是用功，方合詩人格。既用功，甚妨事。……某素不作詩，亦非禁止不作，但不欲爲此閒言語。〔註143〕

程頤認爲費心在作文寫詩等文藝活動，會妨害進德修業，因爲一旦專力爲文，沉迷其中，亦如同「玩物喪志」一般。程頤的主張看來是全面否定文學的價值，事實並非如此，他批評的是「今爲文者，專務章句，悅人耳目」的純文

〔註142〕王安石《臨川先生文集》（台北：商務印書館，1965 年），頁 490。
〔註143〕《二程集・河南程氏遺書》卷十八《伊川先生語四》，頁 239。

學，這類文與道德無涉。如果這種「文」是「有德者必有言」的文，程頤並不認爲它「害道」：

> 曰：「古者學爲文否？」曰：「人見六經，便以謂聖人亦作文，不知聖人亦攄發胸中所蘊，自成文耳。所謂『有德者必有言』也。」〔註144〕

南宋朱熹學問淵博，著作浩瀚，他的「文由道流」說，其實繼承著程頤「有德者必有言」的說法：

> 道者，文之根本；文者，道之枝葉。惟其根本乎道，所以發之於文，皆道也。三代聖賢文章，皆從此心寫出，文便是道。〔註145〕

他認爲「道」是根本，「文」是枝葉。「文」從「心」寫出，心中有「道」，「文」就是「道」。觀察朱熹的文學成就，他詩文寫得很好，並曾下功夫對《詩經》、《楚辭》和韓愈文集進行校勘、注釋，對於歷代文學的評論也有眞知灼見，這與程頤有很大的區別。他雖重「道」輕「文」，卻又認爲文道一體，不可割裂〔註146〕，事實上是承認了文學的價值。因此，朱熹雖然批評韓愈、蘇軾等人倒置了文與道的關係〔註147〕，但他對歷代文學中的佳作深有會心，並常與弟子探討歷代文人的優劣，對文學興味盎然。與朱熹同時的呂祖謙早就有意融會文理，宋末吳子良《簣窗續集序》介紹呂祖謙文學主張說：「自元祐後，談理者主程，論文者宗蘇，而理與文分爲二。呂公病其說，思融會之。故呂公之文，早葩而晚實。」〔註148〕元代理學家多兼擅詩文〔註149〕，也多主張融會「文」、「理」，對於前輩理學家重道的文論多有修正。元初劉將孫說：「以歐、蘇之發越，造伊、洛之精微」。（《趙青山先生墓表》）元末戴良也說：「摛

〔註144〕《二程集・河南程氏遺書》，頁239。

〔註145〕《朱子語類》卷一百三十九〈論文上〉，頁3319。

〔註146〕他曾指責韓愈「未免裂道與文，以爲兩物。」（《朱子全書》卷七十〈讀唐志〉，頁5a。）

〔註147〕見《朱子語類》卷一百三十九〈論文上〉，頁3319。。

〔註148〕陳耆卿，《簣窗集》卷首。轉引自查洪德《理學背景下的元代文論與詩文》（北京：中華書局，2005年），頁162。

〔註149〕清人黃百家評價金華之學說：「而北山一派，魯齋、仁山、白雲既純然得朱子之學髓，而柳道傳、吳正傳以逮戴叔能、宋潛溪一輩，又得朱子之文瀾，蔚乎盛哉！是數紫陽之嫡子，端在金華也。」（《宋元學案・北山四先生學案》黃百家按語）金華一脈被認爲是朱學正宗，然而其後學如宋濂、戴良，都「流而爲文」，以文學而顯於世。元代的其他學派如：許衡之學，弟子姚燧以古文知名；靜修之學，劉因自己就是大詩人；草廬之學，吳澄的弟子虞集爲有元一代文宗。

辭則擬諸漢唐，說理則本諸宋代」〔註150〕。《元史》不列文苑傳，不分經藝文章，也是元人強調文道合一的反映。〔註151〕

　　明代理學領導科舉取士，地位愈尊，但也因為政治力量的介入，逐漸僵化；僵化思想的牽制，對文學發生負面作用，因而被認為是阻礙戲劇文學發展的重要因素。然而理學對文學之負面作用，往往被後世過度誇大，而忽略其正面積極的影響。徐復觀先生以為：

> 以儒家思想，做平日的人格修養，將自己的整個生命轉化，提升而
> 為儒家道德理性的生命，以此與客觀事物相感，必然而自然地覺得
> 對人生、社會政治有無限的悲心，有無限的責任。僅就文學創作來
> 講（不僅限於文學創作），便敞開了無限創作的泉源，以俯視於蠕蠕
> 而動的為一己名利之私的時文之上。〔註152〕

文學的確與個人的人格修養密切相關，因此徐復觀以為范仲淹的「不以物喜，不以己悲」、「先天下之憂而憂後天下之樂而樂」的胸懷即是儒家思想修養人格的結果。然而他也以為不可執儒道兩家思想乃至任何其他思想去部勒古今一切作品。因為「任何人可以不通過儒道兩家表現出來的格局，以自力發現、到達與儒道兩家所發現、達到的生命之內的根源之地。」〔註153〕

　　當作家能真切地於內心有道德體驗，他的文字就是生命真實的呈現，如此只會提高文學作品之素質。理學之於戲劇，以此角度觀察，便只有增長，而無妨害了。

二、宋元士紳與戲劇

　　宋元士紳往往集文學、學術義理、政治於一身，他們對於戲劇並不排斥。蘇軾應該是喜歡戲劇的，宋楊萬里《誠齋集》卷一四零「詩話」條，有一條記載：

> 東坡嘗宴客，俳優者作技萬方，坡終不笑。一優突出，用棒痛打作
> 技者曰：「內翰不笑，汝尤稱良優乎？」對曰：「非不笑也，不笑所
> 以深笑之也。」坡遂大笑。蓋優人用坡《王者不治夷狄論》云：「非

〔註150〕戴良，《九靈山房集補編》下，〈夷白齋稿序〉。轉引自鄧紹基，《元代文學史》，頁19。
〔註151〕鄧紹基，《元代文學史》，頁19。
〔註152〕徐復觀，〈儒道兩家思想在文學中的人格修養問題〉選入《儒家文藝思想研究》，頁176。
〔註153〕徐復觀，〈儒道兩家思想在文學中的人格修養問題〉，頁177。

不治也，不治者，所以深治之也。」〔註154〕

俳優必須能引動眾人的歡樂情緒，演出才算成功。蘇軾看的正是以喜劇或諷諭爲特色的宋雜劇。黃庭堅也曾以戲劇來比擬文學創作，他提出過「打諢出場」的詩法觀點，他說：「作詩正如作雜劇，初時佈置，臨了須打諢，方是出場。」〔註155〕可見戲劇已融入文人生活，並化爲作文寫詩的靈感與指導。然而宋代文人士大夫與雜劇藝術之關係的深度也僅止於此。張世宏說：

> 他們可以在不同的場合欣賞各種雜劇表演，也可以以比較開放的心
> 態對雜劇表示興趣，去認識它，甚或利用它。但是從推動雜劇藝術
> 的發展與完善的角度考察，宋代的文人士大夫實際上居功甚微。而
> 完成這特殊歷史使命的力量來自市井民間，來自勾欄瓦舍。〔註156〕

北宋時期文學家與理學家基本上都有極大機會接觸宮本雜劇（宋雜劇），對以諷刺調笑爲本的宮本雜劇並未有排拒的態度。

直到南宋，南戲在東南沿岸地區興起，廣大民眾爲之風靡。朱熹於宋光宗紹興元年（1190）知漳州，對此民風蘄向，表示關切，並曾禁止當地演戲，根據清道光《漳州府志》卷三八「民風」條〈宋郡守朱子諭俗文〉：

> 一、約束城市鄉村，不得以禳災祈福爲名，斂掠財物，裝弄傀儡。
> 〔註157〕

此條禁令是針對「裝弄傀儡」，非眞人演出的戲劇。又明羅青霄修《漳州府志》卷十「漳州府・文翰志上・曉諭居喪持服遵禮律事」記載朱子對於百姓守喪期間的教諭，有關除服之前觀戲作樂的懲處：

> 諸喪制未終，釋服從吉，若忘哀作樂，自作遣人等，徒三年；雜戲
> 徒一年。即遇樂而聽及參與即席者，各杖一百。〔註158〕

〔註154〕（宋）楊萬里《誠齋集》卷一四零「詩話」。轉引自廖奔、劉彥君《中國戲曲發展簡史》，頁31。

〔註155〕（宋）陳善《捫蝨新話》卷八〈東坡詩用事多誤〉引用。參見王季思，〈打諢、參禪與江西詩派〉《王季思學術論著自選集》（北京：北京師範學院，1991年），頁119。

〔註156〕參見張世宏，〈東坡教坊詞與宋代宮廷演劇考論〉，《廣東社會科學》（2003年10月），頁133～139。

〔註157〕（清）沈定均主修，《漳州府志》卷三八〈民風・宋郡守朱子諭俗文〉，轉引自福建戲史研究所編《福建戲史錄》（福州：福建人民出版社，1983年3月一版一刷），頁22。

〔註158〕（明）羅青霄修《漳州府志》卷十「漳州府・文翰志上」，頁287。

又清薛凝度主修《雲霄廳志》卷四十六「藝文六」引陳淳《朱子守漳實跡記》：

> 朱先生守臨漳，未至之始，闔郡吏民得於所素，竦然望之如神明，
> 俗之淫蕩於優戲者在悉屏戢奔遁。及下班蒞政，究嚴合宜，不事小
> 惠。〔註159〕

這是陳淳記錄朱熹知漳州時民風之轉向，顯現朱子以德威感化人民，使百姓
聞風而不再耽溺於優戲，優人也聞風逃遁的政績。朱子對當時風行的戲劇多
所顧忌的，百姓也自認觀戲不合父母官意向，而知所趨避。陳淳在朱子守漳
時曾從之學，朱子離漳州後，他曾作〈上傅寺承論淫戲書〉詳細論列戲劇對
社會的負面影響，言語頗為急切。他說：

> 一、無故剝民膏爲妄費；二、荒民本業事遊觀；三、鼓簧人家子弟，
> 玩物喪恭謹之志；四、誘惑深閨婦女，出外動邪僻之思；五、貪夫
> 萌搶奪之奸；六、後生逞鬥毆之念；七曠夫怨女邂逅爲淫奔之恥；
> 八、州縣二庭紛紛起獄訟之繁，甚至有假託報私仇劫殺人無所憚著。
> 其胎殃產禍如此，……僅具申聞，欲望臺判，按榜市曹，明示約束；
> 並貼四縣，各依指揮，散榜諸鄉保甲嚴禁止絕。如此則民志可定，
> 而民財可紓；民風可厚，而民訟可簡。合郡四境，皆實被閫侯安靜
> 和平之福，甚大幸也。〔註160〕

傅寺承即傅伯成，字景初，少從朱熹學，在寧宗慶元三年（1197）知漳州，略
晚於朱熹。此外，在光宗朝時也發生趙閎夫榜禁。可見在光宗紹熙（1190～
1194）、寧宗慶（1195～1200）時期漳州已經盛行戲劇，它對社會發揮的影響
力已引起知識份子、政府官員的關切，並採取一些行動。民間追求娛樂放逸
之思與理學家的修身要則形成衝突，使地方父母官一再苦心勸誘。其後朱熹
再傳弟子眞德秀（1178～1235）在理宗紹定間二度爲泉州太守，有〈再守泉州
勸農文〉，他說：

> 莫喜飲酒，飲多失事；莫喜賭博，好賭壞人；莫習魔教，莫信邪師，
> 莫貪浪遊，莫看百戲。凡人皆因妄費無節，生出事端。既不妄費，
> 既不妄求，自然安穩無諸災難。〔註161〕

〔註159〕轉引自曾永義，《戲曲源流新論》，頁161。

〔註160〕（明）羅青霄修《漳州府志》卷十「漳州府・文翰志上」，頁303～304。

〔註161〕宋眞德秀，《西山文鈔・再守泉州勸農文》，收入《浦城遺書》（八）（清嘉慶
　　　　十六年1811浦城祝氏留香氏刊本，國家圖書館善本書室）卷七，頁27前半。

真德秀，字景之，世稱西山先生。他勸農民「莫看百戲」，認爲看戲增加經濟負擔，易惹事端，增加生命風險。此篇是在理宗紹定間（1233）他第二次任泉州太守時所作。劉獻廷（1648～1695），對於這現象有清楚的陳述：

> 余觀世之小人，未有不好唱歌看戲者，此性天中之詩與樂也；未有不看小說聽說書者，此性天中之書與春秋也；未有不信占卜祀鬼神者，此性天中易與禮也。聖人六經之教，原本人情。而後之儒者乃不能因其勢而利導之，百計禁止過抑，務以成周之芻狗，茅塞人心，是何異壅川使之不流？無怪其決裂潰敗也。〔註162〕

「劉獻廷把六經分指爲小說、戲曲、占卜、祭祀的前身。由於他的點破，儒家大傳統和民間小傳統之間的關係便非常生動地顯露出來。」〔註163〕隨著戲曲的發展，它漸漸成爲中國人生活不可缺少的部分，因此儘管民間戲劇的發展遭遇阻力，它的生命力卻異常旺盛，在東南沿海繼續發展。朱熹等理學家對戲劇的負面評價，並未阻斷戲劇的發展。鄧紹基說：

> 理學排斥雜劇卻又影響著雜劇，後期雜劇中較多出現宣揚忠孝節義的作品，其中一個重要原因就是受到元王朝把理學定爲官學，並大力提倡封建倫理道德的影響。這種現象恰又說明元代理學對文學影響的複雜性。〔註164〕

鄧紹基說的雖是雜劇與理學的交會，這現象也發生在南戲。但部分理學家之勸誘百姓「莫看百戲」，並不代表理學思想缺乏對戲劇寬容的開放元素。元末南戲興盛，並首位有可考理學名公高明參與戲劇創作的行列，呈現理學與戲劇交融並盛之現象。

三、理學家參與戲曲的創作行列

　　戲曲一直被視爲小道，即使元代時作家大量參與雜劇、南戲的創作，並造成廣大的流行，仍無法與詩、文並列正統文學之列。細究其因，除了重視詩、文的傳統外，亦另有其因。以南戲爲例，它的演出，以商業營利爲目的，以博取觀眾喜好爲取向，因而流爲淺易世俗，與詩文之高雅大相逕庭；劇本的創作者多是兼職的書會才人，他們是民間一般的知識份子，並非名儒大家，

〔註162〕劉獻廷，《廣陽雜記》卷二。轉引自余英時，〈漢代循吏與文化傳播〉《中國思想傳統的現代詮釋》，頁177。
〔註163〕余英時，〈漢代循吏與文化傳播〉《中國思想傳統的現代詮釋》，頁177。
〔註164〕鄧紹基，《元代文學史》，頁20。

較難引起擁有文字歷史發聲權的上層士人的關注。直到第一位可考名公高明的參與創製，「中國古典文學的傳統，如詩詞的抒情傳統、北雜劇的音律、唐宋文言小說的題材等等，也就進入了以南曲為主體的長篇戲曲的創作。……無疑有助於提升其文學質量。」〔註165〕南戲因而陸續發生質量的大變化，並在明代持續發生影響。同時北雜劇作家也加入南戲的創作行列〔註166〕，間接助長南戲的提升。

《琵琶記》批評元代的政治社會問題，表現儒者關注社會的淑世精神，雅俗兼具的創作風格，使南戲質樸的風貌為之一變。「這種民間文藝因士大夫的中介作用而產生的質變現象，在中國傳統文化中是十分正常的事情。」〔註167〕，人類學家雷德斐（Robert Redfield）的大傳統與小傳統之說，曾風行一時，他在《農民社會和文化》（Peasant Society and Culture）一書中指出：

> 在農業文明裏，存在著兩種不同的文化傳統，一種是屬於少數知識分子階層的「大傳統」，另一種是屬於未受教育的社會大眾階層的「小傳統」。……大小兩種傳統互相依存、互相影響，分屬於這兩種不同傳統的人承認另一傳統中的價值和法則。〔註168〕

琵琶記即是兩種文化傳統的交匯點，「一方面表現為高明對南戲的提升，使其得以進入社會中上層的文化生活；另一方面，也表現為他把儒家文以載道的傳統引進了原本非常質樸的南戲。高明在《琵琶記》一開場就借『末』之口言道：『不關風化體，縱好也枉然。』借高台以施教化。」〔註169〕這個教化趨向，對於戲曲地位也起著正面的作用，它同時肩負起「大眾傳媒」的功能，在傳統社會產生巨大的能量。〔註170〕

〔註165〕 孫玫，《中國戲曲跨文化研究》（北京：中華書局，2006年），頁88。

〔註166〕 雜劇作家南移，也創作南戲。如《寒山堂新定九宮十三攝南曲譜》卷首「譜選古今傳奇散曲集總目《劉知遠重會白兔記》劇目下注云：「劉唐卿改過。」劉唐卿是北曲作家，太原人。《蕭淑貞祭墳重會姻緣記》目下注云：「一名《劉文龍傳》。」《雍熙樂府》第一種，史敬德、馬致遠合著。《蘇武持節牧羊記》……馬致遠千里著……」見俞為民，《南戲考論續編》，頁93～96。

〔註167〕 孫玫，《中國戲曲跨文化研究》，頁88。

〔註168〕 Robert Redfield. *Peasant Society and Culture*（農民社會和文化）U Chicago，P，1956，p70，71，87。轉引自孫玫，《中國戲曲跨文化研究》，頁88。

〔註169〕 孫玫，《中國戲曲跨文化研究》，頁90。

〔註170〕 孫玫，《中國戲曲跨文化研究》，頁92。

　　明代朝廷大力推行理學之際，皇帝、藩王卻多樂好戲劇〔註171〕，民間演出亦未間斷，然而戲劇創作在明初卻較元代冷寂〔註172〕。成化、弘治（1464～1505）時出現理學名臣丘濬創作《五倫全備記》，宜興老生員邵璨繼其後寫《香囊記》，希望以孝友忠貞節義之事，感化觀眾。雖然後世對兩部劇作評價不高，但是丘濬以其理學家和大臣的名望與身分來制曲，並以戲曲為教化工具的意圖，對於戲劇的社會地位起了提升的作用。

　　《荊釵記》、《白兔記》、《拜月亭》、《殺狗記》及《琵琶記》五齣南戲作品均大約完成於元末至明初，此時理學思想已成官學，南戲作品已趨成熟；而文人改本的產生多在明代中葉之後，經過文人之手的改造，往往更加深了禮教的影響力道。舊本和改本的分別，足以做為前後思想變化比勘之依據，諸劇都反映理學興盛後的禮樂教化成效。在內容上無論是劇作家自覺的植入或是不自覺的反映，理學思想已滲入文本並充分展現天理與人欲流動的折衝進退。

〔註171〕《元史・刑法志》：「諸亂制詞曲為譏議者，流。」元代統治階級的上述法令政策有不利於雜劇創作和演出的一面，但他們重視戲曲功能和他們出自享樂需要在宮廷搬演雜劇的事實，卻又在客觀上起著一種「上行下效」的作用，從而成為這種文藝樣式繁榮的一個原因。見鄧紹基，《元代文學史》，頁40。

〔註172〕金寧芬，《明代戲曲史》（北京：社會科學院，2007年），頁1。

第四章 天理與人欲的流動：
生與死之間

　　本文以理學之天理與人欲之折衝進退作爲檢視理學在南戲中呈現的方法。天理、人欲之論早在《禮記・樂記》已有論述：

> 人生而靜。天之性也。感於物而動。性之欲也。物至知知。然後好惡形焉。好惡無節於內。知誘於外。不能反躬。天理滅矣。夫物之感人無窮。而人之好惡無節。則是物至而人化物也。人化物也者。滅天理而窮人欲者也。〔註1〕

這段論述說明：感於物而動的人欲，若不加節制，將導致天理的失墜，此必失去人之主體性；儒家傳統向來是主張「節欲」，並不主張「禁慾」。理學家中張載首言天理、人欲之辨，他說：「上達及天理，下達徇人欲者與。」（《正蒙・誠明篇》）二程說：「天下善惡皆天理。謂之惡者本非惡，但或過或不及，便如此」（《遺書》，二上），又曰：「萬物無一物失所，便是天理時中。」（《遺書》，二上）天理是宇宙之原則、人生之至善；而所謂人欲，是天理之過或不及，實不能說是惡。〔註2〕錢穆分析朱子的天理與人欲論：

> 理學家無不辨天理人欲，然天理人欲同出一心，此亦一體兩分兩體合一之一例。朱子論陽不與陰對，善不與惡對，天理亦不與人欲對。朱子曰：「人欲隱于天理中，其幾甚微。」「有個天理，便有個人欲。蓋

〔註1〕　孫希旦，《禮記集解》（台北：文史哲出版社，1982年），頁902。
〔註2〕　參見陳榮捷，《宋明理學之概念與歷史》（台北：中央研究院，1996年）「天理人欲」條下，頁33。

　　　　緣這個天理須有個安頓處。才安頓得不恰好，便有人欲出來。」「人

　　　　欲便也是天理裡面做出來。雖是人欲，人欲中自有天理。」〔註3〕

「天理人欲同出一心」，人欲「其幾甚微」，所以理學家常強調「幾」「微」的
察識工夫。王陽明認為：「此心無私欲之蔽，即是天理，不須外面添一分。」
〔註4〕然而常人之心常夾雜人偽，如果私欲障蔽，將失了心之本體，因此必須
「用致知格物之功，勝私復理。」〔註5〕天理人欲非水火不容，若能節制則無
害。理學家皆不取天理、人欲相對立的說法〔註6〕；存天理實在不必盡除人欲。
廣義的人欲，包含飲食男女之基本慾望。

　　明末思想家劉宗周（1578～1645）說：「生機之自然而不容已者，欲也；
而其無過不及者，理也。」〔註7〕他將人欲解成盎然生機，是強大的動力，若
將人欲疏導至無過或不及的境地即是天理。其弟子陳確（乾初 1604～1677）
進一步說：「人心本無天理，天理正從人欲中見，人欲恰好處，即天理也。向
無人慾，則亦並無天理之可言矣。」〔註8〕陳確的釋義，主張人欲之恰當節制，
天理與人欲是流動的，要讓天理恆顯必須生命不懈地掌握「人欲恰好處」。天
理與人欲的修養論辯，也反映在五大南戲，並成為劇中強大的生命力。本章
以生與死作為探討的主題，以生存議題來討論劇中人物之天理與人欲的流動。

　　個人生命存活的根據一則來自於維持生存的物質條件，一則出自於精神
價值的支撐。前者尤其適用於一般百姓，因為活下去是人基本的生存要求，
當個人遭遇生存困境時，求取生存之歷程最能表現天理與人欲之拉扯交戰。

　　《琵琶記》中五娘、蔡母、蔡父因遭逢飢荒，他們都面對可能餓死的生
存威脅。夫婿離家應考，五娘獨立侍奉公婆，卻遇上饑荒。面對生死存亡的
挑戰，她將公婆之物質需求列為優先，自己則忍飢吞糠。蔡婆因孩兒離家又
遭遇荒歲，而生出強烈的死亡恐懼並誤解媳婦；蔡父要求孩子參加科考，之
後面臨了生死存亡的苦境，才了悟功名之虛幻不實。

　　在討論這幾個人物面對生死的問題之前，要先指出，《琵琶記》情節有許

〔註3〕　錢穆，《朱子學提綱》十四〈朱子之天理與人欲論〉（台北：東大，1991 年），
　　　　頁 87～88。

〔註4〕　陳榮捷，《王陽明傳習錄詳註集評》，頁 30。

〔註5〕　陳榮捷，《王陽明傳習錄詳註集評》，頁 40。

〔註6〕　戴震、劉師培等皆以為宋儒天理與人欲之說為對立面。見陳榮捷，《宋明理學
　　　　之概念與歷史》，頁 35。

〔註7〕　陳確，《陳確集》〈無欲作聖辨〉（台北：漢京，1984 年），頁 461。

〔註8〕　陳確，《陳確集》〈無欲作聖辨〉，頁 461。

多不合理的地方〔註9〕，整理幾個比較明顯重大的，列舉如下：

（一）父母年齡八十餘，伯喈卻正青春才二十出頭。

（二）參加進士考試，報考時即需報家門，詳填身家資料。皇帝不可能
不知道伯喈已婚。

（三）中了狀元，此訊息必傳回地方，父母不可能不知。地方官也會對
狀元家特別關照。

（四）伯喈重婚牛府，不可能連一封信都無法送回家。

（五）五娘單身行路，卻能平安至京。

作者忽略這麼多不合理而編寫他的故事，其中一個因素，顯然是為了承
載理學教化思想。〔註10〕而承載高度思想還能動人，重要的原因是其人物有
情感之流動，不顯刻版。這些不合理劇情，得以形塑五娘獨立侍奉公婆的艱
困與考驗，也凸顯蔡公、蔡婆面對飢荒後人格的昇華轉化。

以下分析《琵琶記》中五娘、蔡公、蔡婆在面對生死困境時的反應與行
動。至於《殺狗記》中孫榮是因困窮而想死，放在第五章貧與富之間中討論。
《荊釵記》中玉蓮為維護婚姻而投江殉情，《白兔記》中三娘也曾一度誤以為
知遠已死，而想隨之而死；玉蓮、三娘二人皆因對夫婿情深義重而就死，所
以放在第六章情與欲之間再做探討。

第一節　《琵琶記》中之趙五娘：求生無門求死不能的困境

初婚時的五娘，與夫偕老，事奉舅姑，是她單純的願望：

【錦堂月換頭】輻輳，獲配鸞儔。深慚燕爾，持杯自覺嬌羞。怕。

〔註9〕　如臧懋循曾指出：「陳留、洛陽，相距不三舍，而動稱『萬里關山』。中郎寄
書高堂，直為拐兒貽誤，何謬戾之甚也。」（《玉茗堂傳奇引》收錄於《歷代
曲話彙編・明代編》第一集，頁623。）李漁也指出，「若以針線論，元曲之
最疏者，莫過於《琵琶》。無論大關節目背謬甚多，如子中狀元三載，而家人
不知；身贅相府，享盡榮華，不能自遣一僕，而附家報于路人；趙五娘千里
尋夫，隻身無伴，未審果能全節與否，其誰證之？諸如此類，皆背理妨倫之
甚者。再取小節論之，如五娘之剪髮，乃作者自為之，當日必無其事。以有
疏財仗義之張大公在，受人之託，必能終人之事，未有坐視不顧，而致其剪
髮者也。」李漁《閒情偶寄》（臺北：明文書局，2002年初版），頁9。

〔註10〕劉小梅指出，「高則誠旨在風化，因而有時他不惜勉強事件邏輯和人物性格。」
《宋元戲劇的雅俗源流》（北京：文化藝術出版社，2010年），頁225。

惟願取偕老夫妻，長侍奉暮年姑舅。（第二齣）

這位新婦與傳統婦人無別，只期待能盡著爲人媳、爲人妻的責任。她以爲，夫妻和睦相敬偕老，善盡婦職侍奉公婆，就是身爲婦人德性之完成，怎麼也想不到自己往後要獨自面對難熬的饑荒。在歷經現實的淬煉後，道德昇華的絢爛光彩，令幾世來的觀眾稱賞不已。

才新婚兩月，五娘這外來的媳婦即要挑起大樑，獨自承擔侍奉二老的重責。伯喈離開家園，他孝思雖不曾或忘，卻眞眞實實離家三載未歸，無法盡人子之責。伯喈離家前蔡公曾怪他「戀新婚，貪妻愛」，指媳婦引出的人欲私情，是妨礙伯喈追求功名的動力。蔡婆也說「只得六十日，把我孩兒都瘦了」。公婆的話語都與五娘相關。雖然公公的話並不是專爲她而發，更大的部分其實是在推進伯喈答應赴考；婆婆此話是以淨角發聲，只是插科打諢，也不能太認眞。但這位新成員在往後與二老的相處上，仍是個考驗。就新婚婦人言，她是寄望夫婿留在身邊的，第五齣〈伯喈夫婦分別〉五娘先以「雲情雨意，雖可拋兩月之夫妻；雪鬢霜鬟，更不念八旬之父母？」詰問伯喈，她的基本立場是反對伯喈赴試，雖說略過夫妻之情直接論孝道，仍可合理地假設她內在的情感願望是希望伯喈留在家中的，否則不必感傷地說「六十日夫妻恩情斷」，又頻頻叮嚀「歸休晚，莫教人凝望眼。」對於蔡公的「有一子而不留在身邊」她持反對立場，臨別她對著夫婿吐露心聲：「我的埋冤怎盡言？我的一身難上難」（第五齣），預告著其生命苦境的開始。若說光大門楣是蔡家的更高天理，那麼五娘冀求夫妻同在之情的天理，則次之。因此，她最後只能放下夫妻之情，看著夫婿順從公公的嚴命赴考。

伯喈此去，音訊全無，五娘不免抱怨、「氣苦」、「閑淒楚」。在個人生命的物質需求與情愛都空乏的處境中，在諸多的心緒糾葛纏繞後，她終於找到生命的價值，五娘最終以「索性做個孝婦賢妻」（第八齣）來自我安頓。淒楚、抱怨源自於感情需求的不得滿足，而「孝婦賢妻」則是人倫天理。選擇了孝道天理，五娘往後的行動，才有依歸。五娘從夫妻分離「寂寞瓊窗，蕭條朱戶，空把流年度」的悠悠離愁，到「偏他將我惧」對久無音訊夫婿的氣苦怨嘆，生命越發空虛無歸。因而從個人情緒中超拔而出，轉向「孝婦賢妻」實踐的篤定，此過程即是天理與人欲流動的動人處。

饑荒降臨，蔡家一步步走入苦境，蔡公蔡婆爲著兒子不在家，少了生活的依靠而常爭吵。獨自面對家中經濟困窘的爲難，已夠艱辛，五娘卻還要費

心調解公婆間的爭吵：

> 公公婆婆且息怒，聽奴家一句分剖：當初教孩兒出去時節，不道今
> 日恁地飢荒，婆婆難埋冤公公。今日婆婆見這般荒歉，孩兒又不在
> 眼前，心下焦燥，公公也休怪婆婆埋冤。請自寬心，奴家如今把些
> 釵梳首飾之類，去典些糧米，以充公婆一時口食。寧可餓死奴家，
> 決不將公婆落後了。（第十齣）

對於公婆的吵鬧不休，五娘冷靜地分別站在公婆的立場，設身處地加以關照，
使二老的行為得到支持寬解，並巧妙避開對長者的批判或不敬。至於引發爭
吵的根源問題——「飢荒」，典當首飾還可換得米糧，解決當前困境，生活還
是過得去。雖然兒子不在，「媳婦便是親兒女，勞役本分當為。」就此段情境
觀察，蔡婆埋怨蔡公的是「沒事為著功名，不要他供甘旨。教他去做官，要
改換門閭。……今日裏要一口粥湯卻教誰與你？」兒子離家在外，蔡家因而
缺乏生活物資的供應，面對可能餓死的局面，蔡婆為此焦躁難安，她極力指
陳當初送子遠遊的錯誤；五娘自身又何嘗不面對死亡威脅，卻能冷靜排解公
婆爭吵，又無私典當粧奩安頓公婆的生活，這是天理的表現，與婆婆的焦躁
形成對比。

此處五娘內心亦經歷一段掙扎。她唱道：

> 【憶秦娥】長吁氣，自憐薄命相遭際。相遭際，晚年舅姑，薄情夫
> 婿。（第十齣）

夫妻初分離時，五娘流露的是酸楚離愁。經歷荒歲的洗禮，對於夫婿毫無音
訊，又拋下年邁雙親一事，她長吁短嘆，進而以「薄情」控訴。她的感情需
求只在悲嘆牢騷中偶一流露，至於人生遭遇的悲苦現實，卻只能自嘆「薄命」，
而孤力奮戰。

如何在艱困中苟活，又能成全孝養公婆之責，才是當務之急。好不容易
有官糧救濟，卻被里正搶去。在走投無路之下，她萌生尋短之念：

> （白）我終久是個死，這裏有一口井，不如投入井中死。（投介）呀！
> 【鎖南枝換頭】將身赴井泉，思量左右難。我丈夫當年分散，叮嚀
> 祝付爹娘，教我與他相看管。我死却，他形影單。夫婿與公婆，可
> 不兩埋冤？（第十六齣）

五娘為何尋死？「我終久是個死」是對未來完全無望的判語，她認為這個苟
延殘喘的身軀，終將不敵災荒的侵襲而必然走向死亡。既然不久未來即將死

亡，何苦再留在人間受苦？五娘之尋死，是爲了己身痛苦的解除。這念頭的升起是個己生命對人間痛苦的逃避，符合離苦得樂的人性追求。但求死解脫，是私己的離苦得樂，可視爲人欲，更與求生之本能或儒家生生之德相悖反。求死的欲念本身充塞糾結矛盾，五娘陷入「思量左右難」的境地；此時孝順的理念及時制止她尋死，她若輕率而死，公婆如何存續？又如何對得起自己當年對丈夫的承諾？爲了盡孝道天理，她由想死轉變成想盡辦法活下去；由求死以求解脫到求生以盡孝道，是人欲與天理的流動；五娘內心幾番爭戰，最終還是立穩在孝道天理的一端。

選擇暗自吃糠暫且療飢而將米糧留給公婆，是在環境困阨至極後的決定。吃糠是將自己的物質需求降至最低，當物資困乏至必須犧牲自己才能養活一雙公婆時，五娘連一般基本物資也要捨去，吃著人們不吃的糠，活生生面對可能餓死的艱難。爲免公婆憂心，她瞞著他們偷偷吃糠療飢，這吃糠之苦只能獨自承受：

> （旦上唱）【山坡羊】亂荒荒不豐稔的年歲，遠迢迢不回來的夫婿。
> 急煎煎不耐煩的二親，軟怯怯不濟事的孤身己。……
> 【前腔】……這糠呵，我待不吃你，教奴怎忍飢？我待吃呵，怎吃
> 得？（介）苦！思量起來不如奴先死，圖得不知他親死時。（合前）
> 苦！眞實這糠怎的吃得。（吃介）（唱）（第二十齣）

五娘孤單無助，日子委實難捱，只能吃糠勉強療飢，回想婆婆的埋怨，她說：「便埋怨殺了，也不敢分說。」「汲古閣本」第二十一齣改爲：「便做他埋怨殺我，我也不分說。」前者是受迫於社會儀節等外在的規範，所以不敢分辯說明而隱忍；後者卻是發自於內堅定地默然接受，對於社會加諸於婦女的道德要求，能心甘情願奉行，德行更加崇高。〔註11〕糠是米的外皮，極度粗糙，難以吞嚥；但若不吃，只有一死。「思量起來不如奴先死，圖得不知他親死時。」只有死亡可以解脫痛苦，也無須爲公婆的生死存亡勞瘁不已，更無須因公婆死亡而難過傷懷。這尋死念頭的再度升起，起因於困頓至極，無力面對未來，其次是情深義重不忍面臨死別的苦痛。尋死的念頭是一種欲求脫離道德重責的自了心態，卻也是情意深重不忍分離的悲情；既是人欲又涵涉天理，天理與人欲的來回擺盪，正是戲劇最動人之處。

可是她還是忍著苦，活了下來，吃那令人痛徹肝腸的米糠：

〔註11〕孫玫、熊賢關，〈解讀《琵琶記》和《白兔記》中「妻」的呈現〉，頁43。

　　【孝順歌】嘔得我肝腸痛，珠淚垂，喉嚨尚兀自牢嗄住。糠！遭礱
　　被舂杵，篩你簸揚你，吃盡控持。悄似奴家身狼狽，千辛萬苦皆經
　　歷。苦人吃著苦味，兩苦相逢，可知道欲吞不去。（吃吐介）（唱）

　　【前腔】糠和米，本是兩倚依，誰人簸揚你作兩處飛？一賤與一貴，
　　好似奴家共夫婿，終無見期。丈夫，你便是米麼，米在他方沒尋處。
　　奴便是糠麼，怎的把糠救得人飢餒？好似兒夫出去，怎的教奴，供
　　給得公婆甘旨？（第二十齣）

夫貴如米，她則卑賤似糠，五娘強烈感受到自己在家庭中地位的卑微與無力。
這首【孝順歌】，應用了文學藝術上比喻的手法，將平凡的米和糠以虛實交錯
的寫法，付予多層次豐富的意義，已經有很多人討論，此處不再重複。面對
生死，她看到的是「米在他方沒尋處」，而眼前「怎的把糠救得人飢餒」。米
與糠的懸殊相隔，越發對比以糠療飢的無奈與艱難。五娘不顧外在的艱難而
毅然捨米就糠，堅忍護持公婆，實踐孝道，此即天理的顯露。

　　五娘雖以她堅強的意志苦撐，勉力維持公婆的生活，對未來卻不敢懷想。
此時的處境，令她強烈感受死亡之相逼：

　　【孝順歌】思量我生無益，死又值甚的！不如忍飢為怨鬼。公婆年
　　紀老，靠著奴家相依倚，只得苟活片時。片時苟活雖容易，到底日
　　久也難相聚。謾把糠來相比，這糠尚兀自有人吃，奴家骨頭，知他
　　埋在何處？（第二十齣）

「我生無益，死又值甚的」，五娘否定自身生命價值，為著「公婆年紀老」
仍勉強苟活；雖得「苟活片時」，終將難逃一死，她感到死亡就在眼前，甚
至連死後的遭遇，都有想像。生活的困境越陷越深，死亡意念接連出現，
死亡相逼已到絕境，至此她對於生已然無望。可是她還是選擇苟活下來，
全力照護公婆。求死的人欲與照護公婆的天理在幾經流動後，層層遞進，
越發動人。

　　李贄評點多處稱頌五娘，如夫妻分別時，五娘阻止伯喈前去應試，李贄
評：「如此賢婦人，真可敬、可羨，可師、可法者也。」〔註12〕認為五娘以侍
奉父母為重，顧及父母的生存需求，此見識實是可敬。在勸解公婆爭吵時，

〔註12〕高明撰李贄評點：〈南浦囑別〉，《李卓吾批評琵琶記》（上海：商務印書館，
　　　　1954年《古本戲曲叢刊初集》影印長樂鄭氏藏明容與堂刊本），卷上，頁18b
　　　　～19a「夾批」。

李贄評：「賢哉婦也！孝哉婦也！」〔註13〕又連連讚她：「聖婦！」〔註14〕「聖人！」〔註15〕著眼處仍在五娘處心積慮維護公婆生命上。所以五娘孝心之張揚初則建立在她極力看重父母的生存照養，既則建立在死亡相逼的困境中父母生命存續的奮力維持上。而她個人死亡意念的頻繁出現，逐次增強的惡劣環境的無情催逼，益發凸顯她堅守天理的可貴。

毛聲山評五娘的處境，說：

> 蔡公遣其子，則是蔡公惧其婦；然而父望子貴，妻亦未嘗不望夫榮，五娘子不怨蔡公猶人情耳。至於翁既以功名惧之，姑復以甘旨責之，使今人處此能無怨乎？前日蔡母之言曰：「教媳婦怎生區處？」則猶憐之也。乃初則憐之，後反責之；不唯責之，又從而疑之、冤之，使今人處此，又能無怨乎？作者特設此萬難措手之時以觀孝婦，而後見其不改初心，始終如一者之足以爲法於天下。〔註16〕

毛聲山認爲五娘歷經夫婿遠離，婆婆責難、誤解等「種種萬難措手之時，萬難爲情之境」，是高明有心的設計，這些難處在戲劇的呈現上有其作用，尤其在彰顯五娘的德行上發揮了極大的效果。經歷種種橫逆摧挫，五娘不改初心，依然持守著天理；最終眞相得以昭明，蒙冤得雪，但婆婆卻因大慟而亡故。五娘從萬苦的深淵中淬煉出來的道德光芒與蔡婆死亡當下迸出的天理兩相交會，光采動人；在蔡婆與五娘間，婆媳的誤解與澄清，是天理與人欲複雜多樣的流動，充滿戲劇張力。

第二節　《琵琶記》中之蔡婆蔡公：現實生死存亡處境與虛幻名利間的弔詭

蔡公期待兒子立功揚名，蔡婆希望兒子留在身邊。第二齣〈蔡宅稱壽〉展開一幅天倫和樂圖，但衝突卻已埋下：

> （外淨唱）【醉翁子】卑陋，論做人要光前耀後。勸我兒青雲，萬里馳驟。

〔註13〕高明撰、李贄評點：〈蔡母嗟兒〉，《李卓吾批評琵琶記》，卷上，頁44b。

〔註14〕高明撰、李贄評點：〈勉食姑嫜〉、〈糟糠自厭〉、〈祝髮買葬〉等。

〔註15〕高明撰、李贄評點：〈勉食姑嫜〉、〈糟糠自厭〉、〈祝髮買葬〉等。

〔註16〕毛聲山評：〈勉食姑嫜〉總批，《繪像第七才子書》。收錄於俞爲民、孫蓉蓉主編《歷代曲話彙編‧清代篇》第一集，頁524。

（生唱）聽剖，眞樂在田園，何必當今公與侯？

父親要伯喈赴考，期待他直步青雲、光耀門楣，伯喈卻以眞樂在田園作答；看來兩人的人生圖像，有著極大的反差。得郡裏辟召，蔡公催促：「孩兒，天子詔招取賢良，秀才每都求著科試。快赴春闈，急急整著行李。」對功名的想望比兒子還急。伯喈以親老無人奉事力辭，蔡婆也不同意蔡公的想法：

> （淨白）苦麼！你又沒七子八婿，只有一個孩兒。老賊！你眼又昏，
> 耳又聾，又走動不得，教孩兒出去，萬一有些差池，教兀誰管來？
> 你眞個沒飯吃便著餓死，沒衣穿便著凍死。（外白）你理會得甚麼？
> 孩兒做官，也改換門閭，如何不教他去？（第四齣）

蔡婆以吃飯穿衣的基本需求相詰問，認爲兒子離家將失去生活基本供養，「沒飯吃便著餓死，沒衣穿便著凍死」，人命可能無法延續，如何再及其他？蔡婆點出現實的生死議題，蔡公則一味編織他改換門閭的夢想，以「你理會得甚麼」回應。他對孩子的期待是：

> 【宜春令】萱室椿庭衰老矣，指望你換了門閭。你休道無人供奉。
> 你做得官呵，三牲五鼎供朝夕，須勝似啜菽並飲水。你若錦衣歸故
> 里，我便死呵，一靈兒終是喜。（第四齣）

就世俗價值論斷，蔡公能斬斷親情私我的糾葛牽纏，鼓勵孩子離家追求夢想，是識見高遠，能爲兒子未來前途著想的好父親；而蔡婆卻將孩子縛在身邊，只在個人的私情、物質需求和生存條件上打轉，未免短見。從這角度看起來，蔡公追求天理而蔡婆追求人欲。蔡公殷殷期盼著，他對功名追求之熱切超越生死，認爲死後的富厚祭供，勝過生前的啜菽飲水，「你若錦衣歸故里，我便死呵，一靈兒終是喜。」伯喈歸來，其父果已死亡，然而蔡父的神靈果眞「終是喜」？就蔡父臨終之憾恨看，恐怕不然。蔡公先前熱切的功名想望，顯然是脫離現實的空幻追求，直到死亡逼迫，由空幻的「喜」化爲實質的「悲」，才終於了悟功名的虛幻。

蔡婆並非無知，她對於追求功名有她的看法：

> 【宜春令】一旦分離掌上珠，我這老景憑誰？忍將父母饑寒死，博
> 換得孩兒名利歸。你縱然衣錦歸故里，補不得你名行虧。（第四齣）

離家追求功名，父母可能因失於照養，饑寒而死，如此將使兒子陷入不孝的污名中。蔡母果眞一語成讖，伏筆故事結局。這位看來似乎只知追求衣食滿足的自私的母親，從生存的基本需求出發，說出追求功名的虛矯與孝道的眞

義；如此則蔡婆爲眞，符應天理，而蔡公卻是虛矯，是人欲的變形。李贄對蔡母的腳色大力讚揚，認爲：「蔡婆見識當是聖母。從來隱士之母。多以此得名，獨蔡婆爲俗人所辱，竟從淨扮，甚冤之。卓老之意蔡公太俗，合扮淨去。」〔註17〕以聖母稱呼蔡婆，其評價異乎其他評論家，他認爲蔡母能看透功名之虛假，與隱士之母可以同論。而對於以功名爲尚，促成伯喈赴試的蔡公和張太公，則說：「蔡婆言語寓有至理，即登壇佛祖也沒有這樣的機鋒。可惜蔡公及張太公記得多少本頭語，竟不入耳，可與言者眞難其人。今人不可與言，只爲多記本頭耳。」〔註18〕李贄揚蔡婆而抑蔡公，因蔡婆能活出眞實，在眞實中生活，知悉孝子的基本立場理當維護父母生命的日常需求，這與他主張「吃飯穿衣皆是人倫物理」相符。而蔡公堆疊出的立身揚名以顯父母的理想，李贄認爲是自縛身心的本頭語。他因而認爲蔡公受限於本頭語，無法開展眞見識，只能隨世浮沉，以世俗功名爲尚。世上多的是蔡公，而以蔡婆爲貴：「今世上只有蔡公，再無蔡婆也。如蔡婆者，眞間生之大聖，特出之活佛。」〔註19〕他認爲因蔡母的眞性情，才能一眼看出名利的虛矯，此見識無法從俗人生出。李贄的評點一針見血地點出世俗之人一味追求功名的虛矯，譏蔡公迂腐、不顧現實；讚揚蔡母之話語道出了爲子之道。李贄對於爲官與孝養父母之抉擇，顯然是偏向後者。他在諸多評點文論中多讚揚孝道倫常，以爲孝是人性本能，因此對於捨親赴試爲官，認爲不必然是君子所當爲。

　　筆者認爲李贄孝養父母的論述符合高明的主張。高明寫出孝子因赴試爲官導致不得終養父母的人倫遺憾，孰輕孰重分明可見，李贄的確是掌握了此劇之精髓。這個主題從第二齣蔡宅祝壽中蔡公、蔡婆對孩子期待的衝突即已點出。蔡公對孩子的期待是「惟願取黃卷青燈，及早換金章紫綬。」對於伯喈的功名之路無比掛懷；蔡婆「惟願取連理芳年，得早遂孫枝榮秀。」寄盼的是兒媳和睦、早生貴子、兒孫滿堂。蔡公逼試，蔡婆深切感受兒子即將遠離，面對未來生活的不確定感，使她不安焦慮；高明以此確定兒女孝養父母，完備其物質生活的主題。以後饑荒來臨，憂慮成眞，公婆的衝突加劇，父母面臨生死的難關，兒子卻不在身旁，生養的主題愈發明確突出。

　　因爲對蔡婆的高度評價，李贄對蔡婆由淨角扮演表示不滿。劇中蔡婆不

〔註17〕李贄評點：〈蔡公逼試〉，卷上，頁14a眉批。
〔註18〕李贄評點：〈蔡公逼試〉，卷上，頁16b～17a「眉批」。
〔註19〕李贄評點：〈蔡公逼試〉，卷上，頁18a「總批」。

合宜之舉措言語，如：「我到不合娶媳婦與孩兒，只得六十日，便把我孩兒都瘦了；若更過三年，怕不做一個骷髏。」（第四齣）他也有批評：「豈成母子之語，可惡可恨，刪去爲是。」〔註20〕筆者以爲淨角的職分在插科打諢，承襲古優諫和參軍戲的傳統，在戲謔中說出眞理或警戒，而不致招來禍害批判。蔡母的淨角身分是在插科打諢中說出眞理，劇作家在嚴肅的道德氛圍中特闢此自由空間，使人物擺脫虛矯的道德束縛，蔡婆因而可以直抒人的基本需求。

李贄重視人的天然生趣，心中的倫理尺度活潑而實在：他在《焚書》中說：「穿衣吃飯，即是人倫物理，除卻穿衣吃飯，無倫物矣。」〔註21〕在日用生活中簡單的穿衣吃飯間即可體驗人倫物理，是如此簡易平實，不失人性之自然，若是在兩者不可得兼的情境下，孝子事親之選擇，理應讓父母可以溫飽爲優先。在滿口立功揚名、光大門楣、濟世安民的理想外，有著更基本的生存需求要奮鬥經營，這基本的人欲，必須先得到滿足，才可以大步跨出去追求所謂的精神價值。蔡婆養濟院乞丐頭的故事〔註22〕，即是極沉痛的諷刺。但是讀書人往往跳過這一層，而直接追求立功揚名方爲大孝的「天理」，過程中只知寒窗苦讀，弱化自身謀求生存的能力，導致家人得不到照養，而無端生出許多悲劇。明末清初之思想家陳確認爲，若讓家人失於照養，而仍不求謀生之道，於責任上是有虧的。他說：

> 天下豈有白丁聖賢、敗子聖賢哉！豈有學爲聖賢之人而父母妻子之
> 弗能養，而待養於人者哉！〔註23〕

又說：

> 學問之道，無他奇異，有國者守其國，有家者守其家，士守其身，
> 如是而已。所謂身，非一身也。凡父母兄弟妻子之事，皆身以內事，

〔註20〕同上註，頁13b「眉批」。

〔註21〕李贄，〈答鄧石陽〉，《焚書》，張建業主編，《李贄文集》（第一卷）（北京：社會科學文獻出版社，2000年），頁4。

〔註22〕我有個故事說與你聽：在先東村有個李員外孩兒，他爹爹每日只閑炒。只是教孩兒去做官。他吃不過爹爹閑炒，去到長安，那裏無人抬舉他，流落教化，見平章宰相，疾忙田地上拜著。丞相可憐見他，道：我與你個養濟院頭目，去管你爹娘。這個人道：做養濟院頭目，如何去管得爹娘？比及他回來，爹娘果在養濟院裏。他爹問他娘道：我教孩兒去的是？今日我孩兒做頭目，人也不敢欺負我。你今日去，千萬取個養濟院頭目，卑田院大使回來，也休教人欺負我。（第四齣）

〔註23〕《陳確集》〈學者以治生爲本論〉，頁159。

仰事撫育，絕不可責之他人，則勤儉治生洵是學人本事。〔註24〕
守身之最基本要求是謀生，若人連基本的生活能力都匱乏，連一家的生計都無法籌措，如何能治國平天下？又連生命的基本需求，都有求於人，如何能端正生命的尊嚴？〔註25〕陳確的謀生方法不侷限在立功揚名，而是泛指可以為生的一切方法。

《琵琶記》中蔡婆這母親腳色由淨角擔綱，並提出謀食的論點，在此我認為它也是在理學風氣影響下，高懸「形上之理」〔註26〕，而忽略基本生命照養下不得不面對的課題，隱含高明對理學義理的反思。理學思想很少在生命照養的面向上發聲，在文學作品中我們能看到的改善家境的方法幾乎都是追求功名。以準備科舉為例，在漫長的準備過程中，男性幾乎只以詩書五經為事，無法全心參與家中生產，若科舉無緣，家中之經濟終竟無改善之時，父母之身衣口給供養便無法周全。因此，除了科舉功名之路，身為人子的亦當學習其他謀生之道，而非一頭栽進科舉的牢籠，陷父母於困頓中。這是明末幾位開創性思想家提出「謀食」命題的根源。而高明卻早在元末就看出這個問題的嚴重性了。

蔡婆雖然也曾有「若做得官時運通，我兩人不怕窮」〔註27〕的夢想，但是兒子要赴京求取功名，她卻是極力反對，表明「功名富貴天付與，天若與不求須來至。」（第四齣），對功名並不執著攀取，而是隨順其自然。從陳確的觀點看，蔡婆編織兒子官運亨通的夢想是人欲的萌動，而堅持兒子應在人倫孝養上盡心，不企求大富大貴，則是流向「學人本事」的天理。

但她一度私心作祟，抱怨媳婦準備的菜單薄寒酸，對五娘準備的食物表

〔註24〕 《陳確集》〈學者以治生為本論〉，頁159。
〔註25〕 見周麗楨，《陳乾初思想之研究》（高雄師範學院國文研究所碩士論文，1989年7月），頁110。
〔註26〕 陳榮捷，《宋明理學之概念與歷史》，頁135：「『灑掃應對之事，其然也，形而下者也。灑掃應對之理，所以然也，形而上者也。』（朱熹《論語或問》，子張篇）換言之『然其理之所以然，則隱而莫之見也』（《中庸章句》，十二章）至於當然之理，則『至善，則事理當然之極也』（《大學章句》）」
〔註27〕 第四齣〈蔡公逼伯喈赴試〉。「陸抄本」第四齣蔡婆唱「【吳宵四】眼又昏，耳又聾，家私空又空。只有孩兒肚內聰，他若做得官時運通，我兩人不怕窮。」與後段曲白矛盾。「汲古閣本」改為【宜春令】一首。「娘年老。八十餘。眼兒昏，又聾著兩耳。又個沒七男八婿，只有一個孩兒。要他供甘旨。方纔得六十日夫妻。老賊強逼他爭名奪利。天那，細思之，怎不叫老娘嘔氣？」見楊淑娟，《南管與明初五大南戲文本之比較》，頁263～265。

示嫌惡：「我終朝的受餒，你將來的飯怎吃？疾忙便抬，非幹是我有些饞態。」（第十九齣）完全沒理會饑荒的特殊情況。但是根據元本〔註28〕，蔡婆雖嫌棄食物，還能體念饑荒年歲。孫玫、熊賢關對這段情節做了版本考察：

> 元本第十九齣，趙五娘勉力奉養公婆「（旦白）請吃飯。（介）（淨嫌介白）然則是饑荒年歲，只兀的教我怎吃？」《六十種曲》第二十齣《勉食姑嫜》這段賓白已生發為：「（旦）請公公婆婆早膳。（淨）媳婦，有果蔬麼？（旦）沒有（淨）有下飯麼？（旦）也沒有。（淨）賤人！前日早膳還有些下飯，今日只得一口淡飯，再過幾日，連淡飯也沒有了。快抬去。」婆婆的威嚴，五娘的「卑弱」和「敬慎」，歷歷在目。〔註29〕

婆婆的逼迫，在「汲古閣本」中更嚴峻，五娘的處境更加艱難，在艱難中仍是不改初心，孝行的高卓更加凸顯。後期改本中五娘的形塑極可能受到理學的影響。

婆婆逼迫，倒是公公緩頰：「你看他衣衫都解，好茶飯將甚去買？婆婆，兀的是天災，教他媳婦每難布擺。」蔡公的公道話，蔡婆並未聽受；長久的粗食，使得婆婆心中大起疑竇，認為媳婦終是外人，甚至懷疑她偷藏食物獨享，她說：「這媳婦供養你呵，前番骨自有些鮭菜；這幾番只得些淡飯」，「等他自吃飯時節，我兩人去探一探」（第十九齣）。蔡婆求生存乃人之本性，但嫌棄媳婦物質供給單薄則是人欲，誤解媳婦偷吃好物，更是人欲的蠢動。最後看到媳婦吃糠，她徹悟己過，痛徹心扉羞愧而死，此羞愧心的升起，使其由追求物欲之滿足與懷疑媳婦之人欲的泥淖中躍昇為良知的朗現。就淨角呈現的「真」觀察，羞愧致死，是真心悔恨所致，是情真的流露。良知的大覺醒，使她以死亡的方式入於天理，同時，死亡本身也展現她勇於承擔錯誤的魄力。蔡婆求生與蔡婆之死，前後之別，一在人性求生的本能，一則是道德良知之朗現。蔡婆這樣直接、真實、醜陋（真實往往是醜陋的），而又毫無遮

〔註28〕 所謂元本，根據孫玫該文注二：「元本並非是指元代的版本。不過，這個版本應是《琵琶記》眾多版本中最為接近原貌的本子。詳見劉念茲《南戲新證》（北京：中華書局，1986年），頁360；黃仕忠《琵琶記研究》（廣州：廣東高等教育出版社，1996年），頁170～173；孫崇濤《風月錦囊考釋》（北京：中華書局，2000年），頁72。」孫玫、熊賢關，〈解讀《琵琶記》和《白兔記》中「妻」的呈現〉，《藝術百家》第5期總第79期（2004年），頁43。

〔註29〕 孫玫、熊賢關，〈解讀《琵琶記》和《白兔記》中「妻」的呈現〉，頁43。

掩的呈現，正是淨角本色。

　　懷抱光大門楣理想，鼓勵兒子立功揚名以顯父母的蔡公，原來自以為是從天理角度發心的，他深信功名之價值，以為即是天理。但在面臨生存困境時，他開始動搖了，知悉五娘請糧被搶，他說：

　　　　（外白）原來你被人騙。（唱）

　　　　【鎖南枝換頭】苦！思量我命乖蹇，不由人不珠淚漣。料想終須饑死，不如早赴黃泉，免把你相牽絆。媳婦，婆年老，不久延。你須是，好看管。（第十六齣）

他深深感受糧食不濟之苦，既然前景茫茫，「料想終須饑死，不如早赴黃泉」，自己老而無用，求死尚可「免把你相牽絆」，離世對家人而言可以少了牽累，此犧牲自己成全家人的發心，即是天理。五娘苦勸：「公公，伊還身棄，我苦怎言！公還死了婆怎免？兩人一旦身亡，教我獨自如何展？」蔡公再言：

　　　　【鎖南枝換頭】媳婦，你衣衫盡皆典。囊篋又罄然。縱然目前存活，到底日久日深，你與我難相戀。衣食缺，要行孝難。不如活冤家，早拆散。（外投井介）（旦救住）（第十六齣）

體恤五娘的辛勞與家中困窘，「到底日久日深，你與我難相戀」，「不如活冤家，早拆散」。蔡公抱持著必死的決心，投井自盡是他能盡力的地方，以此減輕兒媳行孝的負擔。

　　五娘欲求死以解脫生活痛苦、蔡婆發現真相痛極而死和蔡公求死以護家人，三者都因物質匱乏所造成，但發心卻是有別：五娘之起心動念是希冀個人痛苦之解除，近乎人欲；蔡婆是良知之大覺醒；蔡公則是愛的擴大。

　　當蔡婆誤解五娘，蔡公緩頰：「兀的是天災，教他媳婦每難布擺」又再提醒：「婆婆，他和你甚相愛，不應反面直恁的乖。」諸多行為後面皆流露他理性仁慈寬厚的特質。五娘吃糠事發，看到媳婦的慘悽，他對自己當初執意而行的決定懊悔不已：「【雁過沙】婆婆，我當初不尋思，教孩兒往皇都。把媳婦閃得苦又孤，把婆婆送入黃泉路，只怨是我相耽誤。我骨頭未知埋在何處所？」（第二十齣）他終於了悟功名的虛幻不實，對於耽誤媳婦幸福，使一家陷入缺糧的處境，導致老妻命亡，表示萬般的自責，原來自己醉心於功名富貴只是私欲的蠢動。由熱切追求功名，轉而醒悟孝養人倫才是天理。蔡公此流轉甚大甚真。臨死前他對五娘說：

　　　　媳婦，我死呵，你將我骨頭休埋在土。

　　（旦白）願公公百二十歲，不願得公公有此。倘或有些吉凶事，教
　　媳婦休要埋在土裏，卻埋放那裏也？（外白）都是我當初誤你不是。

　　（唱）我甘受折罰，任取屍骸露。（旦）公公，你休這般說，被人笑
　　話。（外）媳婦，你不理會得，留與旁人，道伯喈不葬親父。怨只怨
　　蔡伯喈不孝子，苦只苦趙五娘辛勤婦。（第二十三齣）

當初說：「你若錦衣歸故里，我便死呵，一靈兒終是喜。」對功名狂熱至極，
如今「任取屍骸露」之建議，顯示其自責之深，悔恨之極。蔡公對死亡的態
度，前後兩極，前者為虛幻狂熱，後者是生活錘鍊後的真心告白，其意義彌
足珍貴。老父對兒子的嚴厲聲討和對媳婦的感激愧悔，形成的強烈對比。毛
聲山評：

　　善矣，夫東嘉之寓言也！寫父之恨其子，正代婦以恨其夫；寫翁之哀
　　其婦，正代夫以哀其妻也。妻不恨之而父恨之，甚於妻之恨之矣：夫
　　不哀之而翁哀之，更痛於夫之哀之矣！其媳食糠，而其翁湯與藥至於
　　不能下咽，然則其妻食糠，而其夫獨忍於操琴，忍於飲酒乎？篇中頻
　　呼曰：「也只為著糟糠婦。」嗚呼，東嘉之託諷不亦悲哉！〔註30〕

「父之恨其子」是代婦發言，其言語情感之激切遠遠超過五娘對夫婿之抱怨。
「翁之哀其婦」是代夫哀妻，翁對媳婦強烈的哀憫，是伯喈夫職的嚴重缺失。
因此父親對著有失夫職的兒子的控訴，是為著孝媳而發。

　　為著五娘生計，病榻前的蔡公執意要立遺囑：

　　（外）我不濟事了，畢竟只是個死。張大公，你來得恰好。我憑你
　　為證，寫下遺囑與媳婦收執，我死後，教他休守孝，早嫁個人。取
　　紙筆來。（第二十二齣）

「畢竟只是個死」，是對死的豁達，本來可以無憂無懼；但是，死了之後年輕
媳婦的去處安排卻令人掛心；寫下遺囑，才可以放下身後憂。「我死後，教他
休守孝，早嫁個人」，五娘以「公公嚴命，非奴敢違。只怕再如伯喈，卻不悮
了我一世？公公，我一馬一鞍，誓無他志。」相推辭。說只怕再碰上個不良
的人，可見不以改嫁為非。「汲古閣本」第二十二齣改為：「若是叫我嫁人呵。
那些個不更二夫，卻不誤奴一世？我一馬一鞍，誓無他志。」則是有意識地

〔註30〕毛聲山評：〈代嘗湯藥〉總批，《繪像第七才子書》。收錄於俞為民、孫蓉蓉主
　　　編《歷代曲話彙編·清代篇》第一集，頁526～527。

從全節的角度立誓。〔註31〕這樣的更動少去了對負心夫婿伯喈的批判與埋怨，改嫁也已經沒有空間，行為更合乎禮教要求，卻少了五娘個人喜怒情感的流露，人物失色許多。這是理學對南戲的負面影響，所幸在五大南戲中例證不多。蔡公此語一出，張大公也覺為難，他說：「小娘子，若不嫁人，恐非活計；若不守孝，又被人談議。」（第二十二齣）改嫁雖有道德小疵，卻是活命的依靠，有現實的需求；不守孝則是嚴重的道德瑕疵，會惹人議論。

蔡公只考量五娘生存的課題，擔心她若是不改嫁「身衣口食，怎生區處」；他不慮及張大公所提守孝的議題，也不為己家子嗣傳遞考量，此突破狹隘的家族利益全然以媳婦為考量的廓然大公精神，即是天理。蔡公從功名的盲目追尋中了悟而出，是以自己的家破人亡換得的；也是在與五娘的真情互動中自然形成。五娘與蔡公在天理上的相互感召輝映，正反襯伯喈重婚牛府之舉在子職、夫職的嚴重虧欠。

第三節　小結

活下去是人基本的生存要求，當百姓面臨生存困境時，他是難以去追求理性和價值的。孔子說「殺身成仁」，提示人生有超越生命存在的更高價值，因此面臨死亡之當下，亦可昂然無懼。故蔡婆先有面對孩兒離家而生出的存亡恐懼，後有發現真相後羞愧而死的超拔。蔡父先是執意要求孩子參加科考，臨死卻感悟功名的虛假不實。五娘先有求死解脫的無奈，後則有吃糠，護持公婆的大勇。

高明對「謀食」其實採取非常寬容甚至是支持的態度，而這樣的理念，是藉著蔡婆傳達出來的。為子者首當滿足父母之基本的人生欲求，蔡婆之腳色傳達的是素樸人欲的啟動，而其飢荒時對粗食之不滿或發現真相羞愧而死，正足以顯示天理與人欲的流動。

〔註31〕黃仕忠，《琵琶記研究》（廣州：廣東高等教育出版社，1996年），頁292。

第五章　天理與人欲的流動：
　　　貧與富之間

　　中國的儒家傳統要求知識分子跳脫貧窮的局限，而直接上接天理。子曰：「士志於道，而恥惡衣惡食者，未足與議也！」〔註1〕又說：「富與貴，人之所欲也；不以其道得之，不處也。貧與賤，人之所惡也；不以其道得之，不去也。君子去仁，惡乎成名？君子無終食之間違仁，造次必於是，顛沛必於是。」〔註2〕脫離貧賤以達富貴的要務在於「以其道得之」。孔子提示人生有超越生命存在的更高價值，因此所謂快樂，不是決定在物質層次的滿足。他說：「飯疏食飲水，曲肱而枕之，樂亦在其中矣！不義而富且貴，於我如浮雲」〔註3〕，他又盛讚顏回的一簞食、一瓢飲而能不改其樂〔註4〕。北宋時周濂溪曾提示二程子：「尋顏子、仲尼樂處，所樂何事。」〔註5〕這個問題發前人所未發，引導其後理學家爲儒學心性修養的層面開闢了一個新天地。所謂孔顏樂處，程頤解讀爲心體無累，他說：「顏子之樂，非樂簞瓢陋巷也，不以貧窮累其心而改其所樂也。」〔註6〕朱熹弟子認爲，「顏子不改其樂，是私欲既去，

〔註1〕　《四書集注》卷二《論語・里仁第四》，頁10a。
〔註2〕　《四書集注》卷二《論語・里仁第四》，頁9a。
〔註3〕　《四書集注》卷四《論語・述而第七》，頁9a。
〔註4〕　《四書集注》卷三《論語・雍也第六》，頁11。
〔註5〕　《二程集・河南程氏遺書》卷第二上，頁16。這段話是呂大臨記載的，標注爲「二先生語」。後來的學者一般都認爲是程顥的語錄，例如，全祖望《宋元學案》就把這段話放在《明道學案》的明道語錄中。全祖望，《宋元學案》卷十三，頁15。
〔註6〕　《二程集・河南程氏經說・論語解》，頁1141。

一心之中渾是天理流行，無有止息。」〔註7〕。顏回貧而不憂、不改其樂的人生示範，對於理學家的求學和人生具有重要的激勵意義，姜志勇說：

> 宋明時期的許多理學家不是出生於寒門，就是家境不好，且宋朝黨爭學禁比較頻繁，理學家從事研究的政治社會氛圍並不好，如何在貧困的艱難環境之中堅持聖人之學且自得其樂是一個非常嚴重的問題。……也是學者反照自身生活現實、激勵自己於困苦中求道的重要格言。……顏子的人生經歷為理學家處理貧與樂、貧與學問題提供了重要的參照思路。像周敦頤那樣要實現「富貴貧賤，處之一也」是理學家的共同目標。〔註8〕

顏子「志於道」則心中有道，步步踏實、不憂不懼。張載進一步提出，「富貴福澤，將厚吾之生也；貧賤憂戚庸玉汝於成也。」（《西銘》）富貴福澤可以豐厚人生，有更多資糧可以從事利人的事業；貧賤或憂戚則是淬鍊我生命、成就我人格的場域，善用之可以卓然獨立。生命中雖因貧富差異而有不同的自處之道，用心於道業的增長則全然無別，所謂「富貴貧賤，處之一也」，因此如何安住在貧與富的不同處境中，是理學家重要的課題。

南戲五劇中的人物因家庭物質環境的不同衍生出的生命情調與方向也有差異。在五大南戲中就屬《荊釵記》裏的王十朋家中經濟最為困窘，既拿不出聘禮也無力修繕房舍。參加科舉是讀書人脫離貧苦的捷徑，也是外王理想實現的階梯，富有才學的人，很難置身其外。王十朋走上赴試應考之路，這是他實現理想、擺脫貧窮的唯一所寄；十朋堂試奪魁，錢玉蓮父親立即央人提親，選定貧窮的王十朋為婿，玉蓮欣然接受，無懼可能的生活困窘。與王十朋家境相對反的是富豪孫汝權，他不但不能周濟鄉裡，更多的是為富不仁。《琵琶記》蔡邕家是貧窮的士人家庭，他明確表明「甘守清貧，力行孝道」的立場，卻遵從父命走上離家應舉的路子，和十朋一樣也展開追求功名富貴的旅程。《拜月亭》的蔣世隆是沒有家世背景的書生，因為沒有功名，一度被王尚書羞辱奚落，為了改變身分，他也走上科舉之路。《殺狗記》中的孫榮雖生在富豪，卻因遭受哥哥孫華誤解，被趕出家門，一度困居窰中，從極富而墮入貧困，他脫貧的希望也在科舉上。《白兔記》裏的劉知遠不知理財營生，將家中財物散盡，只能在馬王鳴廟暫時屈身，最後因建立軍功發跡變泰。

〔註7〕 《朱子語類・論語・雍也》，頁796。

〔註8〕 姜志勇，〈宋明理學論域中的「顏子之樂」〉，《鵝湖月刊》第5期總第455期（2013年），頁30。

　　在這幾齣戲中，赴科舉之試是大多數男主角脫貧趨富的途徑，因此本章
第一節先討論理學家如何看待赴科舉的天理與人欲，才能據以探討理學在南
戲中的呈現。

第一節　赴科舉的天理與人欲

　　就儒家「內聖外王」的理想而言，參與科舉，立功揚名是「順時行道，
濟世安民」的外王事業，就君權言「學成文武藝，貨與帝王家」即是報國盡
忠。兼之實可以雙美。孟子說：「士之仕也，猶農夫之耕也。士之失位也，猶
諸侯之失國家也。」（《孟子‧滕文公下》）孫立群說：

> 在中國古代士人的品格建構中，最突出的特點是強烈的歷史使命感
> 與憂患意識。歷史使命感即積極的入世精神。古代士人把參與國家
> 政治視為自己的「天職」，把「治國平天下」當作崇高的理想追求，
> 他們關心社會現實，「風聲、雨聲、讀書聲、聲聲入耳；國事、家事、
> 天下事、事事關心。」〔註9〕

因此無數懷著治國平天下的理想的士人，為參政入世而刻苦攻讀，四處奔波。
然而科舉與利祿結合是不爭的事實，讀書人皆視此為晉身之階，是脫貧的良
方。眾多明儒士紳，由此管道，而位至公卿將相。在科舉世俗化的現實下，
要清楚劃分天理與人欲之界限，實有難處。士子懷抱著經世濟民的理想時，
名利富貴也同時相招，天理與人欲往往交揉夾雜。

　　朱熹認為科舉會奪人志向：

> 科舉累人不淺，人多為此所奪。但有父母在，仰事俯育，不得不資
> 於此，固不可不勉爾。其實甚奪人志。〔註10〕

又批評時人讀書以應舉為重的差謬，他說：

> 世人先要分別科舉與讀書兩件，孰輕孰重。若讀書上有七分志，科
> 舉上有三分猶自可；若科舉七分，讀書三分，將來必被他勝卻，況
> 此志全是科舉！所以到老全使不著，蓋不關己也。聖人教人，只是
> 為己。〔註11〕

〔註9〕　孫立群，《中國古代的士人生活》（北京：商務，2003年），頁5。
〔註10〕　《朱子語類》卷十三「學七‧力行」，頁246。
〔註11〕　《朱子語類》卷十三「學七‧力行」，頁243。

只為科舉而讀書，將忘失聖賢「為己之學」的本意，「專向功名利祿底心去」，〔註12〕讀書與學做人變成兩回事。長時專研考試時文，引得滿口聖賢言，也不切己。朱熹說：

> 專作時文底人，他說底都是聖賢說話。且如說廉，他且會說得好；說義，他也會說得好。待他身做處，只自不廉，只自不義，緣他將許多話只是就紙上說。廉，是題目上合說廉；義，是題目上合說義，都不關自家身己些子事。〔註13〕

為斷除此弊，理學家自闢書院，專講做人修身之學。然而理學家並非反對為官，「為國為民興利除害，盡心奉獻」〔註14〕本是讀書人的天職。

陸象山對科舉曾提出看法，他說：

> 科舉取士久矣，明儒鉅公皆由此出，今為士者故不能免此。然場屋之得失，故其技與有司好惡如何耳，非所以為君子小人之辨也。而今也以此相尚，使汩沒於此而不能自拔，則終日從事者雖曰聖賢之書，而要其志之所鄉，則有與聖賢背而馳者矣。推而上之，則又惟官資崇卑、祿廩厚薄是計，豈能悉心力於國事民隱，以無負於任使之者哉？〔註15〕

象山認為中舉與落榜不足以作為君子、小人的區隔，中舉的人不代表即是契入聖賢心地；讀書人多的是「汩沒」於科舉不可自拔，志向更是「與聖賢背而馳」。所以赴科舉是「惟官資崇卑、祿廩厚薄」考量？或是「悉心力於國事民隱」？成為象山判斷赴考行為是否符合聖賢之志的基準，這裡「惟」、「悉」二字尤其關鍵，科舉必然與官祿連結，此與道德無涉，但應考者如果只為官祿打算，則流為人欲。反之，能全心為國為民奉獻即是天理。誠如孔子所說，功名富貴，取之有道，可以是天理，但是只一心求功名，則是人欲。

因為科舉不足以選拔真正的人才，五劇多有諷刺科舉的，從不同版本的變異中，可看出劇作家喜歡藉改動科舉考試的內容達到諷刺的目的。

1. 以《荊釵記》第十七齣〈春科〉為例：

「姑蘇本」由丑扮試官，是個徇私舞弊的糊塗官，考試內容是插科打諢

〔註12〕《朱子語類》卷十三「學七・力行」，頁 244。
〔註13〕《朱子語類》卷十三「學七・力行」，頁 244。
〔註14〕《朱子語類》卷十三「學七・力行」，頁 245。
〔註15〕《象山全集》卷二十三〈白鹿洞書院講義〉，頁 1。

的對聯，如，題：「伏羲科亂神農章伯夷叔齊」答：「鍾離失卻洞賓丹寒山拾得」；題：「雙人枕上行雲雨夫和妻柔」答：「一床被底多風月弄出兒孫」。〔註16〕以詼諧逗趣，達到諷刺科場的作用；「汲古閣本」試官由外扮，是個正直賢明的試官，還是宣言把考試內容改了，「每歲考試，不過經書詩對，盡是俗套虛文。我今奏准裁革，第一場各把本經做一篇，……。」考試內容爲「本經、破題、作詩」和士子問答，皆出自四書五經，較能反映當時試場情形。〔註17〕

2. 以《琵琶記》爲例：

「汲古閣本」比「陸抄本」增添第八齣〈文場選士〉，試官說：「下官是風流試官，不比往年的試官。往年第一場考文，第二場考論，第三場考策。我今年第一場做對，第二場猜謎，第三場唱曲。若是做得對好，猜得謎著，唱得曲好，就取他頭名狀元，插金花，飲御酒，遊街兒耍子。若是對得不好，猜得不著，唱得不好，就將它黑墨塗臉，亂棒打出去。」以淨扮演試官，穿插淨、末、丑科諢逗趣，來諷刺當時的科舉制度。〔註18〕（與上舉「姑蘇本」《荊釵記》之例雷同）

3. 以「汲古閣本」《幽閨記》爲例：

第三十三齣則只標出〔照例開科〕而未有曲文內容。可見關於開科取士的情節已有一定的表演科範。〔註19〕俞爲民，《宋元四大戲文·拜月亭》第三十三齣，據世德堂本補上考選過程。試官說：「今年考試不比往年，如今要吟得詩，作得對，破得題，三場俱好才中。武略要藏得機、布得陣、識得計，智勇兼全方取。」〔註20〕也是以由淨擔任考官，穿插淨、末、丑科諢逗趣。

統合各本，科舉多成爲諷刺、插科打諢的材料，諷刺的對象包含科舉制度本身與應考的士子。科舉制度可以選拔人才，也極大機會成爲人欲的溫床。王十朋、蔡伯喈、蔣世隆等優秀人才都能一舉成名，但社會中能夠靠著滿腹經綸而中舉翻身的畢竟是少數。窮書生、腐儒、酸儒等破敗的不雅形容落在一群科舉無緣生活落拓的讀書人身上。成爲社會上勢利的眼光下，一群束手無策的可憐傢夥。因此而有王尙書強行帶走愛女，硬生生拆散鴛鴦眷屬的蠻

〔註16〕（元）柯丹邱，《(新刻)原本王狀元荊釵記》，收入林侑蒔主編，《全明傳奇》，（臺北：天一出版社印行，出版年不詳），頁35。
〔註17〕楊淑娟，《南管與明初五大南戲文本之比較》，頁353～355。
〔註18〕楊淑娟，《南管與明初五大南戲文本之比較》，頁263。
〔註19〕楊淑娟，《南管與明初五大南戲文本之比較》，頁354。
〔註20〕俞爲民，《宋元四大戲文·拜月亭》，頁368～369。

橫，更有繼母逼迫女兒改聘土豪的不幸情事。至於只求名利而缺乏理想性一任人欲蠢動的，如孫汝權事實上不會讀書，也跟著入了生員參加科考，適成為劇作家極力諷刺的對象。

第二節　《荊釵記》中之王十朋與孫汝權：貧與富的對照

　　王十朋出自士人家庭，因父親早逝，家業凋零，只能和寡母過活，日子非常清苦。當錢家前去提親，連聘禮都拿不出來，最後母親只能以舊荊釵為聘。新婚時，新人玉蓮由姑姑陪著到王家，姑姑看到親家母「面黃」，顯然是食物極度匱乏下的營養不良。再看到王家的光景是「曲的舊房」而且「冷氣直沖」（第十二齣）。然而貧困並未讓王十朋失意喪志。第二齣〈會講〉在【滿庭芳】一曲中，他自道：「樂守清貧」，意謂雖處貧困而仍能一心向道，樂在其中；「親年邁，且自溫衾扇枕」則是自勉善盡子職，做個孝子。

　　脫離貧窮，不為生活所困，是一般大眾普遍的期待，王十朋亦然。他期待「一躍龍門從所欲。麻衣換卻荷衣綠。丹墀拜舞受皇恩，管取全家食天祿。」（第二齣）因此，他積極地通過讀書以求取功名、改善家人的生活，這個決定得到家人的全力支持。

　　十朋中舉，參見萬俟丞相，丞相探問：「我有一女，小字多嬌，欲招你為婿，只今就要成親。你心下如何？」（第十九齣）他直接回覆已有妻房，不能奉命。十朋雖出身窮困，卻絕不攀龍附鳳，做個背信之人，丞相的名利相誘無法打動他。萬俟丞相說得明白：「自古道：『富易交，貴易妻。』此乃人情也。」丞相將背妻負義的行為合理化，試圖以此遊說十朋接受其招婿之請。丞相的言論充分反映當時士子為求功名，棄妻再娶的現況，士子沉溺於人欲之深淵，棄天理於不顧，已非孤例了。十朋挺住他的信念：「糟糠之妻不下堂，貧賤之交不可忘。」「豈敢紊亂三綱並五常」（第十九齣），但他的道德高論令丞相極度不悅，並認為是裝腔作勢：

　　（淨怒）我到違例！

　　【八聲甘州歌】窮酸魍魎，對我行輒敢數黑論黃，妝模作樣，惱得
　　　我氣滿胸膛！……（末）斟量，不如且順從公相何妨？（第十九齣）

世上多的是虛假的衛道人士，丞相以為眼前滿口道德仁義的「窮酸」也是如

此。「窮酸」常有的圖相是眼巴巴企望著功名，卻又惺惺作態，總有滿口言不由衷的道德教條，前文朱子即曾批評士子為舉業而讀書，滿腦子富貴功名，聖賢之言卻是食而未化。十朋雖窮，卻能真知實行，將聖賢的「為己之學」在生活中落實。眼前的「窮酸」堅持拒婚，令萬俟丞相十分難堪；見丞相已然動怒，在旁的院公也為十朋捏一把冷汗，勸他順從丞相之請，十朋卻毫不退縮。在富貴利誘與權勢的威逼下，十朋卓絕挺立，絲毫不肯屈服，卻也因此得罪權貴，功名之路又平添波折。名利、權勢是構築富貴之豐厚條件，十朋拒絕萬俟丞相招親，無懼仕宦前途此後之逆阻，是超人欲而入天理。

　　狀元可以分派到比較好的地方任職，十朋卻因得罪丞相，被發派到「瘴嶺煙區」。這樣荒遠的地方沒有讓十朋退縮，畢竟真心治國平天下不分地區好壞，況且也唯有接受這個安排，才有改善家中經濟的可能。因為追求富貴功名得承受分離、漂泊之苦，十朋不免嘖嘆：「何苦被名利祿成拋棄，如今把孤身旅泊天涯。」「只為蠅頭蝸角微名利，致使地北天南怨別離。」（第二十七齣）赴任途中又發出嘆息：「歎微名奔競，身似浮萍。」（第三十三齣）對於因此而間接導致愛妻投江，他嘆息：

　　　　【收江南】（生）呀！早知道這般樣拆散呵，誰待要赴春闈？便做到
　　　　腰金衣紫待何如？說來又恐外人知，端的是不如布衣，端的是不如
　　　　布衣！俺只索要低聲啼哭自傷悲。（第三十五齣）

傷悲懊惱也無法改變妻子投江的事實，此時他反羨慕起平民布衣。富至「腰金衣紫」又如何？竟不如清貧「布衣」時；昔日清苦守貧，尚可夫妻同樂，今日功名富貴到來夫妻已然離散。十朋真誠的悔恨與否定富貴功名的價值，在於澈悟人間至情之可貴。他認為，為人夫者對愛妻的照顧，重於功名之追求。夫妻同在享受天倫，雖然清貧，這溫暖的夫妻至情是天理；追求功名利祿而導致愛妻遠逝，此時功名對他而言，已近乎人欲；最後的澈悟悔恨、否定功名則又流向天理。

　　考察十朋遠遊赴試，一則得到母親、愛妻的支持，一則又有岳父照料家人，可以全然放心應考，為官後又能興利除弊，並無天理與人欲的衝突性。其懊悔是出自於愛妻投江的事變，而愛妻之投江實是繼母之人欲所造成。以功名與愛妻比看，對十朋而言功名自然不如愛妻，故有此深沉的憾恨與自責。廖奔、劉彥君以為：

　　　　荊釵記的最大成功，在於他立足於平民百姓的道德立場，要求貧寒

書生發跡而不忘本，身貴而不忘舊，讚美了高尚的人間情感，塑造了王十朋、錢玉蓮這樣貧賤不能移、富貴不能淫、對愛情忠貞不渝的理想形象。〔註21〕

在貧寒的背景下，王十朋一心向道，追求理想；及至富貴到來，又能守正不阿，堅定不移，對愛情忠貞無悔。不管處於貧或富，都能守住道，將儒家的內聖之學，發揚出來。

《荊釵記》中與王十朋相對立的人物是孫汝權，他家私萬貫，卻材質駑鈍。自言「身似神仙，金銀積萬千。無心向學，終朝只愛眠。」（第四齣）孫汝權一心追求富貴，發心又不純良、聚斂手法不正，偏離了仕宦為政之道。

孫汝權年紀老大仍未完婚，在【秋夜月】一曲，他說：「家富豪。少甚財和寶？未畢姻親，縈牽懷抱。只因命犯孤星照，沒一個老瓢。……」（第七齣）沒有結婚對象，對財寶如山積的他來說，是一大遺憾。之後他瞥見玉蓮美貌，便「日夜相思，時刻縈懷抱」（第七齣），一心娶以為妻，竟以「金釵一對，壓釵銀四十兩」（第七齣）龐大聘禮與十朋相爭。強大的聘禮攻勢，果然打動繼母的心，最後孫汝權雖未如願，卻造成錢家一陣紛擾。孫汝權以財力相誘，企圖以龐大家產來贏取佳人，挑動繼母陷入富裕的追逐中，此是陷人入於人欲。相爭不得，孫汝權更進一步，使用詐偽手段，以假家書陷十朋於不義，再度欲娶玉蓮為妻，造成玉蓮在後母逼迫下投江。孫汝權以財富欺人，毫不顧人情義理，可謂沉淪人欲至極。

王十朋極度貧窮，而孫汝權則極富有。王十朋守清貧，因才學高而招來姻緣；孫汝權以金錢攏絡人心，欲強求姻緣，甚而使用詐偽手段。兩人貧富之差，足以判別生存欲求上對於財富的依託程度，十朋安貧，參加科考躋身富貴還是堅守道，即使面臨威權相逼也能守住天理；孫汝權一味放縱人欲，有財無行，財物成了欺壓他人、構陷他人的工具。二人德行之差異是天理與人欲的強烈對照。

第三節　《荊釵記》中之錢玉蓮及其繼母：守貧與追富

玉蓮家雖非富豪，尚屬小康。其父錢流行是貢元，詩禮傳家。玉蓮受其父薰習，在夫婿人選的擇取上，以飽學之士為目標。因此當父親為其擇婿，

〔註21〕廖奔、劉彥君，《中國戲曲發展簡史》第二卷，頁368。

選定甫通過舉人考試的窮書生王十朋時，她並不因十朋家貧而反對。

玉蓮繼母嫌貧愛富，欲退王家的聘，改許土豪孫汝權家。玉蓮態度堅決，不從母命，姑姑以財富相誘，玉蓮也不為所動，認為「他恁的錢物昌盛，愧我家寒貌醜難廝稱。」（第九齣）兩家不相稱「反被那人相輕」（第九齣）。繼母的價值觀是「會嫁嫁田莊，不會嫁嫁才郎」，玉蓮以為「王秀才雖窘，乃才學之士；孫汝權縱富，乃奸詐之徒，才學之士，不難於富貴，奸詐之徒，必易於貧窮。王秀才一朝風雲際會，發跡何難？」錢玉蓮在王十朋與孫汝權之選擇，第一她排除了財富高下的比較，不攀求富貴，甚至認為擇取富豪「反而被那人相輕」，踐踏自己人格的尊嚴。第二他看重的是才學人品，認為十朋乃才學之士，擁有無限之可能，不可以眼前之貧困，遽下判語。有才學則前途可期，奸詐之途卻易敗落。玉蓮並非自命清高，恥言富貴，她欣賞雖貧窮而有才學的十朋，「才學之士，不難於富貴」，她期待他展現才華，有發跡之日。

玉蓮的辯駁令繼母大怒：

> 【四換頭】賊潑賤閉嘴，數黑論黃講甚的？我是你什麼人？〔旦〕是娘。〔淨〕恰又來，娘言語怎違逆？順父母顏情卻是禮。〔旦〕順父母顏情，人之大禮。話不投機，教人怎隨？富豪貪戀，貧窮見棄，惹得傍人講是非。（第十齣）

面對繼母，玉蓮不但不畏懼，反而直接抨擊繼母捨王十朋改迎孫汝權是「富豪貪戀，貧窮見棄」的行舉。「惹得傍人講是非」意謂此道德業已獲得社會之共識，社會輿論將形成一股力量，對違反此道德律條的行為進行譴責；若繼母執意反之而行，勢必遭人議論，理學教化的影響力已透顯出來。有了此道德輿論的支撐，她勇敢挑戰繼母威權，更堅定地選擇貧窮至極的十朋。玉蓮追求天道公理，繼母貪戀富豪，沉溺人欲，兩者的衝突造成戲劇張力。

繼母眼巴巴期待著富豪女婿，眼中只看到錢財，迷了心竅而不思其他；玉蓮心中冷靜明白。她極篤定的說：「謾威逼，斷然不與孫氏做夫妻」（第十齣）。繼母也不妥協，她對錢流行表態：「依我嫁孫家，多與他房奩首飾。若不肯嫁孫家，剝得赤條條，揀個十惡大敗日，一乘破轎子，送到王家。」（第十齣）繼母試圖以斬斷經濟支援再度逼迫玉蓮就範，玉蓮依然不為所動。

窮女婿是玉蓮的父親為愛女挑選的，他當然不是嫌貧愛富之輩，為了成全玉蓮婚事，他順勢假稱十惡日，在沒有任何妝匲的情況，將玉蓮往嫁王家。

玉蓮最終選擇與王家共度貧苦日子。玉蓮和父親在與繼母的對抗中，皆能堅持守貧，不陷溺於財富的人欲中。

玉蓮擇貧拒富的勇氣，往後在不同情境中，一再出現。她婚後自言「矢心共貧素，布荊樂有餘」（第十八齣），這是玉蓮對自己婚姻的信念，她嫁了貧窮夫婿，堅決與夫婿同心，即便窮寒逼迫也能歡樂有餘。她做她的份內事，盡力侍奉婆婆，與夫婿則期能相敬如賓舉案齊眉。她接受這簡單貧寒的家庭之樂，而不艷羨繁華富有。

之後孫汝權製造假家書事件，繼母認定十朋再娶，滿腔憤怒，罵道：「忘恩義窮酸餓鬼，才及第輒敢無理。」以正義之士的姿態對十朋再娶的無義大肆抨擊。她立即威逼玉蓮改嫁孫汝權，因自認據理而為，其威逼強迫之程度更甚於之前的改聘事件，玉蓮的父親也無力干預了。繼母所為，實則含藏一己貪慕財物之私心，雖欲立穩天理，卻是向人欲流動。

後來十朋迎接玉蓮父母歸養，繼母深感慚愧：

【玉交枝】（淨）自慚瞶瞆，望尊親休勞掛懷。一時我也出無奈，莫把我做好人看待。人家晚母休學我忌猜，逼兒改嫁遭毒害。（第四十二齣）

繼母反省昔日之嫌貧愛富，此反省羞愧之心的發動，可流向天理。玉蓮與繼母之衝撞，概括而言即是天理與人欲的衝突。繼母對幸福之認定仍停留在物質之層次，忽略人才賢良與夫妻間至情的可貴，與玉蓮形成極大之反差。繼母對於財富之依戀與生存之恐懼甚深，認為沒有錢財生命便失去安全的屏障，因此必以富豪為擇婿之條件。玉蓮卻可以超越世俗生命安頓之物質需求而直接追求精神價值。

第四節　《琵琶記》中之蔡伯喈：抗拒富貴的猶豫

蔡邕家庭清貧，自言：「蔡邕本欲甘守清貧，力行孝道。」蔡公也說：「時光短，雪鬢垂，甘守清貧不圖著甚的。」蔡婆說：「眼又昏，耳又聾，家私空又空。只有孩兒肚內聰，他若做得官時運通，我兩人不怕窮。」（第四齣）可見蔡家經濟並不寬裕，若蔡邕科舉得名，即可解除生活困頓。蔡邕希冀「甘守清貧，力行孝道。」所謂「守清貧」從理學角度看，是指即使在貧困的環境中也能不攀不求，而愉悅平靜地過著簡約清貧的生活。中庸有言：「素富貴

行乎富貴，素貧賤行乎貧賤。」富貴有富貴之理，處貧賤也有貧賤之理，一人只要善盡其分，不奢誇，不怨尤，無論處在何種境地，皆可自得無礙。〔註22〕「力行孝道」是孝子承歡膝下，晨昏定省的躬身實踐。伯喈想望的是「簾幕風柔，庭幃晝永」，「酌春酒，看取花下高歌，共祝眉壽」家居奉親的和樂生活。當父子齊聲說「甘守清貧不圖著甚的」時，蔡婆卻說「他若做得官時運通，我兩人不怕窮」，直指這兩位男人內心的真實想望。

蔡邕內在實有追求功名富貴的潛藏欲求：

　　（生上唱）【瑞鶴仙】十載親燈火，論高才絕學，休誇班馬。風雲太
　　平日，正驊騮欲騁，魚龍將化。沈吟一和，怎離雙親膝下？盡心甘
　　旨，功名富貴，付之天也。（第二齣）

「驊騮欲騁，魚龍將化」，顯示他自視甚高，熱切期待一展長才。爲官治民是其人生理想之追尋，侍奉雙親是人人應盡的人倫職責，兩者之間，伯喈經歷掙扎紛擾，幾經思慮，最後「沈吟一和，怎離雙親膝下？」他選擇留鄉侍奉雙親。此選擇，實有其不得已：離開父母，使父母失於照養，於孝道有虧。盡孝是天理，若棄父母不顧而去追求功名，則是人欲。但隨之而來的父親逼試，使他無法自主；又有義鄰張大公挺身而出願意應承父母，於是聽從父命，跟隨著世間人的腳步，去實現立功揚名以顯父母的人生價值。朱熹說：「父母責望，不可不應舉。如遇試則入去，據己見寫了出來。」〔註 23〕朱熹此言既顧全孝子聽從父命的人倫，赴試時孝子又能挺住己見，了知爲學的眞義，不爲科舉所轉。伯喈曾熱中功名，卻選擇留鄉奉親；從妻子、母親都反對他赴試的角度觀察，他的抉擇有其嚴峻的現實背景支撐。最後遵從父命應考，一方面順父即是孝，一方面也圓了自己追求功名的美夢，兩全其美。

一旦中舉可以立刻改變門楣，生命自有一番新氣象，這是平凡百姓改變命運的捷徑。蔡公即希冀蔡邕可以改換門楣。當他中舉，官爲議郎，必須滯留京城，他的心聲是：

　　鼇頭可羨，須知富貴非吾願。雁足難憑，沒個音書寄此情。田園荒
　　了，不知松菊猶存否？（第十二齣）

他原欲展現才華，追求功名，也帶著父親的期待和命令入京。如今好不容易金榜題名，內心的衝突反而縈繞難解。他表明「富貴非吾願」，寧可回家過清

〔註22〕周麗楨，《陳乾初思想之研究》，頁 112。
〔註23〕《朱子語類》卷十三「學七・力行」，頁 247。

貧的田園生活。黃仕忠以爲：

> 歸去，還是不歸？這個兩難的選擇立刻擺在他的面前，此後更成爲
> 一條貫穿的主線。在京做官，勢必不能回去終養；辭官歸去，又如
> 何慰安期待著「改換門楣」的老父之心？如此這般，「好似和針吞卻
> 線，刺人腸肚繫人心。」〔註24〕

歸去，是孝子的心願，符合天理。不歸，成就功名又順遂老父光大門楣的期
待，也符合天理。老父光大門楣的期望實夾雜名利富貴的追求，伯喈若選擇
後者，仍將落入名利的糾纏中。伯喈坦露回鄉的意願，顯示的是他在對家人
的牽腸掛肚，與老父的期待間牽扯難定。在兩個天理的拉扯中，伯喈內心的
意向雖是向爲子盡孝的天理移動，卻遲遲沒有實際的行動，顯示爲官對他還
是具有重大的意義。伯喈並非不想當官，他寄望的是在家鄉當官，好同時照
管家人：辭官實在不得已，等待機會回鄉任職，仍是他希望之所寄。

　　緊接著皇帝賜婚、牛府招親，李漁以爲《琵琶記》的主腦，在伯喈重婚
牛府，此是全劇的樞紐〔註25〕。蔡邕面臨著牛府勢大財大的誘惑和皇帝與丞
相權力的壓迫。他即刻行動，回拒官煤，也上書請辭，表達樂於田園，守貧
事奉父母的心意：

> 【入破第一】議郎臣蔡邕啓：今日蒙恩旨，除臣爲郎官職，重蒙婚
> 賜牛氏。幹瀆天威，臣謹誠惶誠恐，頓首頓首：伏念微臣，初來有
> 志，誦詩書，力學躬耕修已，不復貪榮利。事父母，樂田裡，初心
> 願如此而已。（第十五齣）

得官、賜婚，是多少新科進士的夢想。此時蔡邕在宮中卻表示不貪榮利，只
要回鄉種田，侍奉父母。原來的舉棋不定在威逼之下讓他下決心辭官歸去。
就蔡邕言，他自認此時留京做官只是貪圖「榮利」，已與經世濟民的大業無涉；
「他甘旨不供，我食祿有愧。」（第十五齣）回鄉侍奉雙親，克盡孝道，才是
真正價值和天理之所在。然而，就皇家言，國家科考是爲簡拔人才而設，爲
官事君與居家奉親，前者更是重要。作爲皇家子民，也應移孝作忠，爲國家
做事，才是天理。蔡邕的理由，說服力道明顯不足。弄到最後辭官、辭婚皆
未成，他終日活在天理與人欲的交戰中：

> 【三換頭】名韁利鎖，先自將人摧銼。況鶯拘鳳束，甚日得到家？

〔註24〕黃仕忠，《琵琶記研究》，頁 122。
〔註25〕見李漁，《閒情偶記》（臺北：明文，2002 年），頁 7。

　　我也休怨他咱，這其間，只是我，不合來，長安看花。悶殺我爹娘
　　也，珠淚空暗墮。（第十七齣）

求功名這件事，蔡邕從「驊騮欲騁，魚龍將化」的志氣飛揚，變成在「事父」
與「事君」之間的擺盪，再走到被名利摧鉬的悲戚。他坦言無力抗拒「名韁
利鎖」、「鸞拘鳳束」，只能暗中垂淚傷懷，自責自己誤闖入追逐富貴功名之路。

　　三年後伯喈仍無法擺除悔恨感嘆：

　　【解三醒】歎雙親把兒指望，教兒讀古聖文章。比我會讀書的到把
　　親撇漾，少甚麼不識字的到得終養。書，我只為你其中自有黃金屋，
　　卻教我撇卻椿庭萱草堂。還思想，休休，畢竟是文章誤我，我誤爹
　　娘。

　　【前腔】比似我做了虧心臺館客，到不如守義終身田舍郎。白頭吟
　　記得不曾忘，綠鬢婦何故在他方？書，我只為你其中有女顏如玉，
　　卻教我撇卻糟糠妻下堂。還思想，休休，畢竟是文章誤我，我誤妻
　　房。（第三十六齣）

會讀文章，「自有黃金屋」〔註26〕，可以光大門楣，這是士子們普遍的夢想。
殊不知追逐功名，倒造成道德的虧損：求了名，顯揚父母，卻對父母妻子失
於照養。伯喈因功名而失為子、為夫之道，其內心之強烈不安、進退失據，
正點出倫理實踐的衝突性。王瑷玲以為：

　　劇本中所展示的主人翁的孝道願望與倫理實踐的「不協調性」，實際
　　就是揭露當人企圖將一個屬於「理念」層次的規範性價值，實踐之
　　於他的不可知的生命歷程中時，偶然的事變與自己內心時時相續、
　　時時必須作出抉擇的不可逆之轉折，最終常會導致——自身從未預
　　料的結局。〔註27〕

赴試、任官本與孝道倫理不衝突，但「重婚相府」這個偶然的事變造成蔡邕
實現孝道的艱難，採取行動抉擇（赴試與辭試，任官與辭官，辭婚或再娶）
時，搖擺不定，因而讓蔡邕一步步走向更為不安的處境。最後只能在痛苦中

〔註26〕　宋真宗〈勸學歌〉：「天子重英豪、文章教爾曹」「書中自有黃金屋，書中自有
　　　　顏如玉」。龔鵬程認為：「此勸學歌其實也就是勸世歌。整個社會上對讀書的
　　　　目的與意義，即由此認取。」見龔鵬程，〈腐儒、白丁、酸秀才〉，收入《人
　　　　物類型與市井文化》，頁9。
〔註27〕　〈「為孝子、義夫、貞婦、淑女別開生面」——論毛聲山父子《琵琶記》評點
　　　　之倫理意識與批評視域〉《中國文哲研究集刊》28期（2005/09），頁16。

隨著外在的境遇載浮載沉，而無力扭轉改變。蔡邕不乏道德自省之能力，可是他追尋之天理，竟不堪現實生命歷程的作弄。他在牛府又怨又愁，「歌慵笑懶」，愁「他鄉遊子不能歸」、「高堂父母無人管」，竟連「音書要寄」（第二十三齣）也無方便。這些心行不一的舉措，十足說明他被權勢威逼、難以跳脫的窘態。與王十朋比較，他拒婚的力道明顯不足，重婚相府，守不住「道」，即落人欲。但是他心中有天理，所以自我衝突不止，也因此好戲連連。

伯喈在富貴鄉中卻天天過著猥瑣擔怕的生活。招來院子商量，竟只是寄家書的生活事務，他不能向夫人表態的苦處是：

> （生）我夫人雖則賢慧，爭奈老相公之勢，炙手可熱，我待說與夫人知，一霎時老相公得知，只道我去也不來，如何肯放我去？（第二十三齣）

「只道我去也不來，如何肯放我去？」蔡邕滿腦子都是家人，想要回家的心意，表露無餘。老相公權勢與新夫人的關愛，聯袂形成一股強大的壓力，因為屈從畏懼、名牽利鎖，致使行孝之路斷絕。王璦玲認為：

> 「重婚牛府」一事，集中凸顯了世俗化的知識分子，由賤至貴，從而貪慕功名、屈從權勢的內心掙扎。如無這一步，則整個戲劇化之張力，便無法開展。[註28]

王璦玲強調的是伯喈面對功名、權勢的內心掙扎。伯喈有追求功名的想望，到了京城後，因為顧念遠方的家人，屢次表達歸返田園的願望，卻又未曾真實著力，這即是掙扎衝突之所在；辭婚、辭官不成，名利的韁鎖，更是捆得他不得直心而行。這位平凡而善良的讀書人，突然面對巨大的利誘威逼力量時，顯得軟弱而無力。

對於他的軟弱，錢南揚認為：

> 他的不同於王十朋，也不同於張協、王魁，正描寫出特定的元朝社會環境中，欲避世而不能，三被強而出仕，軟弱的知識份子的典型性格。……像元朝這樣黑暗社會，他情願過田園生活，也不願出仕。[註29]

錢南揚從作者的社會生活背景著眼，認為是特殊時代知識份子無法擺脫的無

[註28] 〈「為孝子、義夫、貞婦、淑女別開生面」——論毛聲山父子《琵琶記》評點之倫理意識與批評視域〉，頁24。
[註29] 錢南揚，《戲文概論》，頁142。

奈。葉長海也認爲：

> 雖然高明在創作《琵琶記》時的主觀意圖常常是爲了宣揚封建道德，
> 但在客觀上卻反映了元代的黑暗現實。〔註30〕

兩位學者強調的都是《琵琶記》主人翁在赴試以改變門楣的歷程中，面對外在壓逼的無奈，將伯喈的無力，歸諸於元代的社會政治；然而元代統治其實是相對寬鬆的，蕭啓慶認爲：「元朝士人享有不仕的自由，也有結社的自由」〔註31〕。伯喈的無奈不必然歸諸於社會政治。

最後，與五娘重會時，他激動地說：

> 是你怎地穿著破襖：衣衫儘是素縞？呀！莫是我的，雙親不保？」
> （第三十六齣）

父母的衰朽儀容與五娘的縞素破襖，強烈衝擊著他的心靈，他錯愕驚恐。伯喈熱切的人倫相聚的美夢，在五娘敘明事實後，終於破滅。最後雖榮歸故里，獲得聖旨「一門旌表」，但他如何面對父母兩座墳？

> 【一封書】兒不孝有甚德？蒙岳父特主維。呀！何如免喪親，又何須名顯貴？可惜二親饑寒死，博換得孩兒名利歸。（第四十二齣）

對自己陷入名利的人欲追求而使得孝道天理失墜懊惱悔恨。伯喈以貧士的身分去追求功名富貴，原本是極順當的脫貧之道。但當孝道與富貴有了衝突時，伯喈無力化解，反而越往富貴的方向傾斜，最終造成「二親饑寒死，博換得孩兒名利歸」的人倫悲劇。他富了貴了，父母卻因貧而死，其悲憤更加深沉，戲劇的反諷力道也越發強勁。

第五節　《殺狗記》中之孫榮：作者對窮書生的揶揄

《殺狗記》在五劇中之評價較低，尤其是人物的塑造，總是被評爲流於僵化刻板。錢南揚認爲：

> 劇本中所描寫的正面人物，一個是糊塗而暴戾的家長孫華，還有一群屈服在權威家長手下的奴僕，包括孫華的兄弟孫榮，妻子楊月眞，妾迎春，以及家人吳中、王老實等。孫榮遭受其兄無理虐待，甚至趕出家門，棲身破窯，淪爲乞丐。總是逆來順受，「留心古聖編、事

〔註30〕 葉長海，《中國戲劇學史稿》（北京：中國戲劇出版社，2003），頁59。
〔註31〕 蕭啓慶，《元代的族群文化與科舉》，頁28～29。

兄如事父」（見第五齣白），不敢有一句怨言。楊月真雖不滿其夫之
所爲，想念小叔貧苦，然不敢周濟分文，說道：「此乃背夫之命，散
夫之財，非賢婦也。」（見第十九齣白）他們都死啃住一些教條，不
知權變。至於迎春、吳忠等更不必説了。〔註32〕

林鶴宜也說：「《殺狗記》裡，因爲殺了一條狗勸戒兄長的孫榮和被勸的孫華，
莫名其妙地得到陳留縣尹、中牟縣尹的官位。」〔註33〕廖奔、劉彥君以爲：

劇作中的實際轉機並不是倫理親情自身的威力所造成，而是借助了
外力，亦即楊氏設計了一場考驗。因此，孫華的轉變，並不是傳統
倫理觀念感招的直接結果。〔註34〕

這些評論都指出了這齣戲的問題。戲名《殺狗記》，重心在以殺狗勸得夫婿回
心轉意，兄弟和睦。就殺狗的計策言，亦有其不合理不周全之處，甚至顯得荒
謬。蔡勝德說：「當然此設計並不高明，但喜劇爲了增設喜劇效果，往往如此。
唯其不合理，不周全，更見其荒謬可笑。」〔註35〕從笑鬧喜劇的角度檢視此戲
的荒謬，或許有可觀之處，學者們提出來的問題，也可以迎刃而解。〔註36〕

　　孫榮無故遭兄驅逐，困守旅店、寒窯，這段情節敘述，集中在第十齣〈王
婆逐客〉和第十六齣〈吳忠看主〉。這兩齣內容是同名的北雜劇所無，卻能深
刻描繪孫榮被逐之後的困境與可笑的回應作爲。前人有關孫榮的分析多集中
在他事兄如事父，能端正家庭倫常來討論。此處筆者強調他可笑的固窮歷程，
並以此經歷探討劇作家對讀書人和理學家的諷刺揶揄。

　　孫榮出身富家，只知攻書，單純、無爭，腦中裝的是聖賢言，並自認能
依之奉行。他有哥哥負責營生，因此無須爲生活掛心。哪知哥哥受友人挑撥，
突然將他逐出家門。他未經世事，身上並無分文，又毫無謀生能力，典型的
窮書生本色，只好暫居旅店。他向旅店主人訴說：「我那哥哥呵，不思手足心
兇暴，將我趕逐出門，特來依靠。」（第八齣）逢人就將哥哥的兇暴全盤托出，
將自己處於弱勢的情境喧染，既顯示自己的無能，也看不出對哥哥的敬意。
作者強調他讀聖賢書，這樣的呈現顯得非常荒謬。此笑鬧劇，正是以荒謬的

〔註32〕錢南揚，《戲文概論》，頁160。
〔註33〕林鶴宜，〈論明清傳奇敘事的程式性〉收錄於華瑋／王璦玲主編《明清戲劇國
　　　　際研討會論文集》（臺北市：中央研究院文哲所，1998），頁17。
〔註34〕廖奔、劉彥君，《中國戲劇發展史》第二卷，頁386。
〔註35〕見蔡勝德，〈「殺狗記」淺探〉《嘉義師院學報》（第二期1989年6月），頁180。
〔註36〕來自魏淑珠老師的提示。

劇情凸顯天理的失墜。

孫榮暫居旅店，尚不知未來生活苦境之催逼，是無情而急迫的。至於房錢，他相信「有日天相吉人，依舊春風棠棣，房金價多共少當如意，決不有負相連累。」（第八齣）腦子裏的思維還是貴公子的模式，完全沒有現實意識。根據王婆描述：「他在我店中安歇，這一向分文沒有，常在我家中啼啼哭哭。」（第十齣）讀了聖賢書，突然面對己身困境，孫榮竟只能啼哭，毫無安貧的修為。聖賢之言對他的生活，不但起不了實質作用，還造成可笑的反諷。

孫榮最後因無力繳納房錢，被主人逐出，甚至連遮身衣服都被店主剝去抵債，實在狼狽至極：「婆扯帶，婆扯帶，小二把衣袖抽，倒拽橫拖，身不自由。」（第十齣）店主人的房門一關，孫榮的居住問題，立刻浮現。這次是孫榮第一次硬生生地得單獨面對生存的困境。沒有住所食物，活下去的依憑全然空無。這個四肢健全的年輕人，不思如何找工作維生，竟生輕生念頭。為了暫時解脫苦境而放棄生命，他求死的企圖，比起五娘，實在輕如鴻毛。

幸得老人及時拉扯住，孫榮生命才得保住。此後孫榮暫住老人提供的瓦窯，開始一段與前期生命截然不同的體驗。寒冬時候瓦窯酷寒，得要忍受寒涼之苦。為了這有限形軀生命，即使大雪紛飛，他還是跨出瓦窯，徹底放下他嬌貴公子的身段，忍辱乞討維生。大雪中哥哥孫華正與二喬人飲酒作樂，他來到酒店乞討，遇到的竟是自己的哥哥：

> （末）好造化，官人每吃不了的東西賞你。（小生）多謝，多謝！（見生介）這是我哥哥！（慌下。淨、丑）方才叫化的是孫二哥。（第十二齣）

為免哥哥責打，孫榮慌張逃離。受到哥哥不義的對待應該據理抗爭，卻軟弱的逃走。這樣的行徑，跟胸懷大志的讀書人形象，形成明顯的反諷。對於哥哥的不仁，他哭訴著：

> 【螢牌令】哥哥占田莊，教兄弟受淒涼。本是同胞養，又不是兩爹娘。我穿的是粗衣破裳，你吃的是美酒肥羊。哥哥嗄！心下自思量，自忖量，若不思量後，分明是鐵打心腸！（第十二齣）

他甚麼也做不了，連生存能力都沒有，只會哭訴哥哥「鐵打心腸」。從單純、天真浪漫的書生，到經歷生活絕境而尋死，再到乞討求生迭經困苦之磨難。孫榮遭遇生命存亡之苦境相逼，然其應對笨拙無力，實在可笑至極。龔鵬程說：

> 笑話之所以令人覺得其所述之事確實可笑，有幾種原因，其一是人物之行為違背了他自許以及社會所公認而應有之腳色與形象，⋯⋯。另一種情形則是暴露了真相，把社會上某些不可明言之事物、觀念及心態等，用笑話巧妙地表達了出來，令人洞見其荒謬之本質。〔註37〕

第一種原因在孫榮身上極為明顯。第二個原因，則是他暴露了某種書生的真面目：讀聖賢書，奢談治國平天下，卻是窩囊廢一個。一旦失去經濟支柱，就無法存活了，還談甚麼「安貧」？更別說「樂道」了。

又飢又寒的生活可謂步步艱難，孫榮長久盼不到家中任何的援助。這時唯一出現的訪客是義僕吳忠：

> （小生）是誰？（末）是吳忠在此。（小生）吳忠，你不仁不義，無始無終！你來這裏做甚麼？（末）念吳忠沒得工夫來看小官人，休怪。（小生哭介）豈不聞：「犬有濕草之義，馬有垂韁之恩。」犬馬尚然如此，你為人豈無報效乎？正是世情看冷暖，人面逐高低。一似潘閬倒騎驢，永不見你畜生面！⋯⋯
>
> 【古皂羅袍】（小生）恨奴胎直恁乖，自我來窯內，全不想故人安在。想我在家中，不曾歹覷你來。好難道重義輕財，許多時撇得我全然不睬。哈，自我離了家，苦殺我，他時後將我做甚人看待！（第十六齣）

這一景之荒謬可笑，更甚於前。義僕到來，孫榮竟然破口大罵，看不到讀書人的骨氣，更沒有主人高貴的特質，只見他大嘆世態炎涼的牢騷，十足是窮酸腐儒的小氣。原該是主僕動人的相會場面完全變了調，這樣反著發展的情節讓人錯愕，顯得可笑。

當著吳忠，他對於獨佔家私的哥哥，表達自己的看法：

> 【香柳娘】（小生）把家私佔了，把家私佔了，因甚不爭競？只因要我家法正。我寧可受苦，我寧可受苦，不敢怨家兄，教人自愁悶。（合）在破窯中冷落，在破窯中冷落，舉目誰人是親？悶懷無盡！（第十六齣）

孫榮一面說「寧可受苦，不敢怨家兄」，一面大罵哥哥「把家私佔了」，讓他流落在外受盡苦楚、冷落（而且說一次還不夠，非得重複），觀眾當然只能哈

〔註37〕龔鵬程，〈腐儒、白丁、酸秀才〉，收入《人物類型與市井文化》，頁5。

哈大笑。他不和哥哥相爭的理由是要「家法正」，維護的是儒家的家庭倫理；然而這表面話的內蘊是無能書生的窘態。他並非無怨，只是未敢明目張膽在哥哥跟前抱怨，也不是真能吃苦而是不得不吃苦。鄧紹基以為：

> 最後皇帝嘉獎他「被逐不怒，見義必為，克盡事兄之道。」特授縣
> 尹之職。這裡宣揚的事兄之道就是一味順從，忍讓，這裡讚頌的兄
> 弟之義就是對兄長惡行的縱容包庇。〔註38〕

其實皇帝的嘉獎跟他的行為完全相反，他「被逐」哪有「不怒」？這種反諷的演出正足以挑明理學教化僵化之後的虛假矯飾。

二喬人上窯來挑撥，教唆孫榮告哥哥侵佔家私。顯然，孫榮毫無興趣，他表明自己目前處境雖艱困，但這只是未逢時：

> （小生）二丈，聽小生說：
>
> 【風入松】豈不聞伊尹未逢時，（淨、丑）又來通文了。（小生）向
> 莘野鋤耕。（淨、丑）還有誰來？
>
> （小生）漂母進食哀韓信，呂蒙正把寒爐撥盡。薑子牙八十釣於渭
> 濱，時來後做公卿。（第十八齣）

這些經歷困苦而成功的典範，孫榮隨手拈來，展現他讀書人的滿腹經綸。「又來通文了」是二喬人對讀書人食古不化的揶揄。喬人再問：

> （丑）你眼下這恓惶，煩惱也不煩惱？
>
> 【急三槍】（小生）我一時窮，一簞食，一瓢飲。常憂道，不憂貧。
>
> （淨）只是這般，幾時會發跡？（小生）我多豪邁，多才調，多聰
> 俊，管一躍，跳過龍門。（第十八齣）

面對窮困，他以顏回自勉，將聖賢之言又拱了出來。他認為此乃一時之貧，未來仍有無限遠景，將來必定可以「跳過龍門」，改變現況。「常憂道，不憂貧」，是傳統儒者自我修身的要求。但是孫榮哪曾「憂道」？我們只看到他「憂貧」憂到哭哭啼啼的地步，甚至於要輕生了。那個「多豪邁，多才調，多聰俊」的孫榮從來沒出現過。他的迂腐、固執、無能、自大則處處可見。龔鵬程說：「一般文獻，多只能看見士人理想面的陳述，唯有透過市井笑談，我們才能明白士人真實的生活以及他們在這個社會中荒謬的處境。」〔註39〕透過笑鬧喜劇的反諷誇大，我們可以獲得卑鄙面的真相。如此活潑好笑的戲，暴

〔註38〕鄧紹基，《元代文學史》，頁572。

〔註39〕龔鵬程，〈腐儒、白丁、酸秀才〉，收入《人物類型與市井文化》，頁6。

露窮書生「安貧樂道」的虛假軟弱，人欲充沛而天理幾乎全盤覆沒，正是對理學和書生充滿揶揄的呈現。

第六節　《白兔記》中之劉知遠：發跡變泰的過程

《白兔記》劉知遠的困窮在開始幾齣被極力的鋪寫。他上場自我介紹：

> 自幼父親早喪，隨母改嫁，把繼父潑天家業，盡皆花費，被繼父逐出在外。日間在賭坊中搜求貫百，夜宿馬鳴王廟安身。這苦怨天不得，恨自己難言。正是時運苦淹留，何須去強求？百花逢驟雨，萬木怕深秋。怒氣推山嶽，英雄貫鬥牛。一朝時運至，談笑覓封侯。（第二齣）

他自恃英雄才氣，放浪不羈，把繼父家財花盡。最終流落在賭坊，投機取財，連個住處都無，只能在馬鳴王廟安身。他怨嘆自己時運未濟，「枉有沖天氣宇」，就如「似餓虎岩前睡也，困龍失卻明珠」（第二齣）。寄望他日「時運至」，談笑間輕易覓得封侯。窮困的知遠有遠大抱負，可是眼前的困頓，已威脅他的生存，衣食都嚴重匱乏。他擁有大志卻不安貧，也不樂道。身手健全的知遠，不思工作謀生，只企盼他日顯達。面對生存的困境，則一味遊手好閒。大雪紛飛的嚴寒日子，結義兄弟史弘肇特別邀請至家飲酒敵寒，摯友的一碗素麵令他大爲感謝：「【梧葉兒】（生）智遠多蒙恩顧，感蒙愛憐，得魚後怎忘筌？待等春雷動，管取來報賢。」（第二齣）貧困落魄至此。

一日風雪大作，知遠躲到馬鳴王廟，因賽祭因緣，心想：「不免躲在供桌底下，取些福禮充饑，有何不可？正是一日不識羞，三日不忍餓。」（第四齣）事跡敗露，李大公問道：

> 【好姐姐】（外）看你堂堂貌美，因甚的不謀生理。家居那裏？姓名還是誰？聽吾語，你肯務農耕田地，帶你歸家作道理。（第四齣）

大公對於知遠不謀生理，表示關切，而無責難之意，似乎無關德行之良窳。因知遠曾經現出五爪金龍異相，大公將之收留在莊，對他寄望甚深，認爲「發跡何難？」（第五齣）之後因著知遠的種種異相，李大公進一步將之招贅在家。大公過世後，知遠在李家莊上受盡李洪一夫婦的折辱。投軍之後在軍中喝號提鈴，受盡千辛萬苦。知遠最終得以發達的模式，學者將之歸爲「發跡變泰」。成海霞以爲：

　　宋元劇作者對於異才異能的渲染，其實質是對發跡主人公通過自身
　　奮鬥改變生存狀況所作出努力的肯定。不僅如此，他們還正視這些
　　人物在發跡過程中所暴露出的人性弱點，創作出了有缺點的人物形
　　象，而在對主人公道德審視的問題上則出現了明顯的弱化傾向，呈
　　現出多元化的創作心態。……遠走投軍之後，爲了入贅岳帥府以依
　　附權貴達到向上爬的目的，他故意隱瞞自己已有妻室的事實，娶了
　　岳節度使的女兒岳繡英。……〔註40〕

知遠憑藉著異能與偶然，和「渴飲刀頭血，困來馬上眠」（第三十一齣）的個
人努力，追求個人的成功。但在這過程中有著諸多違反道德的問題，劇作家
未予與深責，在成海霞看來是對主角道德審視的弱化。從天理與人欲的角度
來討論，知遠首先是縱容自我欲求將家產耗盡，事後又缺乏良知自省的功夫，
流爲無業好閒之輩，甚或做起偷雞的行徑。爲著落魄時他人的小小協助可以
感激涕零，但爲了追求功名卻可以不顧及妻兒存活，亦未覺不安。其人格之
卑弱非常明顯，故常引起後人對其人物性格之更改。

　　因版本之不同，對於知遠的塑造亦有差異，以下摘錄陳多〈畸形發展的
明代傳奇——三種明刊《白兔記》的比較研究〉一文〔註41〕，以「成化本」、
「汲古閣本」及「富春堂本」做比較，整理於下做爲討論的依據：

1. 「成化本」、「汲古閣本」中，一文不值的劉知遠在大雪中，到把弟史
　 弘肇家裡吃到一碗素麵，十分感激，連稱「多蒙恩顧，感蒙愛憐」；而
　 「富春堂本」則與此大異其趣，劉感嘆於「不逢王霸」，「有負五陵豪
　 氣，未吐虹霓」，而「步入酒家、沽酒一醉」。兩相比較，一個是窮愁
　 潦倒的無賴漢，一個是暫未際會風雲的大丈夫，形象十分不同。筆者
　 按，改本顯示英雄面對己身貧困能夠不求於人，雖然悲涼卻有自我安
　 頓的力量。

2. 「成化本」、「汲古閣本」中，知遠身世是自幼喪父，隨母改嫁、貪吃
　 好賭、把繼父潑天「家業」弄光而被「趕逐在外」。時常一連幾日「無
　 一顆米下肚」。當李大公要收留他時，他感到恩重如山；能在李家做長

〔註40〕成海霞，〈論宋元戲曲創作中的「變泰發跡」情結〉，《徐州教育學院學報》（第
　　　　18卷第一期，2003年3月，頁42。

〔註41〕陳多，〈畸形發展的明代傳奇——三種明刊《白兔記》的比較研究〉收錄於《南
　　　　戲國際學術研討會論文集》溫州市文化局編，（北京：中華書局。2001.5），頁
　　　　66～67。

工，他已經十分滿足，那怕李洪一「朝打暮嗔」，他也能強自隱忍。而「富春堂本」中知遠爲「高皇之後，漢室宗親」，「胸藏十萬之甲兵，氣啖三千之虎賁」。只因「素性倡狂，專好賭博飲酒，以至家業凋零」。偷取福雞是將錢賭盡素手無聊的偶一爲之。雖留在李家莊，仍有意奔走他鄉，另取安身之策，此時只是豪傑未遇，其胸襟志向已是帝王將相素質。

3. 對於發跡後不顧三娘，「富春堂本」的補救首先是在岳帥議親時就直言，「恩蒙主帥抬舉，奈家有前妻，不敢奉命」。從而讓岳帥說出「既有前妻，我女願居其次」的話。隨後又讓劉知遠在和岳小姐成親後即「從軍事遠征」，和李三娘、岳氏都一樣久無音訊。

完美無缺的英雄，反而失去原始生命的奔騰狂野，容易讓觀眾的注意力鬆散。「汲古閣本」的劇作家創造出有缺點的主角，道德卑弱，人欲彰顯，卻又能致力於追逐理想，最終突破困境，成就功名。當後者的鼓動力大於前者，知遠又非大惡之人，反而產生貼近民眾的力量，因爲那是凡人的習性、弱點與期待。道德的呈現既有三娘擔綱，對比的力道已非常強大，故儒家安貧固窮的節操，不用再掛搭在英雄身上。「富春堂本」則著力於修復其缺點，「富春堂本」的改寫讓劉知遠擺脫無情負心的道德缺損與流氓無賴的形象，在貧困的當下仍不失英雄本質，沒有飢寒受濟的落魄寒酸。顯然是文人作家受了儒家思想的影響，爲免帝王「聖德有虧」〔註42〕而做的改寫。陳多認爲：「成本的人物以帶有農村泥土氣息的鄙野氣質爲主。富本則是將儒家思想、道德觀念輸入他們的頭腦、行動中，依照仕宦人家儒雅的風度來塑造他們。」〔註43〕因爲劇作家的不同，人物的形塑因而多元豐富。成化本的知遠一任自然生命橫流，缺少天理與人欲的流動；文人作家受儒家陶冶較深，筆下的知遠，表現的道德色彩更加明晰，天理時時浮現。

第七節　《拜月亭》中之蔣世隆：富貴不能移的堅持

和十朋、伯喈無異，蔣世隆也一心赴科舉。第二齣出場，世隆說：

〔註42〕陳多，〈畸形發展的明代傳奇——三種明刊《白兔記》的比較研究〉，《南戲國際學術研討會論文集》，頁67。

〔註43〕陳多，〈畸形發展的明代傳奇——三種明刊《白兔記》的比較研究〉，《南戲國際學術研討會論文集》，頁69。

【珍珠簾】十年映雪囊螢，苦學干祿，幸首獲州庠鄉舉。繼晷與焚膏，祗勤習詩書，咳唾珠璣才燦錦，養浩然春闈必取。一躍過龍門，當此青雲得路。（第二齣）

他自認「咳唾珠璣才燦錦」，肯定能躍過龍門，走上青雲路。而應舉的背後，卻是複雜的：

【月上海棠】君子儒，文章學業馳名譽；但一心憂道，豈為貧居？十年挨淡飯黃齏，終身享鼎食重褥。前賢語，果是書中自有金玉。（第二齣）

中舉則「終身享鼎食重褥」、符應「書中自有金玉」之說；顯然，功名富貴是赴舉的重大誘因。然而士子在求富貴的同時，心中仍屹立著聖賢的理想，務求與道契合；寒士一心赴試，又能「憂道安貧」，是劇本中的正面呈現。

世隆家境是五大南戲幾位士子中最好的，陀滿興福逃難躲進他的花園，他「叫院子取我的衣帽並銀子十兩出來」，顯示有足夠的經濟能力。家中有花園、又有院子可以驅遣，經濟必在一般人之上。但是功名未就，沒有足夠的社會名望，在富豪權貴眼中仍然只是窮酸一個。逃難時與瑞蘭相戀，婚戀前途之最大阻力即來自於彼此貧賤富貴身分的懸殊，因此而有世隆急於旅邸成親的躁進行動。一貴一賤的鴻溝，加上戰亂摧折，世隆人又罹病，旅費已罄，破落貧寒更加凸顯。

當瑞蘭父親突然出現，問起：「我兒，你一身見在誰行？」瑞蘭支吾：「我隨著個秀……」「我隨著個秀才棲身。」「人在那亂離時節，怎選得高門廝對廝當？」瑞蘭對於世隆身分的低下，以至於無法滿足父親，了然於胸。父親與世隆會面，王尚書劈頭就不客氣的問：「你自想，甚年發跡窮形狀？」世隆回答：「怎凡人貌相，海水斗升量。」瑞蘭也幫腔：「非獎，陋巷十年黃卷苦，那時禹門三月桃花浪，一躍龍門便把名揚，管取姓字標金榜。」（第二十五齣）窮書生唯一的脫貧之道只能靠著科舉，世隆、瑞蘭皆將發跡的希望放在上面，冀求化解彼此身分的懸殊；王鎮卻一點也不認同。科舉僅錄取少數名額，窮書生要憑科舉發跡，實在艱難。在高官眼中，貧士將發跡寄望於此，就如癡人說夢。若權貴本身毫無愛才惜才之心，對貧士的輕蔑則越重。

王鎮一心帶走瑞蘭，夫妻倆齊心哀告：

【玉交枝】（生）哀告慈悲岳丈，（外）哇！誰是你岳丈？（生）可憐我伏枕在床。（外）就死有誰來憐你？

（生）我必定是死了！煎藥煮粥無人管，等待我三五日時光。（外）去，去！一時也等不得。（生）全沒些好言劈面搶，惡狠狠怒氣三千丈。（外）六兒，扯上馬去！

（生）只倚著官高勢強，只倚著官高勢強。（第二十五齣）

眼前貧富貴賤的巨大懸殊，越發膨脹王鎮的高傲，他勢利、冷漠，毫無情商的可能。世隆夫妻被迫分離，瑞蘭叮囑：

【川撥棹】（旦）休爲我相思損天常，緊攻書，臨選場。（第二十五齣）

兩人深陷分離之苦，瑞蘭仍不忘提醒夫婿「攻書」。爲了回應瑞蘭的囑咐，中舉改變身分以去除婚姻的阻礙，是世隆努力的目標。之後，陀滿興福尋來：

聞得行朝開科選士，招取文武全才。我如今一來上京應試，二來尋取哥哥消息，卻不是好？（第二十四齣）

在得知世隆遭遇後，他建議：

哥哥，休爲夫妻恩愛，誤卻前程，可收拾行李，與興福同往行朝。

一來應舉求官；二來亦可打聽尊嫂消息。不知哥哥意下如何？（生）此言極是。只是少些房錢在此，未曾還得。（第二十八齣）

陀滿興福的出現，適時解除世隆生活的困境。接下來的攻讀詩書、應舉，都是世隆求取功名、改變身分的具體作爲。

世隆、陀滿興福雙中文武狀元，王鎮蒙聖旨招贅爲婿。陀滿興福接了絲鞭；世隆斷然不受。世隆在媒婆與興福面前說起與瑞蘭相遇相隨到結婚不幸分離的過往，自言：「恩德厚，有何顏再配鸞儔。」（三十六齣）對於瑞蘭的恩情念念不忘。之後張都督以富貴利誘，說：「成就了此親，享榮華，受富貴，有何不可？」他回說：「貪豪戀富，怎把人倫變！爲學須當慕聖賢。」（三十九齣）世隆雖貧，卻心念聖賢，面對富貴不爲所動，嚴拒絲鞭。此不因名利富貴而變節，嚴守天理的情操，與王十朋拒絕萬俟丞相招親的堅定，如出一轍。

第六章　天理與人欲的流動：
情與欲之間

　　本章討論情與欲，探尋南戲作品在愛情與婚姻的呈現上，個人情感在天理與人欲之間的和諧或衝突。在南戲發展期間，儒釋道諸家也同時影響民間思想，考察這幾家思想對於情與慾的看法，我們發現，儒家主張寡欲，因而在情感慾望的追求上，主張適當的節制。道家對人性欲望也是持節制的主張，老子以為，如人欲不受限制，會使人心發狂。〔註1〕莊子所謂「無情」，不是否定情感，而是使情感順應自然的變化，不妄加好惡從而自我限制。〔註2〕佛教教義有五戒〔註3〕，也是限制人性情欲。然而佛教的修練絕非只強調在男女情欲的抑遏。釋昭慧以為「情欲會產生障道因緣，只是佛家情欲觀的其中一種向度。」解決「情」的問題，關鍵在於「轉化、昇華」。對「欲」不只是節制而已，還必須要學習超越。〔註4〕對於情與欲，儒、釋、道皆主張適當節制，然而亦皆具有其開放性，使情欲可以流向天理。

　　與南戲發展息息相關的宋明理學，對於情與欲的看法並未超出這個範疇。朱熹的看法有其代表性。李宗桂對於朱熹的理欲之辨有如下的說明：

〔註1〕　《老子·第十二章》五色令人目盲，五音令人耳聾，五味令人口爽，馳騁畋獵，令人心發狂，難得之貨令人行妨。王淮，《老子探義》，頁49～52。

〔註2〕　莊子〈德充符〉：「吾所謂無情者，不以好惡內傷其身，常因自然而不益生也。」王先謙，《莊子集解》，頁65。

〔註3〕　五戒：「一不殺生、二不偷盜、三不邪淫、四不妄語、五不飲酒。」《佛學常用詞彙》（台北：大聖精舍，1979年），頁106。

〔註4〕　釋昭慧，〈從佛法觀點看「情」與「欲」〉《弘誓雙月刊》第119期（2012年10月）、122期（2013年4月）電子雙月刊。

朱熹的理欲之辨是對於孔孟義利之辨及宋代理學理欲觀的繼承和發展，其思想實質是天理為指導，在一定程度地肯定人們合理的欲望的基礎上，以道德理性對人的感情欲望加以節制，並倡天理與私欲的對立，要求明天理，滅私欲，把違背天理，超出當時社會正當欲望的奢求和私欲加以遏止。因此，朱熹的理欲觀不是所謂禁欲主義。〔註5〕

朱熹的理欲之辨，與陳確的說法是一體的兩面。陳確說：「天理正從人欲中見，人欲恰好處，即天理也。」陳確的「恰好處」，仔細推敲，可以用「發乎情，止乎禮」〔註6〕來解釋。朱子也說：「禮者，理之節文。人事之儀則也。」〔註7〕李宗桂指出，朱熹要「以道德理性對人的感情欲望加以節制」，其實施當有賴於周備的禮教儀則。禮是天理具象化，而為人奉守的規範條文，這是理學家的詮釋。這些規範在傳統儒學原已存在，理學家並未在禮制規範上加嚴加重。在本章的論述中，合於禮的情即是天理；反之，不合乎禮的情，則界定為欲。

在討論南戲中的情與欲之前，有兩個觀念必須先釐清。一是在當時的社會中，父子關係的重要性超過夫妻關係。一是一夫多妻的婚姻在當時的社會中是可以被接受的。說明如下：

（一）「父子觀」超越「夫婦觀」

傳統社會由於家族的結構，漸漸形成家長和族長的權威，所以在家庭中父權最大。錢穆說：

中國的家族觀念更有一個特徵，是「父子觀」之重要性超過了「夫婦觀」。夫婦結合，本於雙方之愛情，可和亦可離。父母子女，則是自然生命之綿延。由人生融入了大自然，中國人所謂「天人合一」，正要在父母子女之一線綿延上認識。因此中國人看夫婦締結之家庭，尚非終極目標。家庭的締結之終極目標應該是父母子女之永恆

〔註5〕 李宗桂，《朱熹與中國文化》（中國貴州人民出版社，2001年），頁120。

〔註6〕 語出《詩經》大序：「故變風發乎情，止乎禮義。發乎情，民之性也；止乎禮義，先王之澤也。」《十三經注疏‧詩經》（台北：藝文印書館，1997年），頁17。

〔註7〕 朱熹，《四書集注‧論語集注‧學而篇》卷一（台北：中華，1966年，四部備要本。）：「子曰，禮之用和為貴。先王之道，斯為美，小大由之。」條下注，頁5。

聯屬，使人生綿延不絕。短生命融入於長生命，家族傳襲，幾乎是中國人的宗教安慰。〔註8〕

父權社會首重家族傳襲，男女的情愛因而不是夫婦之首要。唐君毅說：

> 夫婦之倫之重要，在中國先哲，並不專從兒女之情上說，而是因為夫婦可以合二姓之好。通過夫婦一倫，而我們之情誼，即超越過我所自生之家庭，而貫通于另一家庭。故夫婦一倫，即家與家之連接以組織社會之一媒介。夫婦重愛尤重敬。敬即承認對方之獨立人格之謂。由夫婦之有愛且有敬而不相亂，是謂夫婦有別。由是而男女夫婦之關係，乃不至于沾戀狎褻，而別于禽獸。〔註9〕

以上著重在夫婦於家族社會的責任與功用，至於他們間親密的私領域，必須「夫婦有別」，保持距離，相「敬」如賓。夫妻之情原是合於禮的正常情感交流，應視為「天理」。但在父子觀凌駕夫妻觀的趨勢下，若夫妻之情超過父子之親，則被評論為溺於私情而以「人欲」視之。

（二）一夫多妻的婚姻

孫玫、熊賢關在〈解讀《琵琶記》和《白兔記》中「妻」的呈現〉一文中說：

> 只有在「一夫一妻」、男女平權的現代社會，「三角關係」才會和「不專一」發生關聯。在男性中心的傳統社會，「一夫多妻」並不會必然地導致男人「負心」。關鍵並不在於男人是否「重婚再娶」，而在於他們重婚之後如何對待當初患難與共的元配。如果身居高位而不忘糟糠，並能夠保障其應有的名分和地位的話，那就「合情合理」、「功德」無虧。如果忘恩負義，那也會為「天理」所不容。中國傳統社會從來沒有要求男性為女性作出對等的犧牲，更遑論要求男人為女人而犧牲功名前程了。傳統社會有時也譴責男人的「負心」，但並不是針對其重婚再娶，而是針對其拒認曾經有恩于己的元配，並且直接造成了她們的悲慘結局。〔註10〕

可見男子別娶之後若不棄糟糠之妻，則不構成負心之要件，沒有違背天理。

〔註8〕　錢穆，《中國文化史導論》（台北：商務，1993 年），頁 51。

〔註9〕　唐君毅，《青年與學問》十一〈與青年談中國文化〉（台北：三民，2003 年），頁 84。

〔註10〕　孫玫、熊賢關〈解讀《琵琶記》和《白兔記》中「妻」的呈現〉（《藝術百家》2004 年第 5 期總第 79 期），頁 42。

本章討論情與欲之時，將以此爲判準。

　　以下將分六節研討五個南戲劇本中情與欲的流動，第一節討論《琵琶記》中之牛小姐，第二節討論蔡伯喈與趙五娘和牛小姐的婚姻，第三節討論《荊釵記》中王十朋與錢玉蓮的婚姻，第四節討論《白兔記》中劉知遠與李三娘的婚姻，第五節討論《殺狗記》中的孫華與朋友、兄弟、夫妻之情，第六節討論《拜月亭》中蔣世隆與王瑞蘭的情愛。

第一節　《琵琶記》中牛小姐的情與欲

　　五大南戲中最具教化意涵，能深入寄託儒家義理，強調子孝妻賢的必以《琵琶記》爲代表，尤其是劇中牛小姐的貞靜賢淑典型。這個人物多被批評爲概念化扁平人物，是理學毒害下的犧牲品。錢南揚以爲：「牛小姐是虔誠的保守禮教的信徒，可是描寫得很失敗，實際上成爲一個概念化的人物。」〔註11〕鄧紹基也認爲「這一人物形象缺乏眞情實感，極少內心意識流動，是一個概念化的人物。但在某種意義上說，這也是一個悲劇人物——被封建思想毒害、束縛得失去青春、失去個性的思想僵化的貴族小姐。」〔註12〕黃仕忠雖然認爲牛小姐在劇中有其重要性，但是也強調她的婦德：

> 牛氏這一腳色，對劇情的轉換，起著重要的作用。他「幾言諫父」，遭到牛相粗暴拒絕。……（牛相）爲女兒幸福著想，他作出了派人迎親的決定。同樣，因爲牛氏的善良與不妒，……才有收錄五娘，二婦以姊妹相稱，和睦共事一夫。……孝事公婆和不妒，原是婦德重要涵意。劇中強調牛氏所受的禮教婦道教育，消解了女性天生的妒性，爲一夫二婦結局奠定基礎。〔註13〕

根據黃仕忠的看法，牛氏的善良本性和所受教育使她在婦德上表現卓越，因而給劇情的發展一個合理的依據。筆者同意黃氏這個看法。在這個基礎上，筆者從情、欲流動的視角檢視牛小姐的情，發現在劇中，因劇情與時間的推移進展，她的情的表露也隨著越發眞實流動，絕非扁平人物。本節將牛小姐的情感生活分爲五個時期，分析她的情與欲。

〔註11〕錢南揚校注、李殿魁補校注，《琵琶記》（台北：里仁，2001年），頁3。
〔註12〕鄧紹基主編，《元代文學史》（北京：人民出版社，1998年），頁584。
〔註13〕黃仕忠，《琵琶記研究》，頁166。

一、議婚之前的情與欲

在與伯喈議婚之前，牛小姐的儀表言行宛如虛構的完美典型。家中院子對她的形容是：

> 看他儀容嬌媚，一個沒包彈的俊臉，似一片美玉無瑕；體態幽閒，半點難勾引的芳心，似幾寸清冰徹底。……更羨他知書知禮，是一個不趨蹌的秀才；若論他有德有行，好一個戴冠兒的君子。多應是相門相種，可惜不做個廝兒。（第三齣）

「儀容嬌媚」，形容她外表的出眾不凡；「體態幽閒，半點難勾引的芳心」是讚譽她德性上貞靜不動、冰清玉潔；「知書知禮」、「有德有行」，一般用來讚譽男性，牛小姐雖身為女性，所受的教育並不輸男性，德行尤其出色，堪稱「君子」，是個「存天理去人欲」的實踐者。

牛小姐的丫環惜春則是在她對立面的存在。她的名字富有深意，愛惜春天，不只是愛惜萬物萌發動情的季節，也是少女春情的撩動，一如春天之自然生發。這自然的情，很直接，亦即「發乎情」的意義。她因春去而愁悶，說：「奴家名喚做惜春，見這春去，自傷春起來，如何不悶？」牛小姐卻不當一回事，說：「春光自去，你有甚麼悶來？我和你去習些女工便了。」（第三齣）牛小姐所謂「春光自去」，意指她如實觀照春去秋來，了知四季變化乃萬物運化之自然，因而能不傷春，對男女情事也可以不動心。在情竇初開的曼妙年歲，正是情欲探索的初始期，牛小姐卻能貞靜不動。顯然這是恪守禮教的成果，長久理學的教化使她壓抑了「發乎情」的自然元素。

惜春的回應直截了當：

> 恁的，惜春辭娘子去了，我伏事別人，與他傳消遞息，隨趁也得些快活。伏事著你，見男兒也不許我抬眼。前日豔陽天氣，花紅柳綠，貓兒狗兒也動心，你也不動一動；如今暮春時候，鳥啼花落，誰不傷情？你也不愁一愁。惜春其實難和娘子過活。（第三齣）

「貓兒狗兒也動心」，它們的情感呈露，直接動人，牛小姐卻「不動一動」。她偏離自然生命，失去生命原有的活潑靈動。就戲劇人物的建構而言，不但無味，也失去真實性。

少女懷春原是極自然的情事，並無善惡可言，若能愛其所當愛，即是天理；而四季變化引發的愁悶傷感，是人與宇宙自然連結而生發的感動情愫，此及物、愛物之情，也可以是仁心的發端，亦可以接連天理。湯顯祖《牡丹

亭》中杜麗娘在讀過《關雎》篇後，與春香至後花園遊玩，在春光中牽動起她青春的情懷。「原來妊紫嫣紅開遍」的後花園，大自然的律動，使她受到極大震撼。劉小梅認為這種天人交感之體驗謂之「和」，她說：

> 與西方的理性主義不同，古代中國乃至整個東方的文化精神特徵在於「和」，即以情感主義爲基礎，以萬物一體，以主客合一精神爲其主幹。理學的「窮物盡性」是以此爲基礎的，實則源於中國哲學中一以貫之的「天人合一」觀念。〔註14〕

少女懷春與天人交感的哲學命題是會通的，皆符應天理。

牛小姐與惜春這對主僕固然是對照的呈現，就深層觀照而言，也可以是一體的兩面。在牛小姐「不動一動」的表面底下，壓著一個惜春所展現的活潑自然的情。到了面對自己的婚事和冷漠的夫婿時，牛小姐的情自然會動起來。這跟蔡公蔡婆的關係有異曲同工之妙，蔡公到面對飢荒之時，就體認到蔡婆對溫飽的基本人欲的堅持。高明對於「食、色」兩個基本人欲有深刻的理解，他以淨丑兩個腳色分別賦予蔡婆跟惜春，在禮教的層面看，兩人顯得無知可笑，但是在人性的深處則顯出活潑、自然與眞實。〔註15〕

牛小姐的貞靜風貌，實與她的家庭教育脫離不了關係。牛小姐的女教讀本是《列女傳》〔註16〕，她日常就忙著針指功夫。首次出場時正是曼妙春光時節，丫頭們正因春光陶醉，她卻安住在閨房「（且在戲房內叫）老姥姥，將我的《列女傳》那裏去了？」接著又叫：「惜春，將我針線箱兒那裏去了？」以歷代高卓女子爲師範，追求德行之卓越，並勤做針指善盡婦職，是牛小姐給讀者的第一印象。顯然牛小姐的家教是嚴峻的。因母親早逝，嚴父的教導便格外重要，雖然這個父親本身許多自私自利的言行有違天理，並不能做女兒的典範。父親曾以女兒督導下人不嚴相責。牛相說：

> 孩兒，婦人之德，不出閨門，你如何不省得？我這幾日出朝去，見說道幾個使喚都在後花園閒耍，卻是你不拘束他。你如今年紀長大，

〔註14〕 劉小梅，〈理學的「窮理盡性」與杜麗娘的遊園驚夢〉收於《宋元戲劇的雅俗源流》（北京：文化藝術出版社，2010年），頁343。

〔註15〕 指導教授魏淑珠老師的提示。

〔註16〕 《列女傳》記載了上古至西漢約一百位左右具有通才卓識，奇節異行的女子。共分七卷，分別是：母儀傳、賢明傳、仁智傳、貞順傳、節義傳、辯通傳和孽嬖傳。除了第七卷外皆是高潔的女子。劉向，《列女傳》（瀋陽：遼寧教育出版社，2000年）。

今日是我孩兒，他日做別人媳婦，你如今不鈐束他，倘或他做出歹

事來，也把你名兒汙了。（第六齣）

「婦人之德，不出閨門」，連使喚的婢僕也不得在花園閒耍，「倘或他做出歹
事來」，會汙了女兒聲名。牛相之嚴格督導實出自於維護愛女，是父愛之呈露。
對於父親責怪，她承應：「歎婦儀姆訓，未曾諳解。蒙爹嚴命，從今怎敢不改！」
（第六齣）牛小姐對父命絕對遵從，敬受而躬行實踐禮教，未見其內心之衝
突，也未曾對於惜春等因春而情心蕩漾有所回應。她這個階段的行為符合天
理，卻沒有生趣。

二、對婚姻的看法

隨著牛相招婿行動的展開，牛小姐面對自己的終身大事，開始表達自我，
而非一味曲命順從。牛相擁有極大權勢，為女兒挑選夫君，對象多如繁星，
媒婆議婚，絡繹不絕；然而對於女婿人選，他只中意狀元。他分剖說：

我的女孩兒，性格溫柔，是事實會〔註17〕，若教他嫁一個膏粱子弟，

怕壞了他；只教他嫁個讀書人，成就他做個賢婦，多少是好？（第

六齣）

富貴紈褲子弟，多倚恃家財，或揮霍無度或縱情聲色，品行可議。女兒嫁個
老實的讀書人，做個賢淑之妻，才是上策。他態度謹慎，思慮周密。家中院
子也說：

我這小娘子，不比別的小娘子，一來丞相之女，二來他才貌兼全。

必須有文章、有官祿、有福分的，方可做得一婿，如何容易？（第

十一齣）

新科狀元蔡伯喈正符合牛相的期待，又有皇帝主媒，這椿婚配牛相勢在必得。
他不去與權勢之家結盟締親，好擴大自己的政治勢力，卻尋尋覓覓，萬般小
心，看上毫無背景的書生狀元。這固然是為了女兒的幸福，然而其背後實暗
藏著不捨女兒婚後離家的私心。找無背景之政治新人為婿，牛相才可以將之
留在相府，避免女兒往嫁他方。如果他中意的女婿人選欣然同意，則他的私
慾並沒有什麼不妥。然而強婚之蠻橫卻有違天理。

牛小姐對父親招婿的強悍，並不認同，但如何自我表達，亦有為難，因
而升起煩惱。老姥姥因而懷疑：「為甚托了香腮？你悶則甚麼？我且問你，你

〔註17〕「是事」猶云「事事」或「凡事」。見錢南揚校，《琵琶記》，頁59。

每常間件件不煩惱，不動情，我看起來，你都是假。」在老姥姥眼中，一個青春少女「不煩惱，不動情」是不可能的，應該只是表面的假相。因此老姥姥看到這個沒有情感浮動的小姐，竟然也有喜怒哀樂之情的表露，不免要質疑了。由不動情到起煩惱，牛小姐的情感開始流動。

對於自己的婚姻，牛小姐自有看法：「他既不從我，做夫妻到底也不和順。」（第十四齣）女孩子家不便直接向父親提起，只得轉向老姥姥訴說：

【桂枝香】姻緣須在天，若非人意，到底埋冤。料想赤繩不曾縮，
多應他無玉種藍田。休強把姮娥。付與少年。（第十四齣）

伯喈拒婚的初始，牛小姐未必沒有婚約被拒的失落難堪等個人情緒，因而煩惱，但是畢竟禮教的基礎渾厚，所以她能轉化，將愁悶與對自己婚姻是否和順的顧慮轉為對另一方的設想與對蠻橫逼婚的反對，是由人欲流向天理。

三、婚後對夫婿的情與欲

夫妻之親密是人情之常，合理的人情即是天理。新婚燕爾理當歡喜甜蜜，但伯喈卻處處愁悶難展歡顏。牛小姐早已知道伯喈拒婚在前，伯喈如今又唉聲嘆氣，對於溫柔美麗的新婚夫人可以說是相當冷漠，即使展一瞬歡顏，說幾句好話，都很勉強。牛小姐一連串的問話與試探就是情的流動。她問：「你敢心變了？」再問：「你心裏多敢想著誰？」然後無奈地說：「我理會得了，你道是除了知音聽，道我不是知音不與彈。」（第二十一齣）夫婿的情緒她觀察入微，這些猜測，涉及夫妻情感敏銳的排他性，在牛小姐心中當然大起波瀾，話中充滿委屈酸楚。這是私欲的流露。貴為相府千金的牛小姐並沒有因為受了這樣的委屈而要鬧脾氣，而是立刻安排酒食來排遣。我們可以說，牛小姐畢竟知書達禮，所以天理克制了人欲。我們也可以說牛小姐是禮教的犧牲品，所以連為自己發聲抗議都不會。無論從哪方面看，無可否認的，牛小姐的人欲與天理已然經過一層轉折，證明她並不是「一動不動」，沒有情感的人。何況，如果她抗議或耍鬧，真的就可以讓夫婿熱情擁抱她嗎？恐怕正好相反。此處牛小姐以天理克制私慾適足以顯示她的聰慧。

不吵不鬧並不表示牛小姐就此放棄追尋真相，所以有〈盤夫〉一折。滿懷愁悶卻不肯吐露心聲的伯喈，委實讓牛小姐百般不解。她層層盤問，一問：「相公，你自來此，不明不暗，如醉如癡，鎮長憂慮，為著甚麼？你還少吃的那還少穿的？」再問：「相公，莫不是丈人行性氣乖？……」三問：「我今

番猜著了，敢只是楚館秦樓有一個得意情人也，悶懨懨不放懷？」三問都得不到頭緒之後，爲著探知其內心訊息，牛小姐略施小技，假裝先行離去，卻躲在一邊聽蔡邕獨語道出眞相。然而探到的訊息竟是伯喈已有妻室！原來果眞有另一個女人，而且不是「楚館秦樓」比較容易打發的情人，而是法理上地位無可動搖的元配！堂堂相國之女竟然淪爲二夫人！這個眞相對牛小姐的打擊一定是震撼性的，雖然劇本沒有說明，但是戲台上的演出非如此交代無法合情入理。上海崑劇團演出的時候，舞台上的牛小姐初獲訊息，先是驚訝錯愕，隨後才冷靜應對。〔註18〕這個帶著情緒的錯愕表情正是婚姻受到嚴重衝擊的自然反應。牛小姐並沒有很長時間可以去消化她的震驚，但是這個震驚轉冷靜的片刻，正是天理克制人欲的呈現，也是戲劇張力的所在。這樣的言行舉止，何來「扁平」之譏？

四、親情的抉擇

　　當初牛小姐對於父親執意強逼的婚姻深覺不妥，這件事曾讓不動情的她升起煩惱，其內心衝擊實是不小。她說：「奴家待將此事對爹爹說，只是此事不是女孩兒每說的話。」（第十四齣）因未出閨閣女子的羞澀與禮教，不便談論婚姻之事，難以對父親啓口，故只將想法告知老姥姥，希望由老姥姥轉告，而未曾據理力諫。筆者以爲，當時婚姻來自父母之命，牛小姐雖不願意父親強婚，逞己意悖親意卻有違孝道天理，故在不知新科狀元已有妻房的情況下，順受父親安排。實則父親已經知道伯喈已婚，強人所難乃違背天理，但是牛小姐並不知道這一層。強婚事件，牛小姐順應父命而符應天理，卻必須承受其父違背天理所帶來的災難

　　得知夫婿已有元配的眞相之後，牛小姐對夫妻天理的維護毫不妥協。她向父親要求與伯喈返鄉盡孝，以全婦道。父親卻回答：「吾乃紫閣名公，汝乃香閨豔質。何必顧彼糟糠婦？豈肯事此田舍翁？……汝從來嬌眷，安能涉萬里之程途？休惑夫言，當從父命。」牛相言語間對遠方的親家翁充滿鄙夷。牛小姐站在孝道的高度對父親提出請求，父親卻是從私慾出發，只知寶貝自己的嬌嬌女，對親家翁姑滿是不敬。聽聞父親有違天理的不當言語，牛小姐果斷諫父，說：「曾觀典籍，未聞婦道而不拜姑嫜；試論綱常，豈有子職而不

事父母？」（第三十齣）侍奉公婆是婦道之要則，爲子侍奉父母更是天經地義。若夫妻二人留在相府必成不孝子媳；在情感上，她亦能體貼關愛夫婿一心返鄉盡孝的心意，再次呈現牛小姐受禮教浸潤甚深。牛相卻認爲：「既道有媳婦在家裏，你去時節，只恐怕耽擱了你。」堂堂相府千金淪爲二夫人，牛相不願女兒前去面對元配，仍是從私欲出發。牛小姐堅定回覆：「他媳婦須有之，念奴須是，他孩兒的妻。」幾番辯論，牛小姐以婦道之天理，奉勸父親，要父親接受其爲人妻爲人媳婦的職責。牛相再言：「他是貧賤之家，你如何伏事他家？」牛小姐反問：「爹居相位，怎說著傷風敗俗，非理的言語？」（第三十齣）對於父親不顧綱常，嫌貧的傲慢舉動，牛小姐直以「傷風敗俗」批判。一向溫順的牛小姐面對這個問題，卻是據「天理」力爭的姿態。

　　牛小姐跟父親的爭執是天理與人慾的衝突，父親重人慾，她執著天理。牛小姐在這一段戲沒有內心的情與欲的流動，而是在做女兒的孝與做媳婦的孝兩個天理之間的抉擇，同時也是對外在的父親的人欲的抗爭。跟父親的爭論看起來好像違背孝順的天理，其實是因爲父親違背了天理，牛相嫌貧並胡亂推託阻饒的背後，裹著層層擔憂與企望能將女兒留在身邊的私情，其實源自父母愛子女的天理，只不過太自私了，私情超過了禮應有的節制，沒有顧及女兒爲人媳婦應盡的禮。所以隔日牛相想出兩全的策略，主張派人迎接伯喈家人至京，後來知悉伯喈父母已逝，也答應愛女離京，隨夫婿返鄉盧墓。牛小姐的直諫最終讓這位過分愛女兒的父親，改變行爲而顧全了天理。面對親情的抉擇，牛小姐固然是天理的化身，似乎落入「概念化人物」的形象，但是對照她在婚配問題上對父親的順從與此處跟父親的對抗，則顯得有守有爲，有靜有動，就戲劇呈現而言，可說相當生動，並沒有「概念化」。

五、面對情敵的情與欲

　　《琵琶記》第三十四齣，牛小姐和趙五娘會面了。王世貞評價此齣說：「幻設婦女之態，描寫二賢媛心口，眞假假眞，立談間而涕泣感動，遂成千載之奇。」〔註19〕對於二位賢媛口齒交鋒之機智與情意之眞摯懇切有無比之推崇。學者在討論牛小姐與五娘之會面，或站在五娘認夫之角度〔註20〕，描述她的「機智謹

〔註19〕高明著、馮俊傑評注，《琵琶記評注》黃竹三，馮俊傑（主編）《六十種曲評注》（長春：吉林人民出版社，2001年），頁408。

〔註20〕「而作者花大筆墨寫就的五娘認夫情節卻往往被人忽視，其實，這一情節迴環曲折、絲絲入扣，無論是對趙五娘形象的塑造，還是對趙貞女故事的演變，

慎、不卑不亢」〔註21〕然而在相會的過程中，牛小姐實是樞紐。〔註22〕

　　爲了迎接公婆的到來，牛小姐早已著手留意新聘精細的婦人，以侍奉公婆。此舉顯示牛小姐懂得持家，和她對公婆的誠意與愼重。就劇情的發展而言，亦以此安排兩女的會面。五娘以道姑裝扮來到相府化緣並打聽伯喈下落。當兩人相遇，院公建議小姐，看看這個婦人是否適合僱用，於是牛小姐與五娘變成主人與僱傭的關係。牛小姐必須決定要不要僱用眼前這個婦人。我們看到她的小心謹愼，她問：「姑姑，當原你從小出家，還是有丈夫出家？」聽到五娘說：「特來尋取丈夫。」牛小姐意識到「險些錯了」，因爲不該收留有丈夫的人。她繼續問：

　　（貼）姑姑，你丈夫姓甚？名誰？（旦介）好教夫人得知：奴家丈
　　夫姓蔡，名伯喈。（貼末）姑姑，那裏住來？（旦）住在陳留縣。夫
　　人也敢認得？（貼）我那裏認得？院子，他既有丈夫的人，難收留
　　他，與他些錢米，教他去休。（第三十四齣）

當五娘說出了丈夫的名姓家鄉，牛小姐知曉五娘的身分了，立刻聯合院子推說不認得伯喈，做出趕人的指示。此處牛小姐的行爲值得推敲。她明明才說服父親去接公婆及伯喈的媳婦前來，顯得大度大氣，怎麼五娘出現在眼前反而要趕走她呢？依筆者的分析，可能是五娘出現得太突然了，牛小姐來不及思考，本能的反應是把情敵趕走推開。私人情欲壓過禮教天理。也可能是假意驅趕，藉機觀察五娘，其實充滿心機，誠如王世貞所說的「眞假假眞」。

　　牛小姐不留人，對五娘無疑是個重大挫折，她後悔自己口直心快，哭起來了：

　　一個個道是牛丞相府廊下住，若不在這裏，定是死了。苦！丈夫，
　　你若死了，教我倚靠著誰爲主。（哭介）（第三十四齣）

五娘說伯喈「若不在這裏，定是死了」，分明是假話，因爲她知道伯喈前一天

　　　以及對南戲的發展都有重要意義。」朱玲〈平淡而山高水深──《琵琶記》
　　　趙五娘認夫情節探析〉《廊坊師範學院學報》（社會科學版）第26卷第4期（2010
　　　年8月），頁21。
〔註21〕朱玲〈平淡而山高水深──《琵琶記》趙五娘認夫情節探析〉〉，頁22。
〔註22〕前文提及，黃仕忠說：「牛氏這一腳色，對劇情的轉換，起著重要的作用。……
　　　因爲牛氏的善良與『不妒』，才使她只慚愧未能侍奉箕帚，而從未想到爭一『名
　　　分』，才有收錄五娘，二婦以姊妹相稱，和睦共事一夫。」（《琵琶記研究》，
　　　頁166。）

才到廟裡上香。兩個女人的對手戲，真真假假，確實好看。〔註23〕五娘的哭，果然喚醒牛小姐的天理良知，可憐起她來，說：「休休，姑姑只在我家裏，我一壁廂教人與你尋丈夫如何？」由無情趕人到憐憫心發動並主動應允協助，變化快速。或許就是因為變化太快了，所以很多人忽略了牛小姐這一層轉折，沒有注意到她的私慾的湧現與流逝。這個短暫而快速的轉折，跟牛小姐知道夫婿已有元配時的反應類似，均呈現私欲與天理的流動，加強戲劇張力。此處牛小姐雖答應幫助五娘尋丈夫，還是沒有說出自己的真實身分，繼續探測五娘的虛實，可以說步步為營。王世貞說此齣乃「千載之奇」，牛小姐對這個成就的貢獻遠超過五娘。說她「沒有真實情感」、「思想僵化」，其實是因為沒有深入體察高明對這個人物的細緻的刻畫。

考察版本的差異，「陸抄本」的三十四齣〈五娘牛小姐見面〉五娘直接說出伯喈姓名。牛氏說不認得，並示意趕人，不符其賢淑寬厚形象。「汲古閣本」改為：「〔旦背說介〕夫人問我丈夫姓名，若直說出來，恐怕夫人嗔怪。若不和他說，此事又終難隱忍。我如今且把蔡伯喈三字拆開與他說，看他意見如何？再作道理。夫人，貧道丈夫姓祭名白諧，人人都道在牛府中廊下住，敢是夫人也知道。」〔註24〕案，「汲古閣本」五娘未直接向牛小姐說出丈夫真實姓名，符應當初張大公的叮囑，又能符合牛小姐人物賢淑性情。但如此一改，牛小姐行舉便處處符應天理，少了人欲乍現、內心衝突的戲劇張力。

第二節　《琵琶記》中蔡伯喈與趙五娘和牛小姐的婚姻

誠如李漁所論，《琵琶記》的關鍵人物是蔡伯喈，他的行動貫串全劇〔註25〕。本節討論伯喈從決定赴考到兩次婚姻過程中，情與欲之流動。

一、功名之欲與孝親之情

伯喈首次面對的抉擇是功名與孝親。他歷經十載苦讀，自恃滿腹才華，「風雲太平日，正驊騮欲騁，魚龍將化。」正是赴京應考一展長才之時。可是父

〔註23〕魏淑珠老師的提示。
〔註24〕楊淑娟，《南管與明初五大南戲文本之比較》，頁263～265。
〔註25〕李漁：「一部琵琶只為蔡伯喈一人而，而蔡伯喈一人又止為「重婚牛府」一事，其餘枝節皆從此一事而生。」李漁，《閒情偶寄》（臺北：明文書局，2002年初版），頁7。

母年老，又沒有兄弟，爲了成全孝道，伯喈「沉吟一和」幾經思慮後，決定放棄功名仕進之路，選擇留鄉奉親。追求科舉功名究竟是天理還是人欲？前文已曾闡述，讀書人在寒窗苦讀的歷程中，經世濟民的理想與現實名利之追求，在他們心中常是矛盾衝突的。

留鄉奉親的決定，父親不許。伯喈說出實情：「孩兒非不要去，爭奈爹媽年老，家中無人侍奉。」「終不然爲著一領藍袍，卻落後了戲彩斑衣。」蔡公反駁：「春闈裏紛紛大儒，難道是沒爹娘的孩兒方去？」他下達指示：「男兒漢淩雲志氣，何必苦恁淹滯？可不乾費了十載青燈，枉捱半世黃虀？須知，此行是親志休故拒。秀才，你那些箇養親之志？」父親直接下令應考，同時認爲是「他戀著被窩中恩愛，捨不得離海角天涯。」（第四齣）。王璦玲認爲「辭試」的事件，讓原本歡樂平靜的蔡家，起了波瀾，同時激出三重矛盾，「一是蔡伯喈的辭試，父子間產生矛盾；二是蔡公與蔡婆，因意見不同而衝突；第三重，則是趙五娘與姑舅、丈夫間的矛盾。」〔註 26〕就父子之矛盾言，筆者以爲只是表面的存在。父親一心光大門楣，不容伯喈拒絕，與伯喈展開大孝與小孝的爭辯，他認爲「立身行道，揚名於後世，以顯父母，孝之終也。是以家貧親老，不爲祿仕，所以爲不孝。你去做官時節，也顯得父母好處，不是大孝，卻是甚麼？」至於「冬溫而夏凊，昏定而晨省」只是小節。在父親大孝意涵的背後，其實夾雜改換門楣以脫貧的個人欲求。伯喈最後順從父親之意赴考。此事件看來似是父子相爭，實則是經過父親之堅持後，伯喈赴考反而可以脫去不孝的罪名。赴試之事由原本只是伯喈個人想要追求的功名，流動到符合親意之孝道天理。

「辭試」究竟是爲親？或是爲妻？毛聲山評：「母之心以爲爲親，而父之心則不以爲爲親，而以爲爲妻，故請之而不得耳。」〔註 27〕父親認定伯喈戀著新婚妻兒，所以不肯赴試，因此斷然拒絕他辭試的請求。這也可能只是父親順勢推動伯喈往前邁進的激將法，使其不再瞻前顧後。伯喈嘗試向父證明，母親也幫腔：「他意裏只要供甘旨，又何曾貪歡戀妻。」（第四齣）伯喈趕著辯白：「孩兒戀媳婦不肯去呵，天須鑒孩兒不孝的情罪。」（第四齣）若因貪

〔註 26〕王璦玲〈「爲孝子、義夫、貞婦、淑女別開生面」——論毛聲山父子《琵琶記》評點之倫理意識與批評視域〉《中國文哲研究集刊》28 期，頁 30，2006/03。

〔註 27〕毛聲山評：〈蔡公逼試〉總批，《繪像第七才子書》，收錄於俞爲民、孫蓉蓉主編《歷代曲話彙編‧清代篇》第一集，頁 504。

戀著夫妻之歡愛，不服從父親之意而耽誤錦繡前程，孝道的主位，便要退讓。就事實看，伯喈實亦無選擇餘地，他只能聽從父親的話，以全孝道。

五娘也認為功名與孝親之間，當然要選擇孝親，所以質問伯喈：「功名之念一起，甘旨之心頓忘，是何道理？」（第五齣）伯喈因而說明自己被逼迫與誤解的窘狀：

> 【忒忒令】（生）我哭哀哀推辭了萬千，他鬧吵吵抵死來相勸。將我深罪，不由人分辯。（旦）罪你甚的？（生）他道我戀新婚，逆親言，貪妻愛，不肯去赴選。（第五齣）

五娘的反應則是：「你爹行見得你好偏，只一子不留在身畔。」她是唯一始終反對夫婿赴考的人，但伯喈沒有聽取妻子的建言。他原本就有心赴考，所以還是聽從父親的指示。

二、孝親之情與夫妻之情

前面提到過錢穆的說法，他認為中國的家族觀念的特徵，是「父子觀」之重要性超過了「夫婦觀』。」〔註28〕伯喈離開妻子，去考功名，夫妻之情含蓄。夫婦分別，離情依依，五娘面對「六十日夫妻恩情斷」之事實，不免傷懷。但立刻又說：「八十歲父母如何展，教我如何不怨？」（第五齣）《汲古閣本》改為「八十歲父母教誰看管，教我如何不怨？」如何「展」有對於年老公婆不知如何照顧之意，不應是往後能竭心盡力侍奉公婆的五娘，該說的話，〔註29〕也弱化五娘在面對困境上處理、應對的各種能力。

五娘之反對伯喈赴試，是以孝親考量的。分別時刻，夫妻的對話幾乎集中在二老的奉養，兒女私情，總是輕觸即收：

> （生唱）【玉交枝】雙親衰倦，你扶持著他老年。饑時勸他加餐飯，寒時頻與衣穿。（旦唱）做媳婦事舅姑不待你言，你做孩兒離父母何日返？（第五齣）……
>
> （旦唱）【尾犯】懊恨別離輕，悲豈斷弦，愁非分鏡。只慮高堂，怕風燭不定。（生唱）腸已斷欲離未忍，淚難收無言自零。（第五齣）

夫妻分離在即，五娘表示「悲豈斷弦，愁非分鏡」，推卻自己分離之苦，說只擔心如風燭般的高堂。倒是伯喈自然乾脆，將父母託付愛妻，明白說出不忍

〔註28〕錢穆，《中國文化史導論》（台北：商務，1993），頁51。
〔註29〕楊淑娟，《南管與明初五大南戲文本之比較》，頁263～265。

與妻子分離的心聲，顯露他愛惜妻子之情。五娘再將重心拉回到舅姑，說道：
「奴不慮山遙路遠，奴不慮衾寒枕冷；奴只慮，公婆沒主一旦冷清清。」（第
五齣）以公婆之冷清，提點伯喈，其實也是在袒露自己的需求，意謂我何嘗
不冷清？把孝親之情與夫妻之情重疊了。伯喈再次請託：「我年老爹娘，望伊
家看承。畢竟，你休怨朝雨暮雲，只得替著我冬溫夏清。思量起，如何教我
割捨得眼睜睜。」再次表示對愛妻情意之深厚。五娘屢次以孝情為先，淡化
自己的分離愁苦；伯喈真切流露對夫人的不捨與對父母的牽掛，兼顧了孝親
與愛妻的天理。

　　儘管臨別時，伯喈深情款款，萬般不捨。五娘卻擔心夫婿此去琵琶別抱，
一再叮囑「快著歸鞭」、「休重娶娉婷」，伯喈堅定回應：

　　【尾犯序】寬心須待等，我肯戀花柳，甘為萍梗？只怕萬里關山，

　　那更音信難憑。須聽，我沒奈何分情破愛，誰下得虧心短行？（合）

　　從今去，相思兩處一樣淚盈盈。（第五齣）

這一段夫妻敘別，就在他的堅定保證下畫下句點。伯喈告慰妻子的話語，發
自他誠懇穩定的夫妻之情，他堅信自己不會被「花柳」牽引，也為往後之拒
婚及再婚後之愁苦，埋下伏筆。

　　遠遊的步伐一旦展開，此後思親與思妻的雙重奏於是展開：「回首高堂漸
遠，歎當時恩愛輕分。傷情處，數聲杜宇，客淚滿衣襟。」在千里長途中「衷
腸悶損，歎路途千里，日日思親。」年邁的高堂與嬌妻時時影現，偶然看到
平常人家姑娘身影，不免嘆息：「秋千影裏，牆頭半出紅粉。他無情笑語聲漸
杳，卻不道惱殺多情牆外人。」（第七齣）由姑娘的笑語聯想到嬌妻，思妻之
情自然流露。他的唱嘆，他的多感，建立在過往與家人深厚的互動上，因而
毫不扭捏作態。此真情是他對父母妻子的真心思念，是人情醇厚的天理。

三、重婚牛府的情與欲

　　除為議郎，淹留旅邸，有了官身拘絆，返家之願望落空，令他愈發對遠
方的父母、妻子牽腸掛肚。他甚至興起辭官的念頭，說道：「待自家上表辭官，
又未知聖意如何？」（第十二齣）功名已就，面對都城的繁華，伯喈不為所動，
想的是辭官返家。他對父母妻子情感之堅定，毫不動搖。

　　辭官的行動尚未展開，皇帝賜婚的難題又已到來。院子、官媒前來，伯
喈以家有妻房一口回絕，以為「上表辭官，一就辭婚便了。」（第十二齣）上

表辭官辭婚失敗，伯喈贅在牛府，新婚生涯卻落入不安的情緒之中。從拒婚到重婚，伯喈內心之轉折變化，正可觀察其情與欲之流動。

（一）拒婚的天理

皇帝賜婚，伯喈坦率告知院子、官媒：「閑聒，閑藤野蔓休纏也，俺自有正兔絲和那的親瓜葛。是誰人，無端調引，謾勞饒舌。」（第十二齣）院子、官媒再勸，他回：「一家骨肉，教我怎生拋撇？妻室青春，那更親鬢垂雪。差迭，須知少年人愛了，謾勞你姮娥提挈。滿京都，豪家無數，豈必卑末？」（第十二齣）伯喈拒婚，欲割斷名利的誘惑。此時他不卑不亢，天理是挺立住了。院子、官媒三勸，他回：「心熱，自小攻書，從來知禮，忍使行虧名缺。父母俱存，娶而不告須難說。悲咽，門楣相府須要選，奈屐廖佳人，實難存活。縱有花容月貌，怎如我自家骨血。」（第十二齣）此時伯喈強調「從來知禮」，再添上「娶而不告」之非禮，同時沒有忘掉「屐廖佳人」的糟糠妻，謹守禮之節度。

黃仕忠以為：「從斷然拒絕到『娶而不告須難說』只是對『門楣相府須要選』和『屐廖佳人』難存活的兩難關係有所不忍而已，可知也不是毫無所動。」〔註30〕筆者以為黃仕忠判定伯喈已然動心，論證不足。伯喈三次拒絕，從明白告知「俺自有正兔絲和那的親瓜葛」，到「是誰人，無端調引，謾勞饒舌」的氣憤，轉為較為婉轉的親情難捨的說法，強調「妻室青春」，最後再以「奈屐廖佳人，實難存活」，「娶而不告」乃禮教天理之不容，作為拒絕，其實是層層遞進，用心謀劃，務求合於天理。

伯喈辭婚的對象，乃是權傾天下的相國。相國可以給予權勢、富貴與美人，這些足以促使一般大眾人欲蠢動的要件，伯喈皆能如如不動，不為所誘。伯喈對抗來自於外的誘逼，當誘惑的力量愈大，其抗拒之力也相對強大。私下之拒婚，力道不足，似乎成不了事，只好上表辭官、一併辭婚。若說伯喈已然心動，欣然接受即可，又何必如此折騰，私下拒婚於前，又上表大動作辭婚於後。故筆者以為伯喈還是堅持夫妻之情，不隨外在利誘而擺動。

（二）上表辭婚的問題

辭官的理由是要「事父母」，因為雙親年老，又無兄弟，「甘旨不供，食祿有愧」。辭婚的理由是「不告父母，怎諧匹偶」，竟漏了已有妻房的要件，

〔註30〕黃仕忠，《琵琶記研究》，頁154。

夫妻情分在此辭表中完全隱遁。之前還斷然以已有妻室拒婚，今日卻含糊其詞，掠過要件。這是一個必須探討的議題。

黃仕忠針對蔡伯喈前後的心理與行動，他以爲前在官媒院子前說已有妻室，卻在國君面前含糊其詞，入贅相府後也極力迴避，他說：

> 對家有妻室之事，力加隱瞞。故〈詢問衷情〉齣，伯喈自語云：「只是他的爹爹，若知我有媳婦在家，如何肯放我回去？」李卓吾評本批云：「胡說！辭婚時已曾說破。」陳眉公評本亦云：「辭婚時已說破了，如何瞞得？」而潮州出土本則將陳情時所唱的〈入破〉一套作了重撰，讓伯喈明言「奈臣已有糟糠配」，同時刪去「不告父母，怎偕匹偶」等迂闊之詞。〔註31〕

「潮州出土本」〔註32〕的改動似乎使劇情合理，然而伯喈對皇帝明言已有妻室，皇帝還是要他娶牛相之女，似乎也不合理。

筆者以爲，伯喈不提已有妻房，或許是高明有意設計成伯喈辭婚不成的情境，持續維護伯喈不負心的堅定意志，才可以承載禮教。伯喈若提已有妻房，皇帝恐怕很難拒絕。當伯喈站在孝道天理之高度與皇帝爭辯，皇帝得以事君的更高的天理壓迫，讓伯喈接受其安排。另外一個可能是，如前所述，一夫多妻在當時是可以被社會接受的，只要不拋棄糟糠妻。在這個情況下，對后妃成群的皇帝說我已有妻室，不要再娶，是否有用，是個問題。倒不如說，娶妻，不管第幾個，都得稟告父母，或許還比較言之成理。但是搬出「孝」做理由，終會被「忠」壓下去。所以作者安排伯喈「被迫」重婚。

辭官辭婚失敗，他情急下拜託：「黃門哥，你與我官裏跟前再奏咱，我情願不做官。」黃門回：「這秀才好不曉事，聖旨誰敢別，這裏不是鬧炒去處。」（第十五齣）這樣的著急無措，是眞心的自然呈露，怎可說人欲已蠢動？見黃門不答應，他還天眞地想自己去拜還聖旨。被黃門擋了下來後，逕自哭了起來：

> 【啄木兒】苦！我親衰老，妻幼嬌，萬里關山音信杳。他那裏舉目

〔註31〕黃仕忠，《琵琶記研究》，頁 122。

〔註32〕「潮州出土本」是 1958 年在廣東潮州地區揭陽縣西寨村的一座明墓發現的。當時共出土五冊，其中三冊毀損無存，今殘存兩冊：總本上冊和生本一冊。廣東人民出版社 1985 年影印《明本潮州戲文五種》錄爲第二種。抄本原題《蔡伯皆（喈）……爲明代嘉靖以後抄錄。此注引自黃仕忠，《琵琶記研究》，頁 189。

淒淒，我這裏回首迢迢。他那裏望得眼穿兒不到，俺這裏哭得淚乾

親難保。悶殺人麼一封丹鳳詔。（第十五齣）

「親衰老，妻幼嬌」，讓伯喈悲慟不已，在宮裡情不自禁地大哭，不但有震撼
之力，也顯出他堅定的情意，毫無重婚相府的意願。

黃門再勸：「你做官與親添榮耀，高堂管取加封號，與你改換門閭偏不
好？」改換門閭添榮耀正是老父的期待，也是他想追求的功名，如今光宗耀
祖了，他卻極度愁苦焦慮：

（生唱）【歸朝天】冤家的，冤家的，苦苦見招，俺媳婦埋冤怎了？

飢荒歲，飢荒歲，怕他怎熬？俺爹娘怕不做溝渠中餓殍？（第十五

齣）

父母生命的安危，妻子難熬的苦楚，都「苦苦見招」。伯喈堅持孝親之情與夫
妻之情的努力與絕望，是動人的戲劇呈現。

（三）重婚後「夫妻之情」的流動

伯喈被迫重婚牛府，雖然娶得溫柔賢慧的佳人，然而並非就此沉醉溫柔
鄉，而是一而再的牽扯難安，表現在行為上是長期的鬱鬱寡歡。婚禮進行時
雖然說了一句：「喜書中今日，有女如玉。」（第十八齣）卻沒有半點「喜意」
而且一邊被迫迎娶新婦，一邊情不自禁想著舊人：

【滴溜子】謾說道姻緣，果諧鳳卜。細思之此事，豈吾意欲？有人

在高堂孤獨。可惜新人笑語喧，不知舊人哭。兀的東床，難教我坦

腹。（第十八齣）

婚於牛府非他所願，一想到舊婦閨房孤獨空守，對比眼前的繁華喜慶，他愈
發不安，良知天理時時嶄露。高明將伯喈在往後生活中的悲苦，描寫得極為
生動，處處呈現伯喈在新舊夫人之間的為難。

新婚燕爾，理當甜蜜和樂。閒時彈琴，伯喈卻不覺悲聲處處：

【懶畫眉】頓覺餘音轉愁煩，還似別雁孤鴻和斷猿，又如別鳳乍離

鸞。呀！怎的只見殺聲在絃中見？敢只是螳螂來捕蟬。（第二十一齣）

「別雁」、「孤鴻」、「斷猿」、「別鳳」和「離鸞」豈是坐享富貴、新婚燕爾人
的話語？而他卻是如此體會的。對於舊婦的愧歉與思念交揉而成的孤獨語
境，只能獨自品味，暗自傷懷。他對舊婦思念之深重，遠遠超過關愛眼前溫
柔美麗的新婚夫人。其不忘舊人之情義，甚為清楚。

牛小姐看到伯喈撫琴，邀請他彈奏一曲，他心思飄盪，錯亂百出：

（生）當原是舊絃，俺彈得慣。這是新絃，俺彈不慣。

（貼）舊絃在那裏？（生）舊絃撤了多時。（貼）為甚撤了？

（生）只為有這新絃，便撤了舊絃。（生介）（貼）怎地不把新絃撤了？（生）便是新絃難撤。（介）我心裏只想著那舊絃。（貼）你撤又撤不得，罷罷。（生唱）

【桂枝香】危絃已斷，新絃不慣。舊絃再上不能，我待撤了新絃難拚。一彈再鼓，又被宮商錯亂。（第二十一齣）

「舊絃撤了多時」滿懷對家鄉五娘的愧疚不安。「危絃已斷，新絃不慣」，呈現的則是他良知的兩難，家鄉一時是回不去了，成為一個不情願的負心漢；而面對新夫人，他未能全心開放接納，他支吾、隱瞞、藏躲，當然做不成好丈夫。他既然娶了牛小姐，就是他的妻，就應該以夫妻之情相待，畢竟牛小姐是無辜的。他內心念念不忘五娘，顯然不曾拋棄糟糠妻，照孫玫的說法：「如果身居高位而不忘糟糠，並能夠保障其應有的名分和地位的話，那就『合情合理』、『功德』無虧。」但是他對新婦的態度則是不符天理。

伯喈內心糾纏難解，「埋冤難禁這兩廂，這壁廂道咱是個不撐達害羞的喬相識，那壁廂道咱是個不睹是負心的薄倖郎。」（第二十三齣）面對牛小姐，未能「發乎情」，是個人事不通達的憂鬱郎；在五娘心中則已然是個棄家的薄倖郎。新人舊人間的情感安措，萬般艱難，就連夢裡也糾結不清：

【漁家喜雁燈】幾回夢裏，忽聞雞唱。忙驚覺錯呼舊婦，同問寢堂上。待朦朧覺來，依然新人鳳衾和象床。怎不怨香愁玉無心緒？更思想被他攔擋。教我，怎不悲傷？俺這裏歡娛夜宿芙蓉帳，他那裏寂寞偏嫌更漏長。（第二十三齣）

心境的時空與現實的時空的交疊錯置，舊婦與新婦的錯認，凸顯的是伯喈陷入相府安樂窩中的無奈與悲苦。想著五娘「他那裏寂寞偏嫌更漏長」，對於自己「歡娛夜宿芙蓉帳」，有著道德上之強烈不安，似乎戀著新人就淪為人欲。然而人欲或可縱，天理卻處處隨行不離，綁得伯喈渾身難安，左右為難。

牛小姐邀請共賞明月，他神思卻在千里之外：

【生查子】逢人曾寄書，書去神亦去。今夜好清光，可惜人千里。（第二十七齣）

「可惜人千里」，伯喈想著舊婦，雖勉強奉陪新夫人，卻是意興闌珊。兩人心境迥異。一個對景傷情，思念著舊婦；一個則讚嘆月夜美好，一心真情相待。

聰慧的牛小姐看著夫婿日月愁悶，想問根由，伯喈卻是欲語還休。他自語：

> 我這新娶媳婦雖則賢慧，累次問及，自家要對他說，也肯教我歸去。
> 只是我的岳丈，知我有媳婦在家，必怕我去不來，如何肯放我去？
> 不如姑且隱忍，改日求一鄉郡除授，那時卻回去見雙親，多少是好。
> 夫人，非是提防你太深，只愁伊父苦相禁。正是：夫妻且說三分
> 話……。（第二十七齣）

說新娶媳婦「賢慧」，是伯喈對新夫人的讚賞，相信若他知實情，「也肯教我歸去」，可是牛相「知我有媳婦在家」，必不肯放他回去，故而時刻提防。反之，牛小姐單純專情，全心全意相待，即使之後出現懷疑與猜測，也是一心為著伯喈。因此當伯喈已有元配之事真相大白，夫妻間的一堵牆反而可以撤除，伯喈猥瑣擔怕的生活可以結束。這天理與人欲無端翻攪牽扯的長期不安，終於可以回歸應有的夫妻之情。

四、重會五娘：天理的彰顯

不負心與負心、天理與人欲的強烈對比，衝撞著伯喈的良知。再加上牛小姐安排五娘與伯喈會面之前，以宋弘、黃允的故事設局，逼問伯喈，「糟糠之妻，藍縷醜惡」是否休了？伯喈堅定的回答：「怎道醜惡藍縷殺，也只是我妻房，義不可絕。」伯喈再見五娘，第一個反應是：「是你怎地穿著破襖；衣衫盡是素縞？呀！莫是我的，雙親不保？」呈現孝子敏銳的覺察與無限擔憂。在聽聞父母雙亡後，對妻子的回應是：「娘子，你為我受煩惱，你為我受劬勞。謝你送我爹，送我娘，你的恩難報也！」（第三十六齣）是感恩知恩的有情人。伯喈一貫的孝心與愛妻之情，在經過榮華富貴、美人權勢後，一直沒有改變。

高明百般著墨於伯喈再娶之後的不安、矛盾、軟弱、無助，刻劃一個真實的善良的凡人，在威權之下苦苦維護天理之不易。高明筆下的伯喈沒有半點英雄形象，毫無大丈夫氣慨，算不得孝子，數不上義夫，然而他維護天理的努力，正是他動人之處。

第三節　《荊釵記》中之王十朋與錢玉蓮

《荊釵記》中王十朋與錢玉蓮這對夫婦，是義夫節婦的典型。十朋的塑造，一向被認為較成功，有關玉蓮的論述前人多只強調她在傳統婦德上的傑出表現，亦即能嚴守「禮教」規範，不容「人欲」輕易出頭。查紫陽也有此

觀察，他說：

> 人們對此劇的女主人公錢玉蓮卻評價不多，即使有，也多是其為封
> 建貞潔與道德觀念的教化工具。如黃文錫先生就認為錢玉蓮「在一
> 定程度上就像煞是封建說教的產物，欠缺人性的鮮活。〔註33〕

女性腳色，只要涉及禮教，往往就被貼上欠缺人性的標誌，玉蓮亦然。即使
她真心於婚約的堅持，愛情的守候，也都被放在禮教的框架下加以檢視，對
於她勇於衝決繼母的框限，誓死守護愛情與婚姻的勇氣，評論者著墨不多。
此一世守候的堅持，是勇氣與真情的灌注，絕非片面的禮教可以概括。王十
朋從早期的負心故事跳脫出來，成為有情有義的義夫，卻為此受盡苦楚。以
下從情、欲流動的角度探討十朋、玉蓮這對夫婦從初婚、分離到重聚之間彼
此對婚姻之態度。

一、婚姻生活

婚前玉蓮經歷了繼母逼迫悔婚的事件。繼母嫌貧愛富，欲退王家的聘，
改許土豪孫汝權家。繼母的價值觀是「會嫁嫁田莊，不會嫁嫁才郎」，玉蓮以
為「王秀才雖窘，乃才學之士：孫汝權縱富，乃奸詐之徒。」她獨鍾十朋，
心中已然認定才德兼備的十朋，是他理想的伴侶，面對金錢的誘惑而不為所
動。玉蓮是以內心之「情」，與繼母之「欲」對抗。

婚後，十朋一家雖貧而和氣安樂，母親以「如魚似水」形容夫妻二人的
感情親密，對兒媳感情之融洽頗感滿意。夫妻之情之穩固堅實，使其得以在
面對後來種種事變與挑戰中，不落入婚變或改嫁的人欲泥淖。

十朋婚姻生活儘管美好，卻仍掛懷自己「貧處蝸居」；對自己燕爾新婚，
卻無力改善生活，有著不安。玉蓮極力要扮演好媳婦的腳色，卻因家中貧困
無法事事周備，只能感嘆「菽水承歡勝甘旨，親中饋未能周備。」（第十四齣）
夫婦二人齊力事母，感情和睦，可謂能盡人倫天理；而物質生活的匱乏，使
夫婦二人感受經濟困頓的壓力。因此，唯有積極求取功名，才能解決困境。
功名之追求亦即讀書人生命理想之實踐，故雖夾雜物質富貴的人欲之面相，
在當時社會則視為理所當然。

夫妻間是最能真切表露至情的，有了至情，義夫、節婦才有支撐。明末

〔註33〕查紫陽，〈南戲荊釵記中錢玉蓮形象新論〉《現代語文》（2009 卷 28 期，2009
年 10 月），頁 80。

出現「情教」、「情貞」之說。馮夢龍認爲「情」爲道德實踐之根本與內在動力：

> 情主人曰：自來忠孝節烈之事，從道理上做者必勉強，從至情上出者必眞切。夫婦其最近也，無情之夫，必不能爲義夫：無情之婦，必不能爲節婦。世儒但知爲情之範，孰知情爲理之維乎？〔註34〕

在玉蓮、十朋的互動中，我們處處看到彼此出乎至情的關愛與敬重。首先，他們在求取功名之路上，取得共識。十朋因親老而猶豫不前，玉蓮卻積極鼓勵。至於赴京盤纏，玉蓮建議：「可容奴家回去，懇告爹娘，或錢或銀，借些與官人路上盤纏，不知意下如何？」（第十四齣）趙山林認爲：「那個時代知書達禮的女子，其人生理想總是這樣寄託在丈夫身上的，可以說是很高尚，也可以說是很實際，其中並無半點虛情假意。」〔註35〕的確，她主動積極籌措，爲著夫婿的前程費心考量，是寄託著自己的理想的，從她選了才學之寒士而唾棄土豪之舉即可看出。

不克奉親的難處，因錢父及時伸手而得到安頓。十朋雖貧卻沒有虛矯的自尊作祟，他大方接受丈人的美意，讓母親和妻子在赴考期間可以有安全的住所並得到妥善照料。夫妻二人出身雖有貧富之差，但彼此沒有尊卑差等，因而在心靈的領受上可以一致。玉蓮的回應也可以直心而行，而不須處處小心；她考量家中實際之困境，眞誠面對，即使要動用到娘家資源，也不需遮掩。在面對應考的困境時，夫妻二人眞心相待，沒有強行相逼或私心作意，一派光明磊落。

二、分別當下的情與欲

十朋赴考，玉蓮的擔心與叮囑與五娘如出一轍，而又過之。她接連四次，叮嚀夫婿，第一次她說：「君今此行，又恐怕貪榮別娶嬌豔。」十朋回應：「休言，我守忠信，自古道『貧而無諂』，肯貪榮忘恩負義，附熱控炎？」玉蓮仍是不安，她再叮囑：「到京師閑花野草，愼勿沾染。」十朋說：「休將別淚彈，休將別淚彈！且把愁眉斂。背井離鄉，誰敢胡沾染？」這兩次玉蓮之叮嚀聚焦在對婚約的忠信與感情之純粹上。第三次玉蓮之叮囑則是催促早歸，她說：「成名先寄好音回」。丈人亦言：「及第便回歸」。第四次她甚至衝上前，拉住

〔註34〕馮夢龍，《情史》卷一〈情貞觀〉（江蘇：古籍，1993 年），頁 36～7。

〔註35〕趙山林，〈試論荊釵記的傳播接受〉，頁 141～142。

夫婿，再叮嚀：「半載夫妻成拆散，婆婆年老怎支持？成名思故里，切莫學王魁！」這個舉動有許多不安情緒，人欲跳出來表明對夫妻之情是否經得起考驗的焦慮。將婆婆一併帶出，提醒十朋人倫奉養的責任，爲盼夫早歸的心意加一分力道，此與五娘與夫婿分別之言近似。十朋回應：「你不須多囑付，我及第便回歸。」（第十五齣）再次保證，言語堅定而有力。

玉蓮所寄望於夫婿的是情感的忠貞不二，十朋回應「我守忠信」，表示對彼此婚約的信守。至於絕不「貪榮忘恩負義」則是對玉蓮一家不棄寒門、熱心相助的眞心感念。夫妻二人皆至誠守護婚姻，玉蓮難免顧慮，十朋則誓言不違背天理，其堅定令人欲無從出頭。

三、分別之後：十朋的「拒婚相府」與玉蓮的「投江殉情」

宰相招婿，十朋在面對万俟丞相之威逼時，既不畏相府威權，又不貪圖名利富貴，而是悍然以「糟糠之妻不下堂，貧賤之交不可忘」，表明立場。他不曾忘記錢家的不棄貧寒，以及贈銀赴考的恩情。因此在面對婚姻的考驗時，沒有伯喈因再娶而內心翻攪的不安，整個劇中流露的是坦蕩直行的正義。但也因拒絕丞相的招婿，而被拘留聽候、改調到瘴癘之地，爲此而官運曲折，並徒增與玉蓮婚姻之波折。

十朋來到瘴癘之區，備極辛苦，又聽聞愛妻投江的噩耗，內心傷痛已極。往後雖孤身一人，卻能用心治理地方，得到百姓愛戴，內心踏實且擁有護持天理的平靜。與伯喈相較，伯喈享有榮華美人，卻終日不安，難展歡顏；又不喜官場生活，老是擔驚受怕，政治生涯無可圈點。二位多情的男士，伯喈被迫接受婚約，而終日不安，最後甚至得面對父母雙亡的苦楚；十朋抗婚成功，卻飽受政治紛擾，險些讓髮妻亡命江中。兩位爲了守住夫妻之「情」，在抗爭「人欲」的路途上皆備嚐艱辛。

玉蓮的考驗，更是艱險，接到假家書，她的反應是：

> 【剔銀燈】〔旦〕書中句全無禮體，竟不審其中詳細。葫蘆提便說他
> 不是，罵得我無言抵對。娘，休疑說閒是非，他爲人呵，決不肯將
> 奴負虧。（第二十二齣〈獲報〉）

她以敏銳的觀察，冷靜的推理，找出書信處處在在的不得體，來回應家人間之劍拔弩張。「他爲人呵，決不肯將奴負虧」，對十朋堅定的相信，益發凸顯夫妻間之情深義重，爲之後的投江情節，做了合理的奠基。

　　繼母認定十朋招贅在相府，逼婚日甚，玉蓮宣言：「他果然重婚相府，奴家情願在家守節。」（第二十四齣）繼母以過來人的身分道出守節之艱難。「守節」一則必須關閉個人情慾之需求，再則在經濟上若無支援，必須獨力苦撐，實萬般艱難。但玉蓮依然不為所動，「富與貴，人所欲。論人倫焉敢把名汙？」「空自說要改嫁奴，寧可剪下髮做尼姑！」「打死了奴，做個節孝婦。若要奴再招夫，直待石爛與海枯。」「不嫁，不嫁，只是不嫁！」（第二十四齣）玉蓮一再表明不再嫁，語氣堅定。不嫁是對「情」的守護，是避免流入「欲」的必然堅持。

　　「富與貴，人所欲」，沒有「情」的「富與貴」，卻不是玉蓮要的。她雖然提到「人倫」、「節孝婦」，似乎被禮教束縛，但是那並不是重點，「石爛與海枯」的情誓，才是她的堅持。

　　玉蓮之不願改嫁，體現了夫妻之情愛，是出自內心篤定信守婚約之承諾，實踐夫妻之天理，絕非只是屈從於禮教之要求，或懼怕社會輿論之責難。如父親再娶、繼母再嫁，便是當時社會可以寬容的現象。玉蓮之投江，她自言：

　　　自古道：「忠臣不事二君，烈女不更二夫。」焉肯再事他人？母親逼
　　　奴改嫁，不容推阻，如之奈何？千休萬休，不如死休。倘若落在他
　　　圈套，不如將身喪溺江中，免得被他凌辱，以表貞潔。（第二十四齣）

不可諱言，玉蓮投江之背後仍有「烈女不更二夫」的禮教考量，但是更重要的是她認為落入一個她不接受的男人手中，即是身體「被他凌辱」，有損貞潔。可見她真正在乎的是「情」，叫她跳進沒有真情的婚姻，她寧可跳河。求生是人欲，她求死以成全她的情，她的天理。

　　玉蓮在求死求天理的路上還得面臨一個孝親的天理。她去死，婆婆誰來照顧？這是一個兩難：

　　　【五更轉】奴哽咽，難移步，不想堂前有老姑。婆婆，奴家今日撇
　　　了你去。千愁萬怨，休怨兒媳婦，也不是你孩兒將奴辜負。婆婆，
　　　奴家若不改嫁，又不投江，恐母親逼勒奴生嗔怒。罷！罷！賢愚壽
　　　夭天之數，拚死黃泉，丈夫！不把你清名辱汙。（第二十四齣）

因為她選擇死，只好請求婆婆「休怨兒媳婦」，這個孝是無法盡的了。除了婆婆，還有繼母。然而形勢至此，「奴家若不改嫁，又不投江，恐母親逼勒奴生嗔怒。」玉蓮是冒著不孝的罪名，與繼母不斷抗辯的。趙山林評論說：

　　　《分別》一齣寫出了她對丈夫的依戀，《閨念》一齣寫出了她對丈夫

的牽掛，《獲報》一齣寫出了她對丈夫的信任，有了以上鋪墊，她在被逼婚的情況之下投江自盡，就不僅是基於「烈女不更二夫」的信條，而是有著深厚的感情基礎。她雖然是一個典型的「節婦」形象，但是有王十朋這樣的「義夫」形象相互映襯，她可以說是愛有所值，死有所值。〔註36〕

玉蓮以死來完成婚姻之天理，其實構築在夫妻二人愛情的堅實基礎上。夫妻之情的親密無間，是《荊釵記》之絕大勝處。

四、玉蓮投江之後

玉蓮以節婦的典範，獲得神明庇佑，被錢安撫救起而僥倖不死，為夫守節的意志因而得以延展。「誤訃」，陰錯陽差以為夫婿全家得瘟疫而亡，她也不願再嫁；而夫婿初則拒婚丞相，之後感念妻子為她守節而死，也終身不再娶。夫妻二人誤以為對方已亡故，皆不再嫁娶。彼此對情義的信守是最令人讚嘆的。張載曾言：「夫妻之道，當其初昏（婚），未嘗約再配，是夫只合一娶，婦只是合一嫁，今婦人夫死而不可再嫁如天地之大義然，夫豈得而再娶！」〔註37〕。在理學盛行的時代，道德的詮釋更加寬闊活潑，同時也可能激發更多道德自覺人士，轉向自我良知的深入探索，而不是只依循空泛的教條。因而男人對於婚約信守之自我要求也建立起來，信守婚約便不再只是女人的職分。十朋之重夫妻情義，與理學家之看中婚約承諾，其精神是互通的。

玉蓮勇於衝決嚴固的孝道倫常，在繼母面前滔滔論辯，勇於選擇自己的堅持，具有不為權勢威逼所左右的獨立人格。十朋推拒再婚，勇於挑戰「不孝有三，無後為大」的家族觀而堅持不娶。以收養續後嗣，是十朋對應傳統的方法。他不理會媒人「嗣非其類」的言語，堅信「我今縱不諧秦晉，也不會家中絕後昆。」「我做官守法言忠信，名虧行損遭談論，縱獨處鰥居，決不可再婚！」（第四十三齣）其勇氣與忠信正是維護天理的強大支撐。

《荊釵記》之戲劇藝術結構為歷代人們稱道，廖奔、劉彥君認為：

其主線突出，簡潔凝練。劇中王十朋、錢玉蓮分別與丞相、富豪、家長三方面發生矛盾，然而，作品卻始終圍繞著二人之間的愛情主線展開衝突。因此，儘管矛盾重重，波瀾迭起，但仍然渾然一體，

〔註36〕趙山林，〈試論《荊釵記》的傳播接受〉，頁143。
〔註37〕張載，《張子全書》卷八〈經學理窟・喪紀〉，頁6a。

一線相連。〔註38〕

結構緊湊，性格統一，義夫節婦，互為匹配。夫妻二人都能守住「情」，而絕不掉落「欲」中，在對抗外來「欲」的壓迫時，堅定而壯烈，故生出許多痛楚，生動的突顯出他們維護愛情婚姻的真切與勇氣，此乃其動人處。

第四節　《白兔記》中劉知遠與李三娘和岳小姐的婚姻

若說十朋是呈現良知天理的代表，那麼相對之下，劉知遠則是直任人欲橫行漫流。再與伯喈相較，知遠在再娶之後，並未表現良知的翻攪難安，缺乏天理與人欲流動的張力。故《白兔記》展現之夫妻之情，迥異於前面兩對夫妻。以下從知遠之出身與武將氣質出發，觀察其生命特質對婚姻之影響；再討論其離家投軍後，對元配及新夫人之態度，對照三娘對婚姻的維護；最後探討知遠迎接三娘之結局。

一、初婚生活

劉知遠自認是英雄，故事開始時之落魄只是時運未濟，然而撐起他英雄形象的卻只是神蹟。他自嘆「時運」未濟，遂將困境歸於造化，自認「一朝時運至，談笑覓封侯。」李太公收留安置，乃因其五爪金龍的靈異現象與其堂堂相貌，並非因其有特殊本領。

太公收留知遠，三娘持接納開放的態度，說道：「莫埋怨，口食身衣宿世緣。母親，留在家中聽使喚。」（第五齣）之後父親要招為女婿，她起初是反對的：「【傍妝台】爹爹做事不思維，他是我家牧牛的。緣何把我與他做夫妻？爹聽啟，兒拜啟，山雞怎與鳳凰棲？」（第六齣）三娘以山雞與鳳凰之差異，形容兩人背景之懸殊。太公以知遠之異相提醒，三娘因而順從父命。知遠從落魄轉而被收留再進而成為李家女婿，靠的是神蹟諭示，李家對於兩人之結合有利益考量，三娘對知遠並沒有情愛可言。

知遠受招為女婿，有了轉變之機，生命呈向上躍昇的姿態。婚禮時，感謝太公的提攜，他說：「荷公婆收錄提攜，幸一身免遭污泥。……深感不嫌棄。銘心在肺腑，難報恩和義。」（第七齣）夫妻游春，情意正濃，知遠再度發出內心的感激，他說：「得伊提拔起，免在污泥中。這恩德感無窮也囉。一心感

〔註38〕廖奔、劉彥君，《中國戲曲發展簡史》第二卷，頁370。

得，感得公公。把我前人，相敬廝重。」此時的知遠是個知恩感恩的有情人，雖仍困居淺灘，但惜福感恩。

二、婚姻逆境

三娘最初對於婚約雖有所排拒，但婚後情感漸濃，從無情轉有情。夫妻二人甜蜜恩愛的美麗時光，甚至讓她興起「恐如春夢」（第八齣）的不安之感。這擔憂不幸應驗。當婚姻橫逆來襲，三娘與知遠之對應明顯有別，三娘堅強反抗永不妥協，維護婚姻；知遠軟弱無力，隨事搖擺，最後投軍而去，埋下棄妻別娶的種子。

（一）對婚姻的維護

父母驟逝，三娘夫婦即刻面臨兄嫂的無情逼迫，知遠被迫寫休書：

> 【山坡羊】（生）三娘不知何處？你哥嫂直恁無理。無端逼寫，逼寫休書去。心慘淒，妻，你在房中怎得知？今番打散，打散鴛鴦對。一點一畫難提筆起。思之，愁煩訴與誰？傷悲，交人珠淚垂。……
>
> 【前腔】（生）愁拈班管，展花箋盈盈淚漣。夫妻指望同百年，誰知付與花箋？畫一畫滿懷愁萬千，丟一丟頓覺心驚戰。怎寫得休書盡言？怎寫得休書盡言？（第十齣）

這時的知遠雖一心維護婚姻，卻因外力而必須忍痛割裂，最後只能淚眼婆娑無奈地寫下休書。三娘以夫妻之「情」，抗拒來自兄嫂的威逼，致力於維護婚姻而絕不妥協，張庚與郭漢城說：「李三娘上場以後，一言未發，就扯破休書，那種大膽、潑辣的農村婦女的性格，也是一下子就凸現出來了。」〔註39〕三娘原來並不願意結這門親，但是一旦結婚，她就認定了夫妻之情，堅定不移。三娘的情的流動清楚可循。

後來知遠決戰瓜精，一日未歸，三娘做飯送去，知遠望見三娘前來，反卻躲藏起來，說道：「要知心腹事，但聽口中言。」知遠對三娘卻未能充分信任，得暗聽三娘獨語來確認對方心意。三娘見地面狼藉，以為知遠已死，對知遠的魂魄說：

> 奴家指望送飯與你充饑，你被瓜精食啖性命。奴家做一碗羹飯與你，回到房中，尋個自盡。苦！……（第十二齣）

〔註39〕張庚、郭漢城，《中國戲曲通史》，頁233。

這段話透露三娘對知遠的深情。對比於玉蓮被逼婚而欲求死，其原因雖不同，對於夫婿的真情卻是等同的。

知遠開口呼喚，三娘驚愕，以為鬼魂：

> （生）三姐，三姐。（旦）有鬼，有鬼。（生）不是鬼，是人。（旦）是人高叫三聲。（生）三姐，三姐。（旦）就是鬼，也是我丈夫。（第十二齣）

三娘初則受到鬼魂驚嚇，待定下心來，她發自肺腑說：「就是鬼，也是我丈夫。」表現的是生死不移的情。

（二）面對分離時的情

知遠投軍，夫妻面對分離。三娘問：「官人你去，沒有說話分付奴家？」知遠誓言：「此去有三不回。」「不發跡不回，不做官不回，不報得李洪一冤仇不回。」（第十三齣）呈現的是極度的理性與英雄對前途必勝的決心；對三娘而言卻是無法確認歸期的空洞言語。三娘因而再問：「夫妻間沒有說話？」她或許期待夫婿說些貼心話，表露夫妻親密情意。然而英雄的分離，缺乏兒女柔情，知遠交代腹中胎兒的處置後，便直言：「我若去後，無知哥嫂定然逼你嫁人。不強似劉智遠，切莫嫁他。勝似我的，嫁了也罷。」

知遠的話或許可以解讀為既理智又實際，對三娘而言，卻是淡漠無情：「又道是一牢永定寧，死後如何交我改嫁人？是我腹中有孕，怎交兒女從別姓？你出言語忒煞傷情，這恩德如鹽落井。」知遠回答：

> 【獅子序】（生）上告妻妻聽，怕你執不定。你哥嫂忒毒狠，只恐你口說無憑准。我獨自守孤另，恐耽閣兩下成病。（第十三齣）

夫妻分別「便做鐵石心腸也須交淚零。」對於知遠的理智反應，三娘終究覺得「伊說話太無情」。三娘認為夫婦對於婚姻必須有共同承諾，但知遠對於此後夫妻前途甚不樂觀，預做最壞的打算與安排。「我獨自守孤另，恐耽閣兩下成病。」知遠此言無異事先休妻，為日後棄妻別娶，留下伏筆。三娘則不輕易棄守，她一心期待丈夫歸來，臨行「叮嚀囑付三四聲，野草閑花莫要尋」，不求夫婿功成名就，只求夫妻之情永固。

三、守節與重婚：情與欲的分野

有了前段的鋪排，知遠與三娘分離後彼此如何應對婚姻的誘惑或挑戰，便可以有一個順勢推展的根源。知遠離家投軍，固然充滿艱辛，但因為時運

與奇蹟，使他大有展現。當機會來到，他欣然接受新的婚姻，未曾考慮家中妻子與腹中胎兒，走上棄妻別娶的負心漢之路，落入人欲之中。三娘則含辛茹苦，死守夫妻之情。

（一）知遠重婚的欲

知遠再婚之因緣仍是他身上顯發的異相。岳勳元帥以為：「此人明日爵位大似我的」（第十八齣），便將二小姐許配給他。再婚時，只見知遠沉浸在新婚的喜樂中，說道：「想是前生曾留戀，今日裏誤入桃源。」（第二十一齣）再娶岳小姐是「平步上九天，姻緣非偶然。」（第二十一齣）知遠面對富貴、權勢、美色等誘惑，欣然接受。全然順遂私欲流動，未曾啟動天理良知的節制。在接受婚約的當下，看不出一絲忸怩不安，婚前也未向岳家提起已婚之事實，此不顧先前婚姻，棄髮妻於不顧的行為，即是違背天理。張火慶分析說：

> 無賴漢一朝發跡變泰，便把前妻忘卻了，而只戀著新妻：「我和你一似皓月澄清團圓到底。」（第二十九齣）在他的感覺裏，無所謂忘恩負義，迎新棄舊；假若當初沒有外力壓迫，他也願意守著荊妻在家胡混一生的；但因貧賤難容，被妻兄掃地出門後，彼此恩斷義絕，已不相欠。〔註40〕

知遠再婚之欣喜與伯喈再婚之自責呈現極大之對比。伯喈時與良知交戰，故無法與新夫人恩愛生活。知遠與新夫人之關係則恩愛非常，一如與三娘初婚之時。知遠在負心婚變中，自滿自足毫無虛欠之感，毫無「情」與「欲」之矛盾衝突，因而缺少感動人的要素。

知遠升為九州安撫使，享有功名與嬌妻，遂了生平志向，更無心掛念三娘。直到竇老送子到來，他說：「兒名咬臍，是你親娘自取的。聞伊見說，見說肝腸碎，兩淚交流一似珠。孩兒，你親娘在那裏？孩兒，爹在東時娘在西。」（第二十四齣）話中知遠頻表關切，還因極度傷感而流淚不已，似乎情深義重。對岳小姐敘述孩兒來歷時說：「夫人，實不相瞞，前日府中說沒有妻子。下官不才，我有前妻李氏三娘，生下一子，著火公竇老送到這裏來。」到了萬不得已才坦承已有元配，是欺騙岳小姐的行為，有違夫妻之情。知遠知悉三娘陷入困境，未有進一步的實際關懷行動，放任三娘持續受兄嫂凌虐。咬

〔註40〕張火慶，〈貧賤之交不可忘，糟糠之妻不下堂──早期南戲傳奇的婚變戲〉《鵝湖》（175 期，1990 年 1 月）頁，32。

臍郎初到時，知遠情感熱烈，提到三娘，一度傷懷落淚，此後，竟置三娘不顧，毫不聞問。他的良知如曇花乍現，其後又消失無蹤。

（二）三娘守節的情

知遠離家，兄嫂逼迫三娘說：「劉郎去後。杳無音信回來，未知死活存亡。不如嫁個門當戶對的，也是了當。」兄嫂改嫁的提議，其存心在獨得家產，因此其逼迫改嫁的力道強大蠻橫。三娘不顧威逼堅持不改嫁，申明「一馬一鞍，再嫁傍人論」（第十六齣）說出來的理由是禮教與社會觀感，其實更重要的是她對丈夫的情。此外，「還包含了對兄嫂歹行的痛恨和抗爭」〔註41〕。三娘良善又能謹守禮教的人格特質在婚前即已顯露，父母在世時她在神明前祈願「願降慈祥，父母雙全喜」（第四齣）。父母病篤，憂心不已，懇請神明保佑。（第九齣）父親主婚她雖有異議，但順從無違，日常則謹守婦德，「勤紡織，攻針指」（第四齣）。此特質為往後歷經磨難而不屈，奠下合理發展之基礎。三娘當然是禮教的化身，但是天理透過她與兄嫂的「毒狠」的抗爭而呈現，一如錢玉蓮與繼母之抗爭。這種正邪的衝突，展現了戲劇的力道。

為了拒絕改嫁，她選擇「日間挑水三百擔，夜間挨磨到天明」（第十九齣）。千金之軀，淪為奴隸，天天忍受體力極限的考驗，勞動苦楚「只為劉大」，背後的支撐力量，是那音訊已杳的夫婿。「今日我身分娩，始知恩愛難忘。」因產子對夫婿的思念更深。「天若還念我孤單，天若還念我孤單，願孩兒易長易壽。子母每得到頭，免使劉郎絕嗣後。」（第二十二齣）夫婿已遠離，想著過往恩愛，如今可以盡夫妻情義的便是將孩兒養大成人，承擔維護劉家血脈的託付。因為對夫婿之深情、維護婚姻的堅決，三娘不畏一切壓逼苦楚，歷經十六年被兄嫂欺壓凌虐的日子，依然不改初衷。天理雖然柔弱，卻以堅強和忍辱的方式對抗兄嫂的強橫無理，博得觀眾的同情之時，也有感動。三娘堅持不移的深情與知遠的善變寡恩形成「情」與「欲」之強大對比。

四、夫妻團圓：勉強的情

咬臍兒狩獵牽起團圓的線，知遠終於回去相會。夫妻相會的對話：

【孝南枝】（旦）聽伊說轉痛心，思之你是個薄倖人。伊家戀新婚，教奴家守孤燈。我真心待等，你享榮華，奴遭薄倖。上有蒼天，鑒

〔註41〕孫玫、熊賢關，〈解讀《琵琶記》和《白兔記》中「妻」的呈現〉，頁42。

察我年少人。

　　【前腔】（生）告娘行聽咨啓，望娘行免淚零。若不娶繡英，怎得我
　　身榮？將彩鳳冠來取你。（第二十八齣）

知遠再娶嬌妻，享盡榮華，卻不思及苦難的元配，如今以「若不娶繡英，怎
得我身榮？將彩鳳冠來取你。」做為再娶的理由，顯得薄弱不堪，張火慶說：
「這話雖有理，卻未免無恥，恰巧呈現他的無賴心態：全憑仰贅高門淑女，
換取富貴前程，然後回頭蔭榮前妻，真是吃軟飯，看人臉色的。」〔註42〕無
怪乎三娘直呼他是「薄倖人」了。

　　就「汲古閣本」中劉知遠回去與三娘相會來看，並非出自知遠的天理良
知，而是咬臍郎拚死哭活換來的：

　　繼母堂前多快樂，卻交親母受孤棲，爹爹，忘恩負義非君子，不念
　　糟糠李氏妻。今日還我親娘來見面，萬事全休不用提。若還親娘不
　　見面，孩兒便死待何如？（第三十一齣）

兒子對生母長年的孤淒悲苦，感到不忍，因而對父親置生母於不顧，咬臍郎
直以「忘恩負義」批判。因為兒子以死相逼，知遠只好和元配團圓，回歸於
「情」，勉強脫離負心漢之列。這樣的團圓，當然不是完美的結局。觀眾還是
會鄙夷知遠的欲，還是會為三娘的情叫屈。天理得到伸張，然而沾滿血淚。
這份缺憾之感，反諷的為這齣不太出色的教化劇添上讓人回味的餘韻。

　　「汲古閣本」劉知遠的軟弱、薄倖無情與英雄形象大相逕庭，於是「富
春堂本」對劉知遠進行改造，溫陵《《白兔記》漫筆》敘述「富春堂本」的處
理是：「李洪信（「汲古閣本」作李洪一）夫婦逼寫休書時，劉知遠寫了張告
他們『心狠毒』、『勒退親』的狀子，表現得很鎮定機智；入贅岳府前，曾以
已娶妻推辭；竇公送子來時，他正出征在外，直到十五年後回家才知此事，
而在到家前已打算去探望三娘。這就不存在像「汲古閣本」那種思想性格的
前後自相矛盾的缺陷，人物形象的塑造較為完整。」〔註43〕「富春堂本」扭
轉了劉知遠的負心形象，情節發展較合理，沒有人物思想前後矛盾的歧出，
但是草莽英雄粗鄙低下的強壯生命樣態也跟著喪失。「富春堂本」明顯經過文
人的雅化處理，人物的生命強度弱化，劇本的道德味，卻越來越濃。

〔註42〕張火慶，〈貧賤之交不可忘，糟糠之妻不下堂——早期南戲傳奇的婚變戲〉頁，
　　　　32。
〔註43〕溫陵，〈《白兔記》漫筆〉，頁 188～191。

第五節　《殺狗記》中的情與欲

從笑鬧喜劇的觀點細查此戲中人際關係的情與欲，都經過誇張的處理，這種處理有諷刺的作用，往往從反面彰顯天理與人欲。謹從朋友之誼、兄弟之親、夫妻之情三方面加以討論。

一、朋友之誼

《殺狗記》中淨丑柳龍卿、胡子傳都是科諢的戲分。孫華在人群中發現這兩個寶貝，視爲至寶，他說：

> 此二人不但詩禮之儒，頗饒豪俠之氣；又且知機識變，博學多能。
> 物情市價，無所不通；官訟家常，何事不曉。與卑人相愛相親，如
> 同手足。卑人意欲結義他爲兄弟。一來家中百事，商量有靠；二來
> 要他教導孫榮，使他通些世務。（第二齣）

就孫華之眼光看來，柳龍卿、胡子傳這二人博學多能，無事不曉，又能與其相親，集好人於一身。弟弟規勸：「那柳龍卿、胡子傳是市井之徒，諂諛之輩。」他卻說：「他兩個義比雲霄，與咱契似簣篏。」更信誓旦旦認爲：「別的人信不過，他這兩個人，做哥的信得過。」人人皆知的私欲盈滿的小人，好飲酒遊樂、狎暱不端、阿諛奉承、輕諾寡信、口蜜腹劍，孫華竟渾然未覺，分辨不出益友或損友，旁人相勸也撼動不得，還要和他們結義，沉迷痴狂至極。

淨丑的源頭可以追溯到參軍戲，曾永義說：

> 參軍戲的演出方式，及其滑稽詼諧寄寓諷刺嘲弄的特質，其實一直
> 依存於中國戲劇宋金雜劇院本、宋元南戲北劇、明清傳奇，乃至於
> 近代皮黃國劇之中，而到了清咸同之際，又被藝人從中提取出來，
> 發揚光大，因而蛻變轉型成爲再度娛樂教育廣大群眾的曲藝。[註44]

淨丑的表演具備「滑稽詼諧寄寓諷刺嘲弄的特質」，又有「娛樂教育」的功用；在南戲、北劇中擔綱插科打諢，調劑劇中氣氛。舞台上二喬人偷吃酒菜，充滿趣味，生動呈現出他們貪吃、不顧廉恥的醜態，人欲透過淨丑的科諢明顯呈現出來：

> （淨）我今早出來，還不曾吃飯，腹中甚是饑餓。莫若我每先偷些
> 酒吃如何？（丑）小弟也用得著在此，只怕大哥來，見了不好意思。

（淨）這個何難，都推在吳忠身上便了。（丑）有人來，怎麼處？（淨）
如今一個看人，一個吃酒，如有人來，咳嗽為記。……（吃介，諢
科。生、末上）（第三齣）

觀眾覺得好笑是因為太明顯了。淨丑的科諢主要是映襯孫華的愚昧；三個加
在一起更可笑。

一見孫華來到，他們立刻拍馬逢迎：「兄弟望兄不來至，肝腸碎。」酒酣
耳熱，又保證：「哥哥，自今日為始，大哥有事，都是我弟兄兩個擔當，火裏
火裏去，水裏水裏去。大哥若是打殺了人，也是我每弟兄兩個替你償命。」（第
三齣）甜言蜜語，荒謬不可信。堅信不疑的，還是那執迷不悟的主角孫華，
他說：「難得二位賢弟如此真心相待，今後如若宅上欠缺，都在愚兄身上。」
小人慣有的巧言令色，就這樣赤裸裸搬演。藉由誇大的演出，二喬人的私欲
不斷發酵壯大。觀眾輕易可以看清小人的真相，唯獨孫華渾然未覺。這更顯
出他的無能可笑。當孫華遇到殺人事件，真正需要幫忙的時候，找人抬屍：

（生）兄弟，你曾說有事替我。（丑）你殺人命合當償，怎教我替你
埋屍？（生）我與你是好兄弟，怎麼說這話？
（丑）尋思總是一場虛，你是何人我是誰（第二十八齣）

二喬人宣稱與孫華情賽關張，一有事卻成了不相干的人，最後一個心痛一個
腰疼，推託得一乾二淨。孫華原「指望這兩個畜生與我爭口氣，誰想這等忘
恩負義的！」（第二十八齣）二喬人前後面貌的轉變，形成了明顯的對照，他
終於認清損友的真面目。

人欲有時幽微難辨，必須常常省察觀照，尤須克己的功夫；然而一般人
在人欲蠢動時，往往刻意隱瞞矯飾，唯恐人知。由二喬人和孫華推疊出的笑
鬧中，人欲被誇張放大，讓人看得如此明晰，因為荒謬可笑，正可以曝露隱
微不彰的真相，直指問題所在。

二、兄弟之親

孫華、孫榮兩兄弟在性格與才識上幾乎相反，孫華眼中的弟弟是：「性多
執拗，才欠圓通。胸中之學，或者有餘；戶外之事，全然未曉。」「每每觸忤
卑人，屢加訓責，他從無怨恨之心，奈絕無順從之美。」（第二齣）孫華、孫
榮兄弟二人從表面上看，孫榮勤攻詩書往內充實胸臆，哥哥追求外面世事之
圓通。其實，孫榮是個不懂世事，無力謀生，滿腦子詩書卻不知變通的固執

書生。劇中描述他敬重哥哥，事兄如事父，符應兄弟之道，能謹守天理，但是他對哥哥的好，好得很誇張。首先，他將哥哥的暴虐歸諸於於自己不隨順：

> 【五供養】同胞至親，更不知他因甚生嗔？朝夕長打罵，苦難禁。
>
> 不敢怨兄，只恨我不能隨順。早晚拈香告神明，願兄早早可回心。
>
> 默默自思量，家兄忒性剛。觸來勿與競，事過必清涼。（第五齣）

哥哥結交二喬人，性情大變，他任由打罵，因「家兄忒性剛」，只能避免交鋒，等待事過，沒有其他策略或更積極的辦法，只好「早晚拈香告神明，願兄早早可回心。」應變能力之笨拙，已經可見。之後雪夜救兄，換得一頓毒打與誤解，還是一味順受。遇到關緊處，孫榮往往順受聽任哥哥擺佈，毫無作為。喬人前來挑撥：

> （淨、丑）他占了家私，你何不去告他？我兩個與你作證見，分些家私來受用，卻不好的？
>
> 【急三槍】（小生）敗風俗，歹言語怎聽？沒家法，壞亂人倫。（第十八齣）

他立即拒絕，還訓了喬人一頓。孫榮對兄長的好，兄弟間都得不到好處。似是謹守兄友弟恭的人倫之道，實則是無力脫離困境，一味固執。月娘殺狗扮成死屍，夫妻倆請兄弟抬屍，他不計哥哥之前的不仁，堅定回覆：

> 哥哥、嫂嫂放心，便殺了十個，兄弟替哥哥承當，不必憂心。（第三十一齣）

殺人是滔天大罪，不問因由一味代兄承擔，他對哥哥的好，好到不辨是非。

哥哥孫榮則是不仁至極，將毫無營生能力的兄弟趕出家門，未給分文，不思及他往後的生活。知道兄弟困居窯中，以乞討維生，竟不顧念其死活，亦無憐憫之心，或發自己身的深刻自省。之後雪中獲救，又不問緣由將孫榮胡打一頓。甚至安排吳忠殺害孫榮，種種惡行越來越劣，可謂暴虐無情至極，這些致命的暴行，竟是對著至親幼弟齊發。對弟弟的壞，壞得很誇張。

孫華對弟弟的暴虐也有喬人撥弄之助，二喬人編造弟弟孫榮的「陰謀」，告訴孫華弟弟如是說：

> 天地天地，我孫榮被哥哥孫華、嫂嫂楊月真、侍妾迎春，強佔家私。
>
> 如今贖這藥回去，酒裏不下飯裏下，飯裏不下茶裏下，一藥藥死了哥哥，這家私都是我的。（第六齣）

這無端編造的謊言，把人欲誇張到荒唐的地步，孫華卻可以被騙得團團轉，

最後下了趕走孫榮的決定。他原只想將兄弟支開：「汝合往外州經營，求取利息，可立見富足，免致坐食山崩。古人云：『床頭千貫，不如日進分文。』汝晝夜攻書，有何所益？」哪知孫榮竟是這樣回應：「哥哥，豈不聞：『安居不用架高堂，書中自有黃金屋；富家不用買良田，書中自有千鐘粟。』書中有此好處，兄弟所以攻書。」孫榮說了一堆讀書的好處，自己卻是食古不化。他說的大道理顯然是劇作家對迂腐書生的嘲笑與批判。

劇作家安排了兩個極端差異的兄弟。哥哥蠻橫凶暴，私慾又不斷被擴大，已嚴重到要取兄弟性命的無理地步。弟弟面對哥哥的不合理竟無力反擊，只不斷地宣說敬重兄長的大道理，一邊是被強化了的私慾，一邊是強化了的天理。兄弟之道在兄友弟恭，但《殺狗記》反面人物孫華可是一點也不友愛兄弟，他的凶暴誇大了人欲；而孫榮過度的恭敬，也誇大了天理。這誇大了的天理與人欲，讓大家清楚易見，反而點出了真正的兄弟之道。

三、夫妻之情

孫華趕走孫榮，這件事吳忠、月娘、迎春都看得明白，卻無可奈何。此後孫華的生活依然是「每日與柳龍卿、胡子傳打伴，朝歡暮樂，醉酒狂歌」孫華終日放縱，妻子自嘆：

> （貼）我東人結拜為兄弟，落得個甚便宜？夫和婦話不投機。他三個同結義，勝似親的，糖甜蜜更美。把親生兄弟趕出去，你家富何濟？（第七齣）

孫華在損友奉承巴結的巧言令色情境中，享受著虛幻的吹捧甜蜜；雖有一妻一妾，卻沒把她們當回事，不看在眼裡，只喜歡損友。反之，月娘關注夫婿之德行偏差，見夫婿「每日與非親同歡宴，把骨肉頓成拋閃。不聽勸諫，怕迤邐日疏日遠。長掛念，恐一宅分為兩院。」她一心導夫向善，不是為自己感情著想，而是擔心夫婿與兄弟關係惡化而分家分釁，有違「家和萬事興」的古訓。就德行言，孫華身為家長卻「糊塗而暴戾」〔註45〕與謹守禮教的月娘形成極大的反差；一則縱於欲，一則繫於禮。

孫華因誤解，欲將弟弟趕出家門，月娘規勸說：「經目之事，猶恐未真；背後之言，豈可准信。」孫華卻一味執迷，回說：「婦人家三綹梳頭，兩截穿衣。只曉得門內三尺土，那曉得門外三尺土。」「雌雞亂啼，有甚吉祥？」結

〔註45〕 錢南揚，《戲文概論》，頁 160。

論則是「大丈夫男兒漢，終不聽婦女言。」（第七齣）怒推月娘而去。至於迎春，僅是侍妾，意圖居中和解，說道：「員外，柳龍卿，胡子傳以假亂真，他每是無義之人，不可輕信。院君的言語，只不過要你兄弟和順，何故著惱？」夫婿認為「那有他的說話分！也來多嘴！」這段話是對兩位女性的輕蔑，孫華越是看不起妻妾，則越顯露他的無知可笑。

規勸失敗，月娘感嘆：「忠言不聽，生出惡性。」直率的迎春也幫腔：「把幾句回他，怕怎麼？」她決定來個反擊，但低下的身分不容她發聲，只能鼓動月娘行事。月娘不以為然：

> （旦）欲要把幾句回他，又恐怕夫妻爭競。只落得外人，只落得外
> 人，胡言講論。（貼）院君，外人講論些什麼來？（旦）講論家不和
> 順。自評論，耐了一時氣，家和萬事成。（第七齣）

威權夫婿是強化的人欲，月娘是強化的天理，堅固地架構在「家和萬事成」的道德框架上。一日孫榮揹回昏睡的大哥，月娘留孫榮用餐。孫榮擔心招來毒打，急欲返回窯中，月娘瀟灑道出：「醒來我自支持，我婦人家豈怕男兒？」但是莽夫一醒，她的勇氣竟不堪現實的試煉，全然瓦解，與之前宣告的「豈怕男兒」完全對反。迎春建議：「暗地使人送些與小官人做盤費，免得在街頭求乞」，引來月娘說教：「此乃背夫之命，散夫之財，非賢婦也。」（第十九齣）為求道德之十全十美，她執意以夫為尊，要先勸夫回心轉意。月娘奉禮教若神明，因而受到之牽制亦深，她不知變通的模式，近乎孫榮的食古不化，甚是可笑；她的委屈求全，以和為貴，也與孫榮一味順受近似。倒是迎春伸張正義，合乎人性天然，貼近天理，與孫榮、月娘成了明顯的對照。

第十七齣〈看書苦諫〉，月娘說楚昭王賢慧棄妻護弟的事，結論是「妻子易得，兄弟難得」，為了凸顯兄弟之情，竟是自貶身價。無奈還是惱怒夫婿，孫華怒回：「你婦人家省得甚麼？只管歪纏，沒些了當。」這些輕蔑女性的話最後都回到自己身上。後來搬屍無人相助，孫華央求月娘設法，月娘自稱沒見識，將上次孫華譏諷的言語奉回：「我是婦人家，只曉得三綹梳頭，兩截穿衣，拈針穿線，那有甚高識遠見來？」（第二十九齣）所以孫華罵得越兇，故事的反襯效果越強，也越發可笑。

月娘縮在「家和萬事成」、「此乃背夫之命，散夫之財，非賢婦也」的道德框架裡，又自縛在「妻子易得，兄弟難得」的典故中，弱化自己的地位與情感。她的天理，常是過了頭，因而拘泥不通，不合時宜。就連藉由殺狗把

孫華從人欲導向天理的計策也不高明，還得勞動土地神將狗化爲人身。這樣不高明的計策居然也成功，也未免可笑。月娘的天理與孫華的人欲是誇大的兩端，正好明明白白把天理與人欲揭示出來。

第六節　《拜月亭》中蔣世隆和王瑞蘭的情與欲

鄧紹基主編的《元代文學史》對於《拜月亭》有如下的評論：

> 主線是王瑞蘭與蔣世隆的愛情婚姻故事。在這個婚姻故事的基本格局和所體現的主要思想傾向方面，雖然未能突破關漢卿的同名雜劇。但南戲作者更加展開地著力描寫王、蔣二人在患難中建立起來的純潔、堅貞的愛情和他們掙脫封建束縛，大膽追求自主婚姻，不屈於封建壓力的反抗精神。〔註46〕

俞爲民在《宋元四大戲文讀本‧拜月亭前言》也認爲《拜月亭》是「通過蔣、王兩人的悲歡離合，對傳統的封建倫理道德提出懷疑和批判。」「劇本正是通過瑞蘭和王鎭之間的矛盾衝突，熱情歌頌了王瑞蘭那種敢於越過封建禮教的藩籬，大膽追求幸福愛情的可貴精神，並揭露和抨擊了封建禮教扼殺青年幸福愛情的殘酷和虛僞本質。」〔註47〕鄧紹基和俞爲民都肯定蔣、王二人之愛情，對於禮教之束縛則嚴屬批判。筆者以爲，此戲確實歌頌男女之間的愛情，但是沒有批判禮教，反而是透過禮教肯定愛情。瑞蘭和其父王鎭的衝突無關禮教，而是王鎭與蔣世隆之間階級與貧富的對立。以下分四階段探討此戲中情與欲的流動。第一階段看蔣、王相遇而權做夫妻；第二階段世隆要求做夫妻，瑞蘭以爲不可，此時情與欲之衝突升起。第三階段由店主人主婚，化解了衝突，回歸於情；第四階段父親出現，衝突再起，兩人經歷分離考驗。

一、「權做夫妻」的情與欲

瑞蘭出身貴族，父親王尚書位高權重。世隆是沒有門第官場背景的秀才，未參加進士考試；兩人身分懸殊。故事發生在金末，正當蒙古入侵，蔣、王隨著逃難人潮離家避難，逃難中瑞蘭與母親失散，世隆也與妹子瑞蓮失散。世隆尋找妹子，瑞蘭錯應。世隆認爲錯應了，就各道再見，再尋親人吧。可

〔註46〕鄧紹基，《元代文學史》，頁556。

〔註47〕俞爲民，《宋元四大戲文讀本》（江蘇：古籍出版社，第一版，1988 年），頁269。

是對一個未出閨閣的女子而言，流落在荒野間，是百般艱難的。瑞蘭顧不得羞恥，鼓起勇氣說：「秀才念苦憐孤，救奴殘喘，帶奴離此免災危，我也不忘你的恩義。」（第十七齣）與母親失散的瑞蘭，放下閨女的身段，放掉禮教男女別嫌的叮囑，斷然要求秀才世隆挈帶同行，此乃求生之應變，「怎生惜得羞恥」。錢南揚讚譽她面對危難的果斷機智，說：

> 這位兵部尚書的千金大小姐……當她失散了母親，驀然遇到陌生而志誠的秀才蔣世隆時，就顯出她的果斷和機智來了。她深知孤身行路的危險，能夠突破男女授受不親的禮教觀念，克服不出閨閣少女的羞澀心理，大膽主動地提出要求蔣世隆挈帶同行。〔註48〕

但是，瑞蘭眼中的世隆，真的如錢南揚所說的「志誠」嗎？瑞蘭請求同行時，他竟藉機驚嚇戲弄：

> （生）娘子，你方才說不見了令堂，遠遠望見一位媽媽來了。
> （旦回頭科）在那裏？（生近看科）曠野間，曠野間，見獨自一個佳人，生得千嬌百媚。況又無夫無婿，眼見得落便宜。且待我唬他一唬。娘子如何是？天色昏慘暮雲迷。（第十七齣）

在瑞蘭回頭尋找母親身影時，世隆藉機打量「千嬌百媚」的小姐一番，對眼前美人已然升起好感，但他卻以天色已昏暗、雲霧低迷，惹得瑞蘭更加心慌。此舉雖可解讀為促狹行為，讓劇中增添輕鬆逗趣的場面，然而世隆雖無非禮侵犯的意圖，卻以佔盡便宜之優勢，作弄嚇唬落單的孤身女子，有損君子端正形象，夾雜人欲。

瑞蘭面臨此生命困境，急求解決，面對世隆的作弄，只能再次懇求：

> （旦慌科）秀才，帶奴同行則個。（生）娘子差矣，我自家妹子尚且顧不得，怎帶得你？（第十七齣）

世隆也許不是真的拒絕，只是再來一次捉弄，劇作家用舞台效果把瑞蘭惹得更焦急罷了。

面對世隆離去的決定，瑞蘭反擊：「書上說道『惻隱之心，人皆有之。』既然讀詩書，惻隱心怎不周急也？」世隆說：「你只曉得有惻隱之心，那曉得有別嫌之禮？我是個孤男，你是寡女。廝趕著教人猜疑。」（第十七齣）瑞蘭以「天理」之高度相詰問，以為面對其他生命可能遭到危難，應本其仁心，予與救助，才符合孔孟人道精神。世隆既是讀書人，怎能不解此？世隆以「別

〔註48〕錢南揚，《戲文概論》，頁158。

嫌之禮」推託，一樣站在禮教「天理」之位階發聲。因而提出「若人問起？」，將問題丟回給瑞蘭。瑞蘭說：「路中若擋攔，可憐奴做兄妹。」世隆說：「兄妹固好，只是面貌不同，語言各別」，又作勢要離去，逼得瑞蘭急忙提出建議：

> （旦）有一個道理。（生）怕問時卻怎麼？（旦）奴家害羞，說不出
> 來。（生）娘子，沒人在此，便說有何害。（旦）怕問時，權……。（生）
> 怎麼又不說了？權甚麼？（旦）權說是夫妻。（生）恁的說方才可矣。
> 便同行，訪蹤窮跡去尋覓。（第十七齣）

在一問一答間，瑞蘭吞吞吐吐，世隆則是緊緊追問。當瑞蘭羞澀地說出「權說是夫妻」時，世隆「恁的說方才可矣」的回覆，應該是帶著雀躍的。這段對話凸顯出年輕男子，面對女子而初發生的情感觸動，世隆作弄瑞蘭與設問對答層層遞進，推疊出戲劇趣味。世隆顯然對瑞蘭有好感，卻又故作姿態；瑞蘭不得不主動請求協助，未婚青年男女相逢孳生的自然情愫，就在言談中躍動，為往後愛情的滋長，埋下種子。劇作家安排由女子提出「權做夫妻」的建議，而非男方提議，可以避開男子趁機要脅的嫌疑，有利於維持世隆君子的形象；至於以夫妻相稱乃逃難中為「合乎禮」之需而來，未婚男女不便共處，兩人先建構一個合於禮的情境「權說是夫妻」，往後兩人相依相隨才有其合理性。

逃難途中一度遭遇盜匪挾持，險些喪了性命。盜匪行刑，世隆呼喊：「蔣世隆銜冤負屈。……」這一呼驚動了盜賊首領：

> 【梁州賺】（小生）緊降階，釋縛扶將起，是兄弟負恩忘義。這是何
> 人？（生）是我渾家。（小生）尊嫂受禮。誰知此地能完聚？（旦）
> 愁為喜，深謝得賢叔盜蹤。（第二十齣）

盜徒首領竟是結拜兄弟陀滿興福，危機因而化解。這是劇本中第一次瑞蘭和世隆以夫婦之名來回應旁人的問話，以呼應上文「若人問起」之設問。在群眾中昭告彼此是夫妻身分，無意間更增添親暱關係。在這逃難過程中，兩人逐漸建立了真摯可貴的愛情。在此階段，無論初發的情感觸動，或是「權做夫妻」的變通，世隆雖有小疵，夾雜人欲之蠢動，大體上兩人之感情流動，皆能合乎「禮」，而未有逾越。

二、情與欲的衝突

愛情的美好兩人皆知，但如何進一步安頓這愛情，使之合於禮法，是兩

人共同必須面對的課題。第二十二齣，兩人在廣陽鎮招商局，有段世隆與旅店僕役插科打諢，以睡覺房舍需求為主題：

> （丑）依我便打掃一間房，依著官兒了，鋪下兩張床。（生）一張！
> （丑）也依娘子一半，床卻丁字鋪了。（生）怎麼丁字鋪？（丑）官
> 兒的床鋪在這裏，娘子的床鋪在這裏，上了床，吹滅了燈，一個筋
> 頭就過了。

整個插科打諢以趣味的方式，呈現世隆想行夫婦之實的欲望，而瑞蘭卻堅定守住禮法，不為所動的過程，從而開啟兩人「情」與「欲」的爭執。世隆嘆息「有分憂愁，無緣恩愛，何時了？」他想與瑞蘭恩愛相親，對於漫漫的等待，顯得焦急。瑞蘭回：「禮法所制，人非土木，待說也難道。」肯定他們日久孳生的情意，但遵行禮法，不得逾越。世隆情切逼問：「可記得林榔中的言語來？」瑞蘭之前提議「權稱夫妻」乃是當時逃難時的應變，世隆卻認為瑞蘭如今不做夫妻是失「信」之舉。「權做夫妻」與「做夫妻」大不同，世隆的爭辯顯露其越禮的欲望。

兩人論起身家背景，瑞蘭說：「秀才，你不問起也罷，若問我家中事情，不要說與你同行同坐，就是立站的去處，也沒有你的去處。」言語不合，世隆怒氣頓生，又立即機警提醒自己放軟身段：「且住。不要與他硬，若硬，兩下裏就硬開了，還要放軟些。」（第二十二齣）他馬上改口：「娘子元來是宦家之女，我蔣世隆低眼覷畫堂，尚然消受不起，倒與娘子同行同坐，望娘子高抬貴手，饒恕蔣世隆之罪。（跪科，旦亦跪科）」（第二十二齣）。世隆為了贏得美人，從怒氣勃然陡然切換為軟語討饒，轉變機伶滑脫，目標則是要達到「實作夫妻」的欲求。

瑞蘭說：「我稟過父親，那時與你成親也不遲。」世隆：「那時節你還要我？攀高，選擇佳婿。卑人呵！命蹇時乖。實是難招。」（第二十二齣）婚姻必經「父母之命、媒妁之言」，瑞蘭正式婚娶前不得有逾越禮法的人欲的行為。世隆卻是擔心，若待瑞蘭返家，他哪可能攀高迎娶，這段情緣只會成空。兩人身分背景的懸殊，無疑是結合的阻礙，成全禮法即將失去愛情，這是世隆最掛慮的。他陷入「情」與「欲」的掙扎。

瑞蘭堅守合於禮之情，世隆卻要衝破界線而流為不能止乎禮的欲。幾番爭辯，瑞蘭還是堅持守住禮法：

> （旦）秀才，你送我到行朝，與爹爹說知。教個媒人說合成親，卻

> 不全了奴家的節操？
>
> （生怒擊桌科）你前日在虎頭寨上，若沒有蔣世隆呵，亂軍中遭驅
> 被虜，怎全節操？（第二十二齣）

玉蓮說出「節操」二字，世隆激動擊桌。確實，這一路若非他細心呵護，瑞
蘭的節操怎得保全？世隆愛慕瑞蘭而欲成眷屬，卻以逃難行路時的恩情要
脅，實非君子所當爲。世隆有現實處境之考量：今朝不把握，將來面對瑞蘭
高官的家勢時，很難有娶得瑞蘭的機會，恐徒留憾恨。如此積極護守愛情之
舉措，合於乎「天理」；但是，既然瑞蘭不肯，硬要強迫她接受，則流於人欲。
瑞蘭並非不動情，但她站在天理的立場護守禮法，也設身爲世隆著想：「怕仁
人累德，娶而不告，朋友相嘲」。李贄評《幽閨記》說：「難得如此貞節女子，
即患難亦不苟也。」〔註49〕又總批說：「如此女子，難得！難得！居常而失節
者，不知何如。」〔註50〕顯然瑞蘭和李贄都是禮法的維護者，瑞蘭維護到讓
世隆「怒擊桌」的地步。兩個有情人爲了欲而起衝突的戲當然有吸引力。

三、離亂中的婚禮：情與欲的結合

世隆擊桌的聲音與兩人的手吵引來旅店主人。熱心的店主人夫婦極力促
成這門親事：

> 權者反經合禮之謂……今日奔馳道途，風餐水宿，事之變也……今
> 小姐堅執不從，那秀才被我道了幾句言語，兩下出門，各不相顧，
> 若遇不良之人，無賴之輩，強逼爲婚，非惟玷污了身子，抑且所配
> 非人。不若反經行權，成就了好事罷。（第二十二齣）

店主人「反經行權」的論述，爲兩人的婚姻找到合於禮的依據。雖無「父母
之命」，有店主人作媒，也算合於禮了。店主人主持的婚禮化解了兩人情與欲
的衝突，讓情人之情以合乎禮的方式成爲夫妻之情。

「世德堂本」則明顯有別，第二十五齣中店婆勸說：「官人娘子聽啓，你
兩箇都是寡女寡兒，途中鎭日兩相隨，其中難辨眞和僞。我今說合，明媒正
娶，你夫妻一對如魚戲。」沒有反經行權的大論述，語詞無說教味。而瑞蘭
應允後說：「才郎意堅牢，賤妾難推調。肯時容易間，只恐心事休忘了。」也
未對有違禮教做出辯護。顯見越晚的版本越受到理學禮教的影響，瑞蘭的堅

〔註49〕　《李卓吾批評幽閨記・第二十二齣招商諧偶》（台北：天一出版社印），頁9a。
〔註50〕　《李卓吾批評幽閨記・第二十二齣招商諧偶》，頁12a。

持引起的衝突更具戲劇張力。較早的《世德堂本》禮教意味較淡薄，瑞蘭堅持的強度不如「汲古閣本」。

婚後世隆染病在床。世隆體念瑞蘭之苦，說道：「娘子，我病體難醫難治，你這苦如何存濟？」瑞蘭則一心祈願：「願流恩降福，降福災星退。」世隆再叮囑：「勢漸危，料應我不久矣！若還我死，你必選個高門配，我便死向黃泉，一心只念你。」婚後的世隆，顯得穩重多情，面臨病痛與死亡威脅時，多方為瑞蘭將來著想，囑意「必選個高門配」，表達那「一心只念你」的深情。兩人感情的發展有了順遂的空間之後，感情更勝於往日；即使面臨困頓，也能互吐心聲，互相安慰扶持。從世隆婚後的表現看起來，他在旅店中想要實做夫妻的企圖，只是急切想要得到他心愛的女子，並無別的邪念。一旦得到他所愛，他就再無二心。此堅實的情，正是往後對抗一切考驗的基礎。

四、分離後的情與欲

第二十五齣，瑞蘭父親意外出現，瑞蘭告知父親「隨著個秀才棲身。」父親大怒：「誰為媒妁？甚人主張？」瑞蘭解釋：「爹爹，人在那亂，人在那亂離時節，怎選得高門廝對廝當？」瑞蘭自主結婚，父親父權受到挑戰，怒氣頓生，接著以強勢官威，對世隆發出輕蔑的言語：「你自想，甚年發跡窮形狀？」他的話語中聽不出對女兒的關懷慈愛，也沒有感謝世隆保護了女兒；他考量的是門當戶對與家族利益，對於眼前的窮書生的人品才學完全不聞問，對於女兒的感受完全不顧。父親之行勁十足是「人欲」。

瑞蘭的處境甚是艱難，一邊父親怪她「逆親言，心向情郎。」一邊夫婿以病篤怎可「撇在沒人的店房」哀求。她擔心著生病的夫婿，不忍驟離相棄，在夫妻之情與父女之情之間，瑞蘭選擇維護前者，因而一再向父親懇求，卻得不到善意的回應。瑞蘭之對抗父親，與牛小姐之對抗父親，玉蓮之對抗繼母，皆導因於家中長輩之嫌貧愛富的勢利心態，三位親長皆以親情之名行人欲之實，險些壞了美好婚姻，壓迫愛情的主要根源是威權家長，若父母成全即得以順受禮法。

病中的世隆領略了丈人的勢利薄情，最後也只能無奈心傷的看著愛妻被硬扯帶離。夫妻分離，瑞蘭隨父寓居郵亭，想著病中的丈夫，盡是憂思掛懷：「相別到今，到今凶吉未知！冷落空房，藥食誰調理？床兒上怎生，怎生獨自個睡？」（第二十六齣）全家旋即團聚歡樂，她卻因思夫而感傷，對夫婿滿

是感謝：「轟雷戰鼓，喊殺聲散亡，人盡奔逐。那時無他可憐，救我在危途，知何處作婢爲奴，知何處遭驅被虜。」（第二十九齣）往後更是「春思慼慼，此愁誰訴，此情誰知；心撩亂，慵睹妝台梳洗。」（第三十齣）在分離的數年間，瑞蘭對夫婿之相思，不因時間更迭而改異，她執守著夫妻之情，感情愈發堅定。世隆亦不忘愛妻，惟尙有科考待完成，故勤於攻書。完就功名，是改變夫妻懸殊身分，改變命運的途徑，世隆之攻讀詩書，是爲了與妻子團聚，是珍惜夫妻之情的體現。雖然硬被拆散，兩人都堅守夫妻之情的天理。

王鎭奉旨招贅，瑞蘭斷然拒絕：「上告爹爹母親得知，孩兒已有丈夫，不敢從命。」王季思認爲：「敢於辭贅抗婚，不僅違抗父命，而且也不把聖旨放在心上。王瑞蘭對愛情的忠貞和對傳統勢力的反抗性格，反映了人民的意願，煥發出奪目的光彩。」〔註51〕瑞蓮也表達支持：「瑞蓮甘與姐姐一同守節。」女兒明明已經結過婚了，王鎭還逼她改嫁，幾曾把禮法放在眼裏？而且他顯然不會告知新科狀元女兒嫁過人了，這是欺騙的行爲。

媒婆遞送絲鞭，瑞蘭阻止：「我洞房曾會招商店，爹爹錦旋，途中偶見，霎時間拆散了鴛鴦伴。媒婆休要遞絲鞭，我甘心守節，誓不再移天。」（第三十五齣）瑞蘭其實不知道世隆流落何處，也不知是死是活，而眼前擺著一個新科狀元，她如此宣示，情義之深重，令人感動。王季思說：

> 在媒婆面前，也宣稱自己是有夫之婦，這對愛情是何等忠貞。……
>
> 王鎭愛的是新科狀元，所以執意要招；王瑞蘭愛的是蔣世隆，所以
> 堅決不嫁。兩種思想，壁壘分明。〔註52〕

瑞蘭以夫妻之情再度與父親之欲抗爭，所幸狀元郎即是世隆，才不致釀成悲劇。當王鎭懷疑新科狀元正是蔣世隆時，執意要招他爲婿，一反過去對他的輕蔑。可見《拜月亭》批判的不是禮教，而是這位挾權倚勢、嫌貧愛富的勢利家長。侯百朋說世隆的人格特質裡帶有一些雜質〔註53〕。他與瑞蘭初始相遇時對話行爲裏，藏著機心，的確有商榷之處，但又不能否定他最後決定相契同行的美意，此是天理。後來在旅館要求與瑞蘭「眞做夫妻」，則夾雜人欲。

〔註51〕王季思主編，《重訂增注中國十大古典喜劇集‧幽閨記》第二十二齣〈招商諧偶〉（山東：齊魯書社出版，1991年），頁328。

〔註52〕王季思主編，《重訂增注中國十大古典喜劇集‧幽閨記》第二十二齣〈招商諧偶〉，頁376。

〔註53〕侯百朋，〈談世德堂本《重訂拜月亭記》〉見《南戲探討集》第五輯（浙江：溫州市藝術研究室1987年出版），頁92。

中了狀元，世隆斷然不接受絲鞭。分離之後和婚後的世隆對妻子的深情堅定不移，完全洗刷剛遇見瑞蘭時的輕佻與逼瑞蘭成親時的急怒，從帶有「雜質」的人品昇華到「義夫」的天理高度。

考察拒接絲鞭的情節，各本也有差異。元雜劇，世隆在不知對方身分下，接下官媒誤投絲鞭。婚筵時兩人見面，相互指責對方違背盟約。《世德堂本》尚有官媒云：「轉卻絲鞭，夫妻相隨。」誤投絲鞭的情節。世隆沉吟下仍接下絲鞭，第三十九齣〈官媒送鞭〉世隆、興福云：「媒婆，既是朝廷寵加宣命，不敢有違，強從來意。」王瑞蘭則誓不改嫁。其餘各明本已刪改「回頭一掉」的情節，世隆堅守盟約，不接絲鞭。錢南揚說：「這樣堅守節操，對男女主角濟困扶危、果斷機制的性格，前後比較一致。明人往往把戲文改壞，惟《拜月亭》卻是例外。」〔註 54〕從本文的討論可知，例外的不只是《拜月亭》而已。

五、小結

南戲這五齣名劇，從情與欲的流動過程加以考察，我們發現劇中人物的心理活動，整個明晰起來。審視情與欲的準則，是「發乎情，止乎禮」，理學受到後世最大批評也是禮教。五四時代學者大肆撻伐，現代大陸學者動輒以「封建禮教」批判，認定它是束縛人心的巨獸。禮教成長在父權體制的背景下，其制定是為了維護父權架構之持續與發展，因而發展出對女性諸多不利的限制。如嚴制「男女之防」與「婦無再適」的道德要求，即是為了維持父系血統的純正與維護家庭結構之完整。很多學者認為禮教的更趨嚴峻與殘忍，是來自於理學存天理去人欲之說的宣導。然而考察「明中葉以降，一方面是貞女列婦的數量增加，一方面又是情慾的寬容甚至放縱。」〔註 55〕這並列而生的社會現象，果真是理學造成？費斯言以為烈婦數量的增加，只是文獻紀錄的發達，不能據以為論據之參考；烈婦文獻之增多反而可能反映社會風俗之澆薄，而增多了文字宣導的必要性〔註 56〕。

比對本章的討論，《琵琶記》中蔡公因兒子之不義主動提出五娘改嫁的建議，《白兔記》中三娘兄嫂謀奪家產逼迫三娘改嫁，《荊釵記》中玉蓮繼母貪

〔註 54〕 錢南揚，《戲文概論》，頁 159。
〔註 55〕 李祥林，《戲曲文化中的性別研究與原型分析》（台北：國家出版社，2006），頁 259。
〔註 56〕 費絲言，《從典範到規範》，頁 41。

圖財富逼迫玉蓮改嫁，玉蓮誤以為十朋於任內去世，傷心欲絕，丫環安慰道：
「姊姊，待等三年孝滿，別贅豪傑。」《拜月亭》中王尚書也逼瑞蘭再嫁。從
這些劇看來，外界要求改嫁的壓力，實在非常強大，遠遠超過「婦無再適」
的禮教教條。她們之不再嫁，並非受到禮教壓迫，而是自主的決定。玉蓮說
得最清楚：「再醮突然費唇舌，共姜誓盟甘自悅，守寡從教鬢似雪。」（第三
十四齣）她們之不改嫁，實應解讀為對夫之真情，「甘自悅」是她們的心聲。
理學的盛行，天理與人欲之說的大行，可能促成婦女德行自我要求的提升；
若說理學是壓迫婦女與情感的元凶，則言之太過。王十朋與蔣世隆都堅拒再
娶，沒有人認為他們受到理學壓迫。

第七章　結　論

　　理學成爲宋朝一代學術之代表並影響及元明清三代之學風走向是一般學術界都能接受的看法。然而理學內部本身即複雜多樣，隨時代亦有檢討、修正或改進。如南宋理宗至明初，出現所謂此亦一「述朱」，彼亦一「述朱」的現象，但在其背後實隱藏「和會朱、陸」的內容。它對文學產生作用，但也不可誇大其影響；有些學者將理學之束縛誇大，將文學或社會之退步現象歸於理學，是過度闡釋下的結果。

　　本文著重在探討理學鼓動生命的現象，以學理爲依據，從南戲劇本的梳理過程中發現劇本中因爲天理與人欲的流動衝突呈現動人的戲劇張力；考察學界之研究，很少觸及此論題。南戲或理學之研究很多，五大南戲的研究也不少，但多集中在版本、情節、排場、結構、作者意圖、人物分析等，其中也有少數學者結合儒學義理做更深入的研究，由毛聲山和李贄兩位的評點角度引領讀者開啓不同的視野，卻也受限於毛、李兩位的評點材料。黃仕忠與劉小梅的著作雖已涉入儒家義理，但多集中在《琵琶記》。本篇論文討論的議題、範圍與方法，尚未有人提出。

　　本篇論文探視理學在南戲中的呈現，分生與死、貧與富及情與欲三大議題討論南戲五齣名劇中天理與人欲的流動。首先，生命的存續與價值是儒家安身立命所必須面對的基本課題。求生是人類的基本慾望，但孔子的「殺身成仁」，孟子的「捨生取義」又明確指出人生有超越生命存在之價值，故生死的取捨，常是天理與人欲折衝後的結果。其次，爲了安養身軀與有限的生命，物質生活的富裕成爲眾人追求的目標。自從宋朝科舉取士人數大增之後，書生脫離貧困的最有效途徑就是參加科舉求取功名。五大劇中即出現三位狀元

主人翁，比例非常高。最後，感情生活之豐盈或匱乏、和諧或擾嚷，與個人之道德生命息息相關，個人在感情的抉擇中，天理與人欲的流動是最為動人的樣貌。

南戲作品大多經歷改編之歷程。《荊》、《劉》、《拜》、《殺》四劇，由原本到改編本，四位男主人公的腳色德性都愈趨美好，主角也由被社會批判撻伐轉成被歌頌讚賞或同情。主角的形貌，逐漸脫離人欲而趨於天理。南戲與理學，兩者同時承擔起道德教化的責任。書會才人是民間高級知識份子，接受著傳統道德教育，以平易通俗之文筆創作戲劇，和文人劇作家一樣表達對社會教化高度的參與興趣。這和理學家熱中於制定家規、家禮、族規、鄉約，來傳播禮教思想、教化民眾，有異曲同工之妙。理學興盛後，劇作家受到浸潤，不自覺或自覺地將戲劇化成思想的載體。

在南戲的狀元戲中，大多把應考之事件，在戲劇開頭即作了交代。《琵琶記》副末開場：「奈朝廷黃榜，遍招賢士，高堂嚴命，強赴春闈」（第一齣），《荊釵記》第一齣副末開場：「春闈催試，拆散鸞凰。」《拜月亭》蔣世隆因守喪未能及時應考，仍「繼晷與焚膏，祗勤習詩書」（第二齣）這些書生都寄望一朝躍龍門，集體往科舉之路邁進。《白兔記》中劉知遠自嘆「年乖運蹇，枉有沖天志」（第二齣），功名的誘惑招喚著。他們追求功名之目標無異，命運卻迥然不同。蔡伯喈與劉知遠都再娶，最後一夫二妻團圓。蔡伯喈被迫重婚，滿是矛盾不安，一方面覺得愧對舊妻，一方又無法對新人敞開胸懷，時時面對內在良知的譴責，長期陷入天理與人欲的交戰，處處展露多情又無助的風貌。當髮妻尋來，能立即接納，並感謝妻子侍奉父母。劉知遠享受富貴，置前妻不顧，陷入「人欲」，其團圓是兒子極力促成，實非本人真心願望，缺乏天理良知之展露，難以動人。蔡伯喈與王十朋皆面臨丞相逼婚之窘境，這外來的「人欲」相逼，伯喈拒絕不得，只能搖擺在天理與人欲之間，最後雖一夫二妻團圓，父母卻已雙亡，不能盡孝親天理。王十朋勇敢拒絕重婚，態度堅決，故能維護其婚姻之完整；至於官路上之挫折，是立於「天理」所付出的代價。蔣世隆也是有情人，能挺立天理，不接絲鞭，真情感人。

負面人物的反襯效果，也產生強大的教化作用。李洪一夫婦為求家產凌虐親妹，其淨丑角色所呈現的誇張化的狠毒，則顯出三娘的美好德行。孫汝權的流氓姿態，反襯王十朋的磊落光明。錢玉蓮繼母曾歷多次改嫁又嫌貧愛富，反襯玉蓮不棄貧寒、感情忠貞。這些反面人物激發出觀閱者的正向道德

動力，南戲成為生動的、生活化的道德教化傳播的載體。荒謬喜劇的反諷誇大效果，也產生反向的批判力道，孫華的自大無知與誇大的人欲，對照於孫榮月娘和誇大了僵化的天理，是明顯的對比。

　　歷來南戲學者多認為《琵琶記》中的牛小姐是道德概念化的扁平型人物，但是透過天理與人欲的細緻流動加以考察，她多層次的面貌整個呈現出來，其實豐富動人。蔡伯喈答應赴考是被逼迫，還是有個人之意欲？辭婚不成，重婚牛府，是否代表他已經因美人而動心？這些討論學者們意見分歧。董每戡認為「主宰蔡父的那種意欲一定佔上風，蔡伯喈的意志一定被壓抑。」〔註1〕至於丞相招親到重婚後的這段時間，他認為伯喈有其漸變的歷程，是慢慢傾向新夫人了。〔註2〕董每戡的說法較為學界接受。本文則認為伯喈赴試含有個人之意欲，與其父之願望實則一致。他對元配夫人之情則是始終一貫，沒有改變。再看《殺狗記》，學者多認為是專為教化而立，又迂腐可鄙，在五大劇中是被關注最少的劇作，學界的研究寥寥可數。但是從笑鬧喜劇的觀點切入，再以天理與人欲流動的視角梳理，則發現它荒謬誇張的呈現，足以揭露人欲之可鄙，僵化的禮教之可笑，其教化之力道就在笑鬧間完成。這樣功用在其他劇中的淨、丑角色也得到發揮，如蔡婆以淨角身分毫無虛假的表達每個人對生命的基本需求，在科諢中強調兒女不可棄父母之孝養於不顧。惜春以丑角之身分彰顯情感發動之自然，和劇本剛開始的時候過度壓抑情感表現的牛小姐成為對比。凡此皆為本論文之新發現。

　　在傳統社會婚姻對象之擇取，其決定權在家長或威權人物。五劇中之家長多有嫌貧愛富，仗勢欺人的醜惡行為。以人欲為主導的家長，往往是劇中主人翁愛情婚姻的阻礙。為了維護愛情與婚姻，主角們，尤其是劇中的女主角們所表現的堅貞與勇氣，往往更為動人，她們皆能挺立天理，不為外在橫逆所動搖。婚姻之阻礙多來自家長，嫌貧愛富的王鎮、錢玉蓮的繼母、仗著權勢強人就婚的牛相和貪圖家產逼迫弟妹夫婦分離的李洪一夫婦，都是如此。王鎮在廣陽店招商局對於蔣世隆極盡輕蔑，未嘗感謝其挈帶女兒之恩，又不顧及世隆染病之軀，強行將瑞蘭帶走。之後世隆及第，又巴望著將女兒

〔註1〕董每戡，〈《琵琶記》中的蔡伯喈〉收入《南戲與傳奇研究》（武漢市：湖北教育出版社，2004.7），頁135。選自劇本月刊社編，《《琵琶記》討論專刊》（人民出版社，1956年版）。

〔註2〕董每戡，〈《琵琶記》中的蔡伯喈〉收入《南戲與傳奇研究》，頁136～146。

嫁給狀元郎，一副盤算趨利的勢利嘴臉，可謂滿腦子的人欲算計了。尚書位高權重，富貴名利已然充盈飽滿，無須向外攀求，但是在權勢的圈中打滾的高官，哪能容得一介草民為婿？在其價值體系中，女兒的匹配對象，絕對不可以是沒有前途的窮書生。錢玉蓮的繼母是貪慕錢財強逼女兒改志的負面人物，她陷溺人欲之追求中，完全不顧玉蓮的心意，逼得玉蓮只能求死。強婚的牛相，使用權勢壓迫伯喈就範，放任私心無限擴大，一則拆散伯喈夫婦，一則使女兒一結婚就得面對愁苦的夫婿，無法擁有甜蜜的婚姻生活。徐復觀以為束縛文學發展的是「長期的專制制度」而非理學的教化思想，本文透過貧與富、情與欲的議題探討，又再證得影響愛情婚姻的不是理學而是勢利家長或威權人物。王十朋與錢玉蓮、蔡伯喈與趙五娘、蔣世隆與王瑞蘭，他們一貫的真情，十分動人，是強力道德驅動下的正面人物，不是受禮教束縛的呆板人物；套用徐復觀的話來說，理學的「深刻地道德意味」其實在多層面成為南戲的「鼓動地生命力」。

參考文獻

一、傳統文獻

1. （宋）張載，《張子大全》，台北：中華書局，1966年，四部備要本。

2. （宋）程顥、程頤撰，《二程集》，台北：漢京文化事業，1983年。

3. （宋）蘇東坡，《蘇東坡全集》，台北：世界書局，1964年。

4. （宋）朱熹撰，《伊洛淵源錄》》，台北：藝文印書館，1965年。

5. （宋）朱熹、呂祖謙編，清張伯行集解，《近思錄》，台北：商務印書館，1967年。

6. （宋）朱熹，《朱子大全》，台北：中華書局，1966年，四部備要本。

7. （宋）朱熹，《四書集注》，台北：中華書局，1966年，四部備要本。

8. （宋）朱熹，黎靖德編，《朱子語類》，北京：中華書局，1986年。

9. （宋）陸九淵，《象山全集》，中華書局，1966年，四部備要本。

10. （宋）劉克莊，《後村先生大全集》，收入《四部叢刊正編》六三，台北：商務印書館，1975年。據上海涵芬樓影印舊鈔本原書。

11. （宋）王應麟撰，翁元圻注，《翁注困學紀聞》，台北：商務印書館，1978年台初版。

12. （元）脫脫，《宋史》，台北：鼎文書局，1986年。

13. 長安出版社編輯部編，《永樂大典戲文三種·附錄二種》，台北：長安出版社，1978年。

14. （元）柯丹邱，（明）溫泉子重訂，《影鈔新刻原本王狀元荊釵記》，據明嘉靖姑蘇葉氏刻本影印，收入《古本戲曲叢刊》初集。第二函（四），上海：商務印書館，1954年。

15. （元）柯丹邱，《（新刻）原本王狀元荊釵記》，收入林侑蒔主編，《全明傳奇》，台北：天一出版社印行，出版年不詳。

16. （元）柯丹邱，《屠赤水批評荊釵記》，收入林侑蒔主編，《全明傳奇》，台北：天一出版社印行，出版年不詳。

17. （明）《嘉興大正藏》，台北：新文豐圖書公司，1987年。

18. （明）宋濂，《元史》，台北：鼎文書局，1986年。

19. （明）王陽明，《王陽明全書》，台北：正中書局，1970年。

20. （明）祝允明，《猥談》，收入《說郛三種》，第十冊，上海：上海古籍出版社，1988年。

21. （明）馮夢龍，《情史》，江蘇：古籍，1993年。

22. （明）何喬遠編撰，《閩書》，福州：福建人民出版社，1994～1995年。

23. （明）羅青霄，《漳州府志》，廈門：廈門大學出版社，2010年。

24. 劉幼生整理，張建業主編，劉幼生副主編，《李贄文集》北京：社會科學文獻出版社，2000年。

25. 《景印文淵閣四庫全書》，台北：商務印書館，1983年。

26. 《文津閣四庫全書》，北京：商務印書館，2005年。

27. 《續修四庫全書》，上海：上海古籍出版社，2002年。

28. （清）陳確，《陳確集》，台北：漢京，1984年。

29. （清）黃宗羲，《明儒學案》，台北：中華書局，聚珍仿宋版。出版年不詳。

30. （清）全祖望，《宋元學案》，台北：中華書局，聚珍仿宋版。出版年不詳。

31. （清）李漁，《閒情偶記》，台北：明文書局，2002年初版。

32. （清）戴震，《戴震全書》，合肥：黃山書社，1995年版。

33. （清）黃文暘撰，董康纂輯，《曲海總目提要》，台北：新興書局，1967年。

34. （清）張大復，《寒山堂南九宮十三攝曲譜》，收入《續修四庫全書》1750，上海：上海古籍出版社，2002年。

35. （清）紀昀等，《四庫全書總目提要》，台北：藝文印書館，1979年。

36. （清）孫希旦，《禮記集解》，台北：文史哲出版社，1982年。

37. （清）王先謙，《莊子集解》，台北：台灣時代書局，1975年。

38. 朱一玄校點，《明成化說唱詞話叢刊》，鄭州：中州古籍出版，1997年第1版。

39. 中國戲曲研究院編，《中國古典戲曲論著集成》，北京：中國戲劇出版社，1959年。

40. 俞為民、孫蓉蓉主編，《歷代曲話彙編》，合肥：黃山書社，2006年。

二、劇本

1. 黃仕忠、（日）金文京、（日）喬秀岩編，（元）柯丹丘撰，（明）李贄評，《李卓吾先生批評古本荊釵記》，收入《日本所藏稀見中國戲曲文獻叢刊》第一輯，廣西：廣西師範大學，2006 年。

2. （明）毛晉編，《繡刻幽閨記定本》，收入《六十種曲》第三冊，虞山毛氏汲古閣本，北京：中華書局，1982 年。

3. 《拜月亭記》，金陵唐氏世德堂本，收入林侑蒔主編，《全明傳奇》，台北：天一出版社印行，出版年不詳。

4. 《李卓吾批評幽閨記》，收入林侑蒔主編，《全明傳奇》，台北：天一出版社印行，出版年不詳。

5. （明）徐文昭編，《新刊摘匯奇妙戲式全家錦囊拜月亭五卷》，詹氏進賢堂重刊本，收入王秋桂主編，《善本戲曲叢刊》第四輯，台北：學生書局，1987 年。

6. （明）徐文昭編，《新刊摘匯奇妙戲式全家錦囊劉智遠》詹氏進賢堂重刊本，收入王秋桂主編，《善本戲曲叢刊》第四輯，台北：學生書局，1987 年。

7. 孫崇濤、黃仕忠箋校，《風月錦囊箋校》，北京：中華書局，2000 年。

8. 《明成化說唱詞話叢刊十六種附白兔記傳奇》，臺北：偉文圖書出版社有限公司翻印發行，1979 年。

9. （明）謝天佑校，《新刻出像音注增補劉智遠白兔記》，明萬曆年間金陵三山街唐氏富春堂梓行（簡稱富春堂本），影印收入《古本戲曲叢刊》初集。第一函（七），上海：商務印書館，1954 年。

10. （明）毛晉編，《繡刻白兔記定本》，收入《六十種曲》第一冊，毛氏汲古閣本，北京：中華書局，1982 年。

11. （明）毛晉編，《繡刻殺狗記定本》，收入《六十種曲》第十一冊，毛氏汲古閣本，北京：中華書局，1982 年。

12. 俞為民校點，《宋元四大戲文讀本》，江蘇：古籍出版社，1988 年。

13. （明）毛晉編，《繡刻琵琶記定本》，收入《六十種曲》第一冊，毛氏汲古閣本，北京：中華書局，1982 年。

14. （元）高明撰，李贄評點，《李卓吾批評琵琶記》，上海：商務印書館，1954 年，收入《古本戲曲叢刊初集》，上海：商務印書館，1954 年。

15. （元）高明原著，錢南揚校注，李殿魁補校注，《琵琶記》，台北：里仁書局，1998 年版。

16. （元）高明原著，馮俊傑評注，《琵琶記評注》，黃竹三、馮俊傑主編，《六十種曲評注》，長春：吉林人民出版社，2001 年。

17. （明）丘濬，《伍倫全備忠孝記》，收入林侑蒔主編，《全明傳奇》第一輯，臺北，天一出版社，出版年不詳。

18. （明）邵璨，《繡刻香囊記定本》，收入（明）毛晉編《六十種曲》第一冊，虞山毛氏汲古閣本，北京：中華書局，1982 年。

19. （清）毛聲山，《繪像第七才子書》，台灣大學館藏清雍正乙卯（十三年；1735 年）金閶書業堂重袖珍刊本。又收入俞為民、孫蓉蓉主編，《歷代曲話彙編・清代編・第一卷》，合肥：黃山書社，2006 年。

20. 王秋桂主編，《善本戲曲叢刊》，台北：學生書局，1987 年。

21. 王季思主編，《全元戲曲》，北京：人民文學出版社，1990 年。

22. 林侑蒔主編，《全明傳奇》，台北，天一出版社，出版年不詳。

三、近人論著

1. 于天池、李書著，《宋金說唱伎藝》，台北：秀威資訊科技出版，2008 年。

2. 《中國大百科・戲曲曲藝》，台北：錦繡出版社，1994 年。

3. 王國維，《宋元戲曲史》，北京：團結出版社，2005 年。

4. 王國維，《曲錄》，台北：藝文印書館印行，1971 年。

5. 王淮，《老子探義》，台北：商務印書館，1985 年。

6. 王季思主編，《重訂增注中國十大古典喜劇集》，山東：齊魯書社出版，1991 年。

7. 王永炳，《《琵琶記》研究》，台北：學海出版社，1992 年。

8. 王安祈，《傳統戲曲的現代表現》，台北：里仁書局，1996 年。

9. 王明蓀，《元代的士人與政治》，台北：台灣學生，1992 年。

10. 王建科，《元明家庭家族敘事文學研究》，北京：中國社會科學，2004 年。

11. 王璦玲，《明清傳奇名人物刻畫之藝術》，台北：臺灣書店，1998 年。

12. 王璦玲，《晚明清初戲曲之審美構思與其藝術呈現》，台北：中研院文哲所，2005 年。

13. 司徒秀英，《明代教化劇群觀》，上海：上海古籍，2009 年第 1 版。

14. 朱萬曙，《明代戲曲評點研究》，合肥：安徽教育出版社，2002 年。

15. 牟宗三，《心體與性體》，台北：正中書局，1968 年。

16. 余秋雨，《中國戲劇文化史述》，新北市：駱駝出版社，1987 年。

17. 余英時，《朱熹的歷史世界：宋代士大夫政治文化的研究》，台北：允晨文化，2003 年。

18. 余英時，《中國思想傳統的現代詮釋》，台北：聯經出版事業公司，1987 年。

19. 余英時，《宋明理學與政治文化》，台北：允晨文化，1987 年。

20. 余英時，《士與中國文化》，上海：上海人民出版社，2003 年。

21. 吳梅，《顧曲塵談、中國戲曲概論》，上海：上海古籍出版社，2001 年。

22. 吳新雷，《中國戲劇史論》，南京：江蘇教育出版社，1996 年。

23. 李宗桂，《朱熹與中國文化》，貴州：貴州人民出版社，2000 年。

24. 李恕基編，《周貽白戲劇論文選》，長沙：湖南人民出版社出版，1982 年。

25. 杜保瑞，《北宋儒學》，台北：商務，2005 年。

26. 杜維明，《儒學第三期發展的前景問題》，台北：聯經出版事業公司，1989 年。

27. 沈祥源偏，《宋元文學史》，武昌：武漢大學出版社，2009 年。

28. 周貽白，《中國戲劇史長編》，上海：上海書店出版社，2004 年。

29. 季國平，《元雜劇發展史》，台北：文津出版社，1993 年。

30. 季國平，《宋明理學與戲曲》，北京：中國戲劇出版社，2003 年。

31. 林科棠撰，《宋儒與佛教》，台北：商務印書館，1966 年。

32. 林鶴宜，《規律與變異：明清戲曲學辨疑》，台北：里仁書局，2003 年。

33. 金英淑，《《琵琶記》版本流變研究》，北京市：中華書局，2003 年。

34. 金寧芬，《明代戲曲史》，北京：社會科學文獻出版社，2007 年。

35. 金寧芬，《南戲研究變遷》，天津：天津教育出版社，1992 年。

36. 青木正兒、王古魯，《中國近代戲曲史》，北京：中華書局，2010 年。

37. 柯劭忞，《新元史》，台北：開明書店，1974 年。

38. 侯百朋，《《琵琶記》資料彙編》，北京：書目文獻，1989 年。

39. 侯百朋，《高則誠・南戲考論集》，西安：陝西人民出版社，2008 年。

40. 侯百朋，《高則誠和《琵琶記》》，西安：陝西人民出版社，1984 年。

41. 俞為民，《宋元南戲考論》，台北：商務印書館，1994 年。

42. 俞為民，《宋元南戲考論續編》，北京：中華書局，2004 年。

43. 俞為民、劉水雲，《宋元南戲史》，南京：鳳凰出版社，2009 年。

44. 俞為民，《李漁評傳》，南京：南京大學出版社，1998 年。

45. 俞為民等主編，《明代卷——南戲大典——資料編》，合肥：黃山書社 2012 年。

46. 查洪德，《理學背景下的元代文論與詩文》，北京：中華書局，2005 年。

47. 胡雪岡，《溫州南戲考述》，北京：作家出版社，1998 年。

48. 胡雪岡，《溫州南戲論稿》，台北：國家出版社，2006 年。

49. 唐君毅，《中國文化之精神價值》，台北：正中書局，1984 年。

50. 唐君毅，《青年與學問》，台北：三民書局，2003 年。

51. 唐君毅，《中國哲學原論‧原道篇》，台北：台灣書局，2006 年。

52. 苗潤田等，《中國儒學史》明清卷，廣東：廣東教育出版社，1998 年。

53. 孫立群，《中國古代的士人生活》，北京：商務印書館，2003 年。

54. 孫崇濤，《南戲論叢》，北京：中華書局，2001 年。

55. 孫崇濤，《風月錦囊考釋》，北京：中華書局，2000 年。

56. 孫玫，《中國戲曲跨文化研究》，北京：中華書局，2006 年。

57. 徐宏圖，《南宋戲曲史》，上海：上海古籍出版社，2008 年。

58. 徐朔方、孫秋克著，《明代文學史》，杭州：浙江大學出版社，2006 年。

59. 徐朔方、孫秋克《南戲與傳奇研究》，武漢：湖北教育出版社，2003 年。

60. 徐遠和，《理學與元代社會》，北京：人民出版社，1992 年。

61. 韋政通，《中國思想史》，台北：大林出版社，1979 年。

62. 馬積高，《宋明理學與文學》，長沙：湖南師範大學出版社，1989 年。

63. 韋政通，《中國思想史》，台北：大林出版社，1979 年。

64. 張廷玉，《明史》，台北：鼎文書局，1986 年。

65. 張庚、郭漢城，《中國戲曲通史》，北京：中國戲劇出版社，1992 年。

66. 張棣華，《琵琶記考述》，台北：正中書局，1966 年。

67. 許子漢，《明傳奇排場三要素發展歷程之研究》，台北：臺灣大學出版委員會出版，1999 年。

68. 許總，《宋明理學與中國文學》，南昌：百花州文藝出版社，1999 年。

69. 郭立誠，《中國婦女生活史話》，台北：漢光文化事業股份有限公司，1983 年。

70. 郭漢城、傅曉航，《中國戲曲經典》，北京：中華書局，2000 年。

71. 郭漢城主編，《中國十大古典悲喜劇集》，上海：上海文藝出版社，1990 年。

72. 陳東原，《中國婦女生活史》，台北：商務印書館，1986 年。

73. 陳榮捷，《王陽明傳習錄詳註集評》台北：學生書局，1983 年。

74. 陳榮捷，《宋明理學之概念與歷史》，台北：中研院文哲所，1996 年。

75. 陳顧遠，《中國婚姻史》，台北：商務印書館，1992 年。

76. 陸侃如、馮沅君，《南戲拾遺》，哈佛燕京學社，1934 年。

77. 彭飛、朱建明編輯，《戲文敘錄》，台北：施合鄭民俗文化基金會，1993 年。

78. 曾永義，《中國古典戲劇的認識與欣賞》，台北：正中書局，1991 年。

79. 曾永義，《中國古典戲劇論集》，台北：聯經出版事業公司，1982 年第四次印刷。

80. 曾永義，《參軍戲與元雜劇》，台北：聯經出版事業公司，1982 年。

81. 曾永義，《論說戲曲》，台北：聯經出版事業公司，1997 年。

82. 曾永義，《戲曲本質和腔調新探》，台北：國家出版社，2007 年。

83. 曾永義，《戲曲源流新論》增訂本，北京：中華書局，2008 年版。

84. 曾昭旭，《道德與道德實踐》，台北：漢光文化事業股份有限公司，1989 年。

85. 華瑋、王璦玲主編，《明清戲劇國際研討會論文集》，台北：中央研究院文哲所，1998 年。

86. 費絲言，《由典範到規範——從明代貞節烈女的辨識與流傳看貞節觀念的嚴格化》，台北：國立臺灣大學出版委員會，臺大文學院發行 1998 年。

87. 黃仕忠，《琵琶記研究》，廣州：廣東高等教育出版社，1996 年。

88. 楊淑娟，《南管與明初五大南戲文本之比較》，台北：國家出版社，2011 年。

89. 楊寶春，《《琵琶記》的場上演變研究》，上海：三聯書店，2009 年。

90. 溫州市，《琵琶記研討會論文集》，上海：上海古籍出版社，2008 年。

91. 溫州市文化局，《南戲國際學術研討會論文集》，北京：中華書局，2001 年。

92. 葉長海，《中國戲劇學史稿》，北京：中國戲劇出版社，2003 年。

93. 葛兆光，《中國思想史》第二卷，上海：復旦大學出版社，2001 年。

94. 廖奔、劉彥君，《中國戲曲發展史》，太原：山西教育出版社，2003 年二刷。

95. 熊秉真、呂妙芬編，《禮教與情慾——前近代中國的後現代性》，台北：中央研究院，1999 年。

96. 福建戲曲研究所編，《南戲論集》，北京：中國戲劇出版社，1988 年。

97. 趙山林，《中國戲曲傳播接受史》，上海：上海人民出版社，2008 年。

98. 趙景深，《元明南戲考略》，北京：人民文學出版社，1990 年。

99. 趙景深，《宋元戲文本事》，上海：北新書局，1934 年。

100. 趙毅衡，《禮教下延之後：中國文化批判諸問題》，上海：上海文藝，2001 年。

101. 么書儀，《元代文人心態》，北京：人民文學出版社，2013 年。

102. 劉小梅，《宋元戲劇的雅俗源流》，北京：文化藝術出版社，2010 年。

103. 劉念茲，《南戲新證》，北京：中華書局，1986 年。

104. 歐崇敬，《中國哲學史——宋元明清的新儒學與實學卷》，台北：洪葉文化事業有限公司，2003 年。

105. 蔡孟珍，《琵琶記的表演藝術》，台北：臺灣學生，2001 年。

106. 蔡孟珍，《《琵琶記》的表演藝術》，台北：里仁出版社，1995 年。

107. 鄧紹基主編，《元代文學史》，北京：人民出版社，1998 年。

108. 蕭啟慶，《元代的族群文化與科舉》，台北：聯經出版社，2008 年。

109. 蕭啟慶，《蒙元史新研》，台北：允晨文化出版，1994 年。

110. 錢南揚，《宋元南戲百一錄》，北京：哈佛燕京學社，1934 年。

111. 錢南揚，《宋元戲文輯佚》，北京：中華書局，2009 年版。

112. 錢南揚，《戲文概論》，台北：木鐸出版社，1988 年。

113. 錢穆，《中國文化史導論》，台北：商務印書館，2008 年再版。

114. 錢穆，《中國近三百年學術史》，台北：商務印書館，1987 年。

115. 錢穆，《朱子學提綱》，台北：三民書局，1991 年。

116. 錢穆，《宋明理學概述》，台北：學生書局，1987 年。

117. 錢穆，《國史大綱・引論》，台北：商務印書館，1980 版。

118. 韓經太，《理學文化與文學思潮》，北京：中華書局，1997 年。

119. 韓鍾文等，《中國儒學史》宋元卷，廣東：廣東教育出版社，1998 年。

120. 藍凡，《高則誠和《琵琶記》》，台北：萬卷樓出版社，1993 年。

121. 羅錦棠，《錦堂論曲》，台北：聯經出版社，1977 年版。

122. 譚帆、陸煒，《中國古典戲劇理論史》修訂版，上海：華東師範大學出版社，2005 年。

123. 蘇國榮，《中國劇詩美學風格》，台北：丹青出版社，1987 年。

124. 龔鵬程，《文化符號學》，台北：學生書局，2001 年再版。

四、學位論文：

1. 毛小曼，《《琵琶記》戲劇範式研究》，華東師範大學文藝學博士，2007 年。

2. 王永炳，《《琵琶記》研究》，台灣大學中國文學研究所碩士，1973 年。

3. 王金生，《《白兔記》故事研究》，文化大學藝術研究所碩士，1986 年。

4. 王湘瓊，《《拜月亭》戲文研究》政治大學國文教學碩士學位班碩士，2001 年。

5. 朱自力，《《拜月亭》考述》，政治大學中國文學研究所碩士，1977 年。

6. 吳淑慧，《李卓吾批評容與堂本《琵琶記》研究》，輔仁大學中國文學研究所博士，2010 年。

7. 宋敏菁，《《荊釵記》在崑劇及梨園戲中的演出研究》，成功大學中國文學研究所碩士，2002 年。

8. 李春燁，《毛聲山評點琵琶記研究》，中山大學中國文學研究所碩士，1995 年。

9. 林逢源，《荊釵記研究》，政治大學中國文學研究所碩士，1975 年。

10. 高禎臨，《清初戲曲評點閱讀方法與批評策略研究》，東海大學中國文學研究所博士，2009 年。

11. 張延兆，《《琵琶記》與明代社會》，中央大學中國文學研究所碩士，2010 年。

12. 張玲瑜，《古典劇作在當代舞臺上搬演的處境——以《拜月亭》與《白兔記》之全本改編為例》，臺灣師範大學國文研究所碩士，2003 年。

13. 楊寶春，《《琵琶記》的場上演變研究》，上海戲劇學院戲劇戲曲學博士，2006 年。

14. 趙雅玲，《《白兔記》析論》，逢甲大學中國文學研究所碩士，1994 年。

15. 劉南南，《《琵琶記》批評史》，蘇州大學中國古代文學博士，2008 年。

16. 劉琬茜，《《白兔記》版本三種之探討》臺北藝術大學傳統藝術研究所碩士，2007 年。

17. 蔡如婷，《《殺狗記》戲文論述》，中山大學中國文學系研究所碩士，2006 年。

18. 楊帆，《《拜月亭》與《幽閨記》比較研究》，信陽師範學院中國古代文學碩士，2011 年。

19. 朱思如，《《拜月亭》傳播研究》，山西師範大學戲曲文物研究所文學碩士，2012 年。

20. 劉文淵，《閨怨與風情》，北京大學中國古代文學碩士，2012 年。

21. 紀國智，《市民文學中「貞節觀」之研究——以宋元明戲曲小說為探討中心》，花蓮師範學院民間文學研究所碩士，2004 年。

22. 丁千恬，《明代中後期戲曲的教化功能研究——以蘇州府為中心》，臺灣師範大學教育系碩士，2008 年。

23. 朱曉娟，《程朱學派與宋代婦女貞節觀研究》，政治大學中文研究所碩士，2003 年。

24. 安碧蓮，《明代婦女貞節觀的強化與實踐》，文化大學史學研究所博士，1998 年。

五、單篇論文

1. 卜亞麗，〈厥旨淵放 歸趣宜求——《琵琶記》複雜面貌成因索解〉，《藝

術百家》，2003 年，頁 24～30。

2. 文智輝、林麗芳，〈南北《拜月亭》審美差異比較〉，《湖南廣播電視大學學報》，2004 年 4 月，頁 62～64。

3. 王菊艷，〈女性自我意識的缺失與儒家文化——從高明的《琵琶記》與南戲「四大傳奇」談起〉，《大連大學學報》第 25 卷第 5 期，2004 年 10 月，頁 55～57。

4. 王慶芳，〈論《琵琶記》中的倫理綱常矛盾及其緣由〉，《孝感學院學報》第 22 卷第 5 期，2002 年，頁 74～77。

5. 王璦玲，〈「為孝子、義夫、貞婦、淑女別開生面」——論毛聲山父子《琵琶記》評點之倫理意識與批評視域〉，《中國文哲研究集刊》28 期，2005 年 9 月，頁 1～49。

6. 王璦玲，〈曲盡真情，由乎自然——論李摯《琵琶記》評點之哲學視野與批評意識〉，《中國文哲研究集刊》27 期，2005 年 9 月，頁 45～89。

7. 王璦玲〈晚明清初戲曲審美意識中情理觀之轉化及其意義〉收錄於《晚明清初戲曲之審美構思與其藝術呈現》，台北市：中研院文哲所，2005 年，頁 31～106。

8. 成海霞，〈論宋元戲曲創作中的「變泰發跡」情結〉，《徐州教育學院學報》第 18 卷第 1 期，2003 年 3 月，頁 41～43。

9. 朱玲，〈平淡而山高水深——《琵琶記》趙五娘認夫情節探析〉，《廊坊師範學院學報》（社會科學版）第 26 卷第 4 期，2010 年 8 月，頁 21～25。

10. 吳秀卿，〈《拜月亭》在雜劇、南戲中的演變〉，《河北學刊》，1995 年 4 月，66～71。

11. 吳淑慧，〈《琵琶記》正典化歷程〉，《東吳中文線上學術論文》第 10 期，2010 年 6 月，頁 1～22。

12. 李克，〈文情文事文法：毛聲山批《第七才子書琵琶記》的三維理論建構〉《遼東學院學報》，第 13 卷第 2 期，2011 年 4 月，頁 118～126。

13. 李曉，〈知音君子，這般另作眼兒看——關於高則誠《琵琶記》的評價問題〉，《南戲國際學術研討會論文集》，北京：中華書局，2001 年 5 月，頁 66～71。

14. 汪天成，〈《白兔記》研究〉，《嘉義農專學報》第 30 期，1992 年，頁 155～191。

15. 位雪燕、徐適端，〈從《元史·列女傳》析元代婦女的貞節觀〉，《內蒙古師範大學學報》（哲學社會科學版）第 36 卷第 3 期，2007 年 5 月，頁 101～105。

16. 金文京，〈南戲和南宋狀元文化〉，《南戲國際學術研討會論文集》，北京：中華書局，2001 年 5 月，頁 49～54。

17. 姜志勇，〈宋明理學論域中的「顏子之樂」〉，《鵝湖月刊》第 5 期（總第 455 期），2013 年，頁 24～31。

18. 查紫陽，〈南戲《荊釵記》中錢玉蓮形象新論〉，《現代語文》，2009 卷 28 期，2009 年 10 月，頁 80～81。

19. 苗懷明，〈明成化刊本南戲《白兔記》的整理、發現與研究〉，《中央戲劇學院學報》第 3 期，2003 年，頁 93～100。

20. 孫玫，〈精英文化和通俗文化的交匯點——關於《琵琶記》的再認識〉，《南戲國際學術研討會論文集》，北京：中華書局，2001 年 5 月，頁 139～149。

21. 孫玫，〈關於南戲和傳奇歷史斷限問題的再認識〉，《明清戲曲國際研討會論文集》（上），1998 年，頁 285～304。

22. 孫玫、熊賢關，〈解讀《琵琶記》和《白兔記》中「妻」的呈現〉，《藝術百家》第 5 期總第 79 期，2004 年，頁 40～69。

23. 孫慧慧，〈奏於亂世的離合之歌——南戲《拜月亭》與元才子佳人劇之比較〉，《師範學院學報》，2006 年 8 月頁 28～30。

24. 徐宏圖，〈南戲《白兔記》傳承考〉，《浙江藝術職業學院學報》4 卷 1 期，2006 年 3 月，頁 16～28。

25. 徐宏圖，〈南戲《拜月亭》傳承考〉，《浙江藝術職業學院學報》5 卷 1 期，2007 年 3 月，頁 1～9。

26. 徐順平，〈南戲與俗文學〉，《南戲國際學術研討會論文集》，北京：中華書局，2001 年 5 月，頁 55～64。

27. 徐復觀，〈儒道兩家思想在文學中的人格修養問題〉，原載《海外學人》第 103 期 1981 年 2 月。選入《儒家文藝思想研究》北京：中華書局，頁 165～180。

28. 高禎臨，〈才子的競爭——《第七才子書琵琶記》對《第六才子書西廂記》的繼承與反撥〉，《輔仁國文學報》35 期，2012 年 10 月，頁 161～190。

29. 馬明杰，〈從《琵琶記》的大團圓中驚醒〉，《大舞臺》第 6 期，2003 年，頁 38～40。

30. 馬豔，〈論南戲《拜月亭記》三個始終的民族特色〉，《山西大學學報》（哲學社會科學版），2001 年 5 月，頁 57～59。

31. 馮其庸，〈論南戲《張協狀元》與《琵琶記》的關係兼論其產生的時代〉，原載《社會科學戰線》第二期，1984 年。收入《南戲與傳奇研究》，武漢：湖北教育出版社，2004 年 7 月，頁 301～313。

32. 張大新，〈元雜劇興盛的思想文化背景〉，《河南大學學報》（社會科學版）第 42 卷第 6 期，2002 年 11 月，頁 14～18。

33. 張火慶，〈貧賤之交不可忘，糟糠之妻不下堂——早期南戲傳奇的婚變戲〉，《鵝湖》175 期，1990 年 1 月，頁 26～34。

34. 張坤，〈發生在明代的一場史無前例的戲曲論爭——《琵琶記》《拜月亭》高下之辨〉，《陰山學刊》，2005 年 2 月，頁 24～28。

35. 張璞，〈元雜劇的興衰與理學〉，《揚州師專學報》第 11 卷第四期，1996 年 12 月。頁 22～24。

36. 莊克華，〈論宋元南戲的雅俗之變〉，《文史哲》第五期，1996 年，頁 53～58。

37. 陳多，〈《白兔記》和由它引起的一些思考〉，《藝術百家》第二期，1997 年，頁 51～62。

38. 陳多，〈畸形發展的明傳奇——三種明刊《白兔記》的比較研究〉，《上海戲劇學院學報》第 4 期，2001 年。頁 67～75。

39. 陳麗勤，〈愛在花園內外——《西廂記》《拜月亭記》之比較〉《安康師專學報》，2004 年 12 月，頁 56～65。

40. 陳萬鼐，〈元代書會研究〉，《國家圖書館館刊》第一期（2007 年 6 月），頁 123～138。

41. 彭茵，〈元雜劇與宋元南戲婚變戲之比較〉，《中國戲曲學院學報》第四期，2003 年，頁 7～13。

42. 蘇子裕，〈溫州雜劇、戲文、永嘉戲曲、南戲諸腔——宋元南戲發展史的四個階段〉，《浙江藝術職業學院學報》第二卷第二期，2004 年，頁 138～163。

43. 項裕榮，〈宋元南戲中的角色結構研究〉，《徐州教育學院學報》十七卷一期，2002 年，頁 10～13。

44. 楊志剛，〈明清時代朱子《家禮》的普及與傳播〉，《經學研究集刊》第九期，2010 年 10 月，頁 29～50。

45. 楊淑娟，〈南管《蔣世隆》與南戲《拜月亭》文本之比較研究〉，《戲曲學報》4 期，2008 年 12 月，頁 93～151。

46. 楊艷琪，〈《琵琶記》匯評〉，《中國文學研究（輯刊）》1 期，2010 年，頁 1～299。

47. 溫凌，〈《白兔記漫筆》〉，《學林漫錄二集》，北京：中華書局，1981 年。

48. 董每戡，〈《琵琶記》中的蔡伯喈〉選自《《琵琶記》討論專刊》劇本月刊社編，人民出版社，1956 年版。後收入《南戲與傳奇研究》，武漢市：湖北教育出版社，2004 年 7 月，頁 134～146。

49. 趙山林，〈試論《荊釵記》的傳播接受〉，《藝術百家》，第一期總 118 期，2011 年，頁 140～144。

50. 劉小梅，〈南戲《拜月亭》及其歷史影響〉，《中國戲曲學院學報》，2004 年，頁 51～81。

51. 劉延棠，〈論元雜劇《琵琶記》的忠孝觀〉，《中國青年政治學院學報》第

3 期，1996 年，頁 85～89。

52. 劉禎，〈論曲祖《琵琶記》〉，《南戲國際學術研討會論文集》，北京：中華書局，2001 年 5 月，頁 126～138。

53. 蔡勝德，〈《殺狗記》淺探〉，《嘉義學院學報》第二期，1889 年，頁 177～196。

54. 蔡運長，〈《琵琶記》的主題及其現實意義〉，《戲曲藝術》，1996 年，頁 65～70。

55. 錢華，〈趙五娘形象與古代戲曲中傳統道德觀再評析〉，《殷都學刊》，2003 年，頁 68～70。

56. 錢奕華，〈由《琵琶記》呈現的明清世情談起〉，《國文天地》28 卷 10 期，2013 年 3 月，頁 36～41。

57. 魏淑珠，〈細論李漁的戲曲「結撰」理論：以亞里斯多德的「情節單一」論爲參照〉，《戲曲研究》第 81 輯，2010 年，頁 226～255。

58. 釋昭慧，〈從佛法觀點看「情」與「欲」〉，《弘誓雙月刊》第 119 期 2012 年 10 月、122 期 2013 年 4 月。

59. 龔鵬程，〈腐儒、白丁、酸秀才〉，收入《人物類型與市井文化》，台北：學生書局，1995 年，頁 1～18。

附錄：南戲發展圖表

時間	大事	文學樣式劇種	作品特色	備註
宋太祖	「雜劇」成為一類專門化的表演形式，特指戲劇演出。 最初興起地點和演出繁盛地都在汴京。	宋雜劇	繼承唐參軍戲的滑稽、諷諫，又在故事性和歌唱邁出一大步。	最早宋雜劇演出記錄，宋曾慥《類說》卷十五引《晉公談錄》，其中「御宴值雨」條明確提到趙匡胤的宮廷宴會用雜劇表演來侑觴的情況。
太宗端拱二年（989）	范仲淹（989～1052）生			
眞宗景德四年（1007）	歐陽修（1007～1072）生			
眞宗元禧元年（1017）	周敦頤（1017～1073）生			
眞宗元禧四年（1019）	司馬光（1019～1086）生			
眞宗元禧五年（1020）	張載（1020～1077）生			
眞宗元禧六年（1021）	王安石（1021～1086）生			
仁宗明道元年（1032）	程顥（1032～1085）生			
仁宗明道二年（1033）	程頤（1033～1107）生			
仁宗景祐四年（1037）	蘇東坡（1037～1101）生			仕紳在宮中或家居看雜劇是常事。

神宗熙豐元祐間（1068～1094）	熙寧二年（1069）王安石變法，程顥出任三司條例司。但王安石之內聖主張與二程格格不入。	諸宮調	將同一宮調的若干支曲調聯成一個套曲，然後再把幾個不同宮調的套曲串連成一篇，並加以說白，以說唱故事。（吸收唐宋大曲、詞調、纏達、纏令、嘌唱、民間俚曲而形成。）	宋王灼《碧雞漫志》卷二：「熙豐、元祐間（1068～1094），澤州孔三傳者，首創諸宮調古傳，士大夫皆能誦之。」
徽宗崇寧至宣和間（1102～1125）	（1102～1126）禁元祐學術，程頤被貶。	說話（說書人各有所長，如講史、小說、說諢話、說三分、說五代史等。）	以抑揚頓挫、繪聲繪色的講說來表演故事。結構有篇名、入話、正話、篇尾詩詞。（南戲有劇名、開場、正戲、散場詩）	見南宋孟元老《東京夢華錄》，該書成於南宋紹熙十七年（1147），記徽宗崇寧至宣和間（1102～1125）汴梁之繁華盛況。
宋徽宗政和五年（1115）金太祖收國元年	完顏阿骨打稱帝於上京（金黑龍江阿城）。國號金			
宋徽宗宣和間（1119～1125）		鶻伶聲嗽，永嘉鄉土歌舞小戲。		
宋室南渡之際（1127）	官本雜劇南渡杭州	永嘉雜劇（溫州雜劇），永嘉歌舞小戲汲取官本雜劇。		
高宗建炎元年（1127）	朱熹（1130～1200）生			
高宗紹興三年（1133）	張栻（1133～1180）生			
高宗紹興七（1137）	呂祖謙（1137～1181）生			
高宗紹興九（1139）	陸象山（1139～1193）生			
紹興年間（1131～1162）		唱賺、覆賺	聯合若干支曲調來演唱故事，所用的文學本子稱作「賺詞」。	見吳自牧《夢梁錄》卷二十：「紹興年（1131～1162）有張五牛大夫，因聽動鼓板中有太平令或賺鼓板，即今拍板大節抑揚處是也，遂撰為賺。」

宋高宗紹興二十二年（1153）	金海陵王完顏亮遷都，改燕京爲中都。是北京建都之始。		
淳熙二年（1175）	朱、陸鵝湖之會，引發道問學與尊德行先後之爭辯。		呂祖謙促成，有意調合朱、陸。
淳熙五年（1178）	眞德秀（1178～1235）生魏了翁（1178～1237）生		
淳熙八年（1181）	陸象山訪朱熹於南康在白鹿洞書院，講《論語》〈君子喻於義，小人喻於利〉。朱熹將之刻碑供後人瞻仰。		論君子所志及科舉之得失。
1190 之前			《張協狀元》（1165～1189）《劉知遠諸宮調》（1190 前）
金章宗時期（1190～1208）			《西廂記諸宮調》	北曲雜劇民間階段的上限（1190～1208）
宋光宗紹熙間（1190～1194）	朱熹任漳州太守，收陳淳爲弟子。陳淳〈上傅寺承論淫戲〉	戲文（戲曲）永嘉戲曲，永嘉雜劇汲取說唱文學。流播福建。	《趙貞女》《王魁》	趙閎夫榜禁《趙貞女蔡二郎》
宋光宗慶元元年（1195）	慶元黨禁，斥道學爲僞學，朱熹等理學家著作遭禁毀。		
宋寧宗嘉定二年（1209）	對理學的限制開始鬆弛，朱熹獲諡「文」許衡　生		
宋寧宗嘉定八年（1213）	張栻獲諡「宣」		
宋寧宗嘉定九年金宣宗貞祐二年（1214）	呂祖謙獲諡「成」。金遷都於南京。關漢卿，活躍於約1210 年至約 1300年。	金代改稱官本雜劇爲院本	

宋理宗端平元年（1234）	蒙古滅金	北雜劇勃興期（1234～1279）	文人介入北曲創作	金末元初（1234～1271），北曲民間階段的下限。
宋理宗端平二年（1236）元太宗八年	蒙古在燕京平陽設編修所和經籍所		《小孫屠》（1235～1276）蕭德祥作古杭書會編撰	
元太宗九年滅金後三年（1237）	舉行元朝前80年間的唯一開科考試。			奠下儒學在北方傳播的基礎。
淳祐元年（1244）	理宗手詔，周、張、二程、朱熹從祀孔廟。			確立了道統在政統中的合理性
元世祖中統元年（1259）	忽必烈稱帝，建元中統，接受漢族建年號的方式。			蒙古國由世界帝國轉爲中原王朝。
元世祖至元四年（1267）	蒙古遷都燕京			
宋度宗咸淳間（1265～1274）		永嘉戲文流播 1.浙江杭州《王煥》、《樂昌分鏡》 2.江西南豐 3.江蘇吳中		
元世祖至元八年（1271）	蒙古改國號爲元			
元世祖至元九年（1279）	南宋滅亡	北雜劇南下杭州，但未削減其發展。南戲流播到大都《韞玉傳奇》《祖傑》北雜劇擴布期（1279～1324）北劇南戲交流	南戲北曲化（1279～1368）	1.關、白、馬尚在 2.費君臣（君祥之子） 3.鍾嗣成（約1279～約1360） 4.北劇向南方擴張 5.雜劇作家南遷江浙一帶
元仁宗元祐元年（1314）	恢復科舉，道學成爲科舉考試的內容，取得官學之地位。			文人被吸引，文風轉向。

泰定（1324）元順帝（1333～1368）	1341 年各地民眾起義 1340 年重開科舉 1344 年高明中鄉試 1345 高明登進士第	北雜劇衰弱期（1324～明朝）	《宦門子弟錯立身》 《荊》、《劉》、《拜》、《殺》 《琵琶記》	1.「順帝朝忽又親南而疏北」 2.「南北調合腔自和甫始」（指在北曲套數中吸收南曲曲牌） 3. 鍾嗣成於順帝時編著《錄鬼簿》二卷，有至順元年（1330）自序。
			南戲文人化 元末至明武宗正德間 （ 1368 ～1521）	
明洪武元年（1368）	明朝建立			演出雖盛，但從此有一大段時間鮮少新作品產生。
明洪武二十二年（1389）	禁「娼優演劇」「藝瀆帝王聖賢者」			可推民間演出盛行
明洪武三十年（1397）	刊本《御制大明律》律條「凡優人搬作雜劇、戲文，不准裝扮歷代帝王后妃、忠臣列士、先聖先賢神像」		雜劇創作衰弱。南戲在民間流行，仍受文人輕視。	可推民間演出盛行
（1428）	陳憲章（1428～1500）生			
明成化、弘治年間（1465～1505）	王陽明（1472～1529）生		邱濬（1420～1495）《五倫全備記》邵璨《香囊記》	此後文人執筆日眾
弘治、正德間（1488～1521）			《金印記》、《雙忠記》、《連環記》《千金記》、《三元記》等	
明世宗嘉靖穆宗隆慶年間（1522～1566）	李贄（1527～1602）生	南戲變體聲腔流行 崑劇（腔調劇種）傳奇	南戲崑曲化《浣紗記》《目蓮救母》	魏良輔改良崑山腔 現存南戲改本

明神宗萬曆年間 （1573～1619）		南曲完全取代北曲雜劇。	毛晉《六十種曲》 《牡丹亭》 《四聲猿》（南雜劇）	毛晉 （1598～1695） 《西廂》、《琵琶》、《拜月》高下之爭
清朝建立 （1644～）			《桃花扇》 《長生殿》	
清高宗乾隆之後		崑曲衰弱 地方戲大繁榮